扛著Boss拚下限（上）

喪屍世界永遠改良人的三觀

三千琉璃——著

目次

Ch.01 喪屍世界永遠改良人的三觀

「**客人，知道嗎？**」

「**每一塊寶石都在等待它的主人，比如它……**」

冰冷手指擦過掌心的觸覺似乎還存在著，夏黃泉握了握手，那穿著漆黑吉普賽服的店主再次浮現在她腦海。

「**這個世界上，每個人都是特別的，與此相對，每一塊寶石也是特別的，當特別的妳遇到特別的它，也許會展開一段特別的旅途也說不定。**」

明知道是無稽之談，她卻依舊買下了那塊長相奇特的琥珀，外形圓潤，其中的內核卻是火紅的——凝神看去時，如同滿是惡意的眼睛。

店主說，它的名字叫「**黃泉之眼**」。

如同開了一個劣質的玩笑，買下琥珀十天之後，一場意外讓它就真的變成了眼——在夏黃泉的眼眶中。

但是，這塊琥珀的確是特別的，明明已經失去眼球的她，通過這只「黃泉之眼」居然能看見，簡直是奇蹟。

特別的琥珀，特別的以琥珀為眼的女性，而現在，特別的旅途也已經隨之展開……

這種中二的設定到底是怎麼回事啊喂！

簡直土爆了好嗎！！！

夏黃泉咬緊牙關，雙手揮動武士刀，伴隨著銳利的風響，最後一隻喪屍的脖頸亦被她斬斷，死氣沉沉的頭顱墜落在地，緩緩滾到她腳邊。

她看也不看，右手甩了幾個乾淨俐落的刀花，將刀收入鞘中。

最初，的確是很噁心的，還曾扶著牆吐過，但是看著看著、砍著砍著就習慣了。習慣真的是非常可怕啊。

她自己也不知道為什麼會突然來到這個陌生的世界，也不知道自己的左眼為什麼會變成所謂的「黃泉之眼」，更不知道武力值為什麼會飆升到如此可怕的地步，這些詭異的設定就這麼憑空出現在了她的腦海中，她如同一個被玩家操控的勇者般，只能被動接受。

但是，有一點是可以確定的——夏黃泉抬起頭，注視頭頂上清晰可見的黑色箭頭，除了它所指的方向，她去任何地方都會被無形的屏障攔下。

只要去到那個方向，應該就可以找到想要的答案了吧？

就這樣，她一路過著打喪屍——休息——再打喪屍——再休息——繼續打喪屍的生活，真正到達箭頭所指的位置時，距離她穿越過來已經整整半個月了，明明只有兩週時間，卻似乎被顛覆了整個三觀*——回到現實世界後一定要馬上作心理輔導，否則離「殺人魔」的未來肯定不遠了！（*編按：三觀，指世界觀、人生觀、價值觀。）

「廢棄大樓？」夏黃泉注視著最終的目的地，喃喃自語，「總覺得有什麼東西要出來了……」

即便如此，也不能不去。

她深吸了口氣，以完全不會發出聲音的貓般靈活迅捷的步伐朝大樓所在的位置跑去。

門口，乾淨。

大廳，乾淨。

通道，乾淨。

哪裡都沒有喪屍，卻比哪裡都有還讓人緊張。

直到她走上三樓，聽到那婉轉悠揚的樂聲，才終於知道為什麼其他地方都沒有喪屍——他們都被這聲音吸引而來。

廢棄的大樓裡怎麼會有樂聲啊？

看不到！

被密密麻麻的喪屍遮掩住了視線，完全看不清裡面的情形，但直覺告訴她，那裡的確有什麼存在著。

夏黃泉四處張望了下，目光突然一亮，在二樓的窗口上方有一塊懸空的石板，應該是三樓拆遷剩下的，稍微繞些路就能到達，且上面乾乾淨淨沒有任何喪屍——以她這半個月所觀察到的，這群東西只擁有聽覺，所以只要她不發出比那樂聲還大的聲響，是絕對不會遭遇危險的。

成功到達目的地後，她的腦中突然閃過了一句話。

【保證目標不死直到離開前。】

「……」這是什麼？那訊息只在閃現一瞬，卻印刻在了她的腦中，下意識地，她覺得非完成不可，不完成不行，也許，只有這樣她才能夠回家。

那麼，所謂的「目標」到底是……

找到了！

瘋狂咆哮著的喪屍們構成了一個圓形的包圍圈，而圈子的中心，是一名靜坐在輪椅上的男子，此刻他的頭微微垂下，雙眸緊閉，似乎失去了意識。

在他的膝蓋上，放著一只打開了的八音盒，靜靜播放著美妙而清脆的樂聲，喪屍們正是被它所吸引來的。

彷彿被什麼所保護著，他周圍一公尺處空空蕩蕩，試圖撲上去的喪屍都被無形的屏障彈了開去，再難上前，只能焦躁地被進食的慾望所操控，毫無理智地不斷再次撲上，再次被彈開，周而復始。

和那個時候一樣，夏黃泉皺了皺眉，跟她想要走其他方向結果被攔住時的情況一樣，果然，這名男子就是「目標」嗎？

不過，總覺得好眼熟，究竟在哪裡見過呢？

陷入沉睡的男性約二十五六歲，有一頭漆黑的短髮，面容是她從未見過的精緻美感卻並不女氣，身材在西裝的襯托下更顯纖細瘦弱，上衣微微敞開，從這個角度可以看到他潔白的襯衫和修長的脖項。

果然……「好眼熟……」

就在這時，夏黃泉的目光突然定格到對方靜放在膝蓋的手上，關注點並非是他潔白纖長的手指，而是他左手手指上那枚有著鳶尾花圖案的銀色戒指。

目標確定……個鬼啊！

這混蛋不是商碧落嗎！

商碧落是誰？是她從所就讀大學的圖書館借閱的某本小說中的人物，因為名字和自己很有緣分，所以她津津有味地追看了。

最初，她真的很喜歡書中描述的這位善良溫柔的月光美青年，雖然雙腿失去了行動力，卻不妨礙他與生俱來的柔軟心靈，總是用溫和笑容面對世界的他，將夏黃泉感動得那叫一個一塌糊塗，還特別擔心他會在那本懸疑推理小說中喪命，最後，他沒死……但是！問題是！她也沒想到他是BOSS啊！更沒想到他微笑著把男主女主男配女配全弄死了啊！毀三觀了好嗎？！

話說，那種全滅的小說能出版本身就是奇怪的事情吧？

在發現自己的理想男神變成了黑暗男魔後，夏黃泉可恥地——粉轉黑了，睡覺前都要先在腦海裡抽他三百遍屍。

商碧落怎麼會出現在這裡？他所在的書明明是正常世界啊，不，這不是問題所在，問題是——

現在，她居然要救他？

她居然還要保護他到離開這個世界……開什麼玩笑！

【保護目標自玩家腦中自行抽出，定為近期最在意異性。】

「……」不能這樣的啊！

老娘不幹了！！！

雖然心中這麼想，但是不幹……很顯然是不可能的。

直覺告訴她，想回家就必須乖乖聽話。

就在她努力抑制住心理的反感作心理建設的時刻，一直緊閉著雙眸的男子，形狀好看的睫毛突然顫了顫，而後，緩緩睜開了雙眸。

與此同時，隔擋著被食慾控制陷入瘋狂的喪屍們面前的那道屏障，亦隨之消失。

眼看著好幾隻沾滿乾涸血跡、指甲鋒利尖銳到不能再被稱為手的爪子即將抓到商碧落身上，夏黃泉洩憤似地大叫一聲，一腳狠狠地踢在窗戶的玻璃上，藉著這一聲巨響，她成功地吸引了喪屍們的注意力，讓他們的動作停頓了一瞬，雖然短暫，卻也足夠。

踏著幾隻喪屍的腦袋飛快跳入包圍圈時，夏黃泉握著刀的手臂不停向下插去，力道適宜、角度精準地給一隻隻喪屍開了腦袋，在她再次腳踏地面的瞬間，呈一條直線排列的喪屍們轟然倒地，濺起滿地的塵土。

包圍圈赫然開了個突破口。

這一聲響聲同時再次為夏黃泉爭取到行動的時間，她雙手握住刀柄，扭腰迴旋！面前的喪屍瞬間倒下一大片。

夏黃泉毫不遲疑，飛腿狠狠踢向商碧落坐著的輪椅，目標正是之前砍開的突破口。輪椅就這樣帶著年輕男子飛了出去，狠狠地撞在另一側的牆上才停了下來。夏黃泉用眼角餘光瞄到輪椅在劇烈的碰撞下迴盪了好幾下，商碧落在不設防的情況下狼狽地摔倒在地上，滿臉滿身的塵土，要多狼狽有狼狽了。

她真的不是故意的……只是最近踢喪屍踢門踢窗踢習慣了，一時忘記控制好力道。

明知道不太對，但是，她的心中還是泛起些許愉悅，類似於──啊，看到他不快活我就快活了！

這是不對的！

夏黃泉搖搖頭，集中精神將全部的心力放到喪屍們身上，很快，她再次將他們全數砍翻，結束這回合戰鬥。

彎下腰，她將踹飛商碧落時不小心帶到地上的八音盒撿起來，闔上蓋子，但它卻依舊在響著，沒有停息的跡象，「壞掉了嗎……」她皺了皺眉，扭頭看向在一番努力後已經成功爬上輪椅的青年，挑眉問道，「這玩意兒對你來說重要嗎？」

「……」商碧落微微愣了下，而後回以她一個招牌的溫和聖父笑，柔聲道，「不，那並不是我的東西。」

「是嗎？」夏黃泉手一鬆，那只八音盒瞬間墜落在地，而後她手腕一沉，毫不客氣地用刀將其戳了個稀巴爛。

抬頭看了眼商碧落，發現對方依舊一臉聖父地朝她微笑，宛若壓根兒沒看到她粗魯的動作——BOSS就是BOSS，泰山崩於前而色不變，更何況是這種小事，她輕嘖了一聲，挽起刀花收刀入鞘，而後踏過八音盒的殘骸走了過去，低頭問道：「接下來你有什麼打算嗎？」她發現，自己挺享受這種俯視感。

「抱歉……」青年的眉頭微蹙起，臉上浮現出困擾的神色，「我才醒來就發現自己到了這個陌生的地方，原本我以為是朋友和我開玩笑，但是……那些怪物，好像是電影、書籍中提到的喪屍？」

脆弱的表情真叫一個我見猶憐，可惜夏黃泉深知對方的本性，絕對不可能被欺騙；於是她只是輕笑了一聲，雙手抱著武士刀靠牆而立：「你確定那是你的朋友，而不是敵人嗎？我想，你一定做了相當多對不起他的壞事，才會讓他把你丟到這裡。」

「……」

「如你所見，那的確是喪屍，不止是這裡，這個世界的每個角落都佈滿了喪屍哦。」夏黃泉站直身體，手中的刀鞘一抖，搭在商碧落的脖間，而後穩穩地抬起了他的下巴，「小子，居然用那種疑惑的語氣和我說話，你是在耍我嗎？」

沒有人比夏黃泉更清楚商碧落的來歷，但她就是壞心眼地想欺負他，想看他笑不出來的模樣，唯有這樣，才能讓她悲情到極致的心獲得短暫的愉悅。

嘖嘖，她果然是被這個世界玩壞了。

「不，我沒有撒謊。」商碧落的眼眸一眨不眨地與她對視著，臉上沒有任何類似惶恐或是驚懼的表情，他甚至依舊微笑著，「我對於自己現在的狀況的確是一無所知，但不管怎樣，謝謝妳方才的幫忙。」

「切！」夏黃泉不爽地收回刀鞘，她最討厭這種總在微笑的二類面癱了。

作為讓她不爽的代價，她決定讓他也不爽。

於是她轉過身，勾起嘴角頗為惡意地笑了，而後她刻意地說：「算了，你的來歷和我沒有半點關係，對了，我叫夏黃泉，你叫什麼？」

「……」

怎麼了？小子，快點說出來啊，千萬不要客氣。

等待了片刻，身後傳來一聲短短的嘆氣，她聽到對方說：「妳可以叫我阿商。」

「……」捏緊拳頭準備以「亂調戲妹子」為由轉身給對方終極一擊的夏黃泉猛抽了抽嘴角，磨牙瞪眼，不能這樣的啊！

事到臨頭你用什麼化名啊喂！

算了，以後機會還有得是！

夏黃泉沉澱了一下情緒，面無表情地再次回頭，第二次問道：「接下來你有什麼打算嗎？」而後歪頭一笑，「小子，憑你這樣的身體，單獨走在街上，最多十分鐘就會被吃得乾乾淨淨。」沒錯，商碧落這混蛋的最大弱點就是他是個智慧型BOSS，因為雙腿行動不便，武力什麼的弱爆了！

「真淒慘呢。」她輕嘖了兩聲，接著說道，「據說喪屍們最愛吃的部位是大腦，而後是內臟，接下來是大腿；不過偶爾也有例外，有些人被吃了一半居然還活著，只能眼睜睜地看著自己繼續被吃到只剩骨頭……」當然，這是撒謊，這些天她除了商碧落之外，就沒見過其他的活人，事實上，當她如此描述時，自己都快吐了。

「想死嗎？還是想活？」她俯下身，伸出手輕佻地捏住對方的下巴，「想要活下去嗎？想要的話，就求我啊。」

來吧！憤怒吧！翻臉吧！總之別再是這副惹人嫌的淡定模樣，已經被你騙了一次少女心，絕對不會被騙第二次！

「求妳。」

對方的眼神很誠摯，說出的話語更加誠摯。

然而，夏黃泉卻很悲憤，非常悲憤。

BOSS，你的節操呢？！

❖

夏黃泉覺得自己此刻目瞪口呆的模樣一定很蠢，所以在意識過來的瞬間，便立刻收斂起臉上的表情，輕哼出聲：「算你識相！」

反正，她也不能真的讓他死掉，就這樣順理成章地帶走他，是此時最理智的決定，雖然心裡很不爽，但是也別無他法了。

又作了一番心理建設後，她背對著商碧落蹲下身子，說道：「上來！」

等待了片刻，發現完全沒有重量壓上來，夏黃泉異常不耐地扭過頭：「你不至於希望我連你的輪椅一起帶走……」話音終結在他的動作間。

自稱為「阿商」的男子一邊快速地從輪椅各處取出各類槍械和冷兵器，一邊滿含抱歉意味地朝她微笑：「抱歉，讓妳久等了。」

「……」該說BOSS不愧是BOSS嗎？這混蛋到底是有多危險？居然在輪椅裝了那麼多武器。

雖然心中不斷地吐槽，夏黃泉依舊維持著一副冷艷高貴的臉孔，這個表情向來是適合她身體的——雖然左眼的眼球變成了那塊奇怪的琥珀，靈敏度和力道也都無窮增大，但她的外表並沒有發生變化，依舊是從前的模樣，她自然知道哪個表情最適合自己。

對方的動作嫻熟而快速，直到此刻夏黃泉才看清楚，商碧落的手看來潔白纖細，其實隱藏著不少老繭，可見並不是一個生手，就算武力值弱爆了，也不代表完全沒有武力值啊。

人不可貌相——她再次牢牢記住這一點。

「好了。」

「上來吧。」

夏黃泉復又轉過身，下一秒，她感覺到一副溫熱的軀體挪到她背上，兩隻因為長期侍弄花草而散發著淡淡香味的手臂環繞在她的脖頸上，力道不緊亦不鬆，像極了他表面為人處世的態度——但也只是「表面」，如果味道和力道能反應內在的話，那麼她此刻一定是被兩隻散發著濃重血腥味的雙手緊扣著脖子直到窒息的地步。

這愣怔不過一瞬，回過神來，她便輕鬆地站起身，這個身體的力氣相當大，揹個成年男人跟拎瓶礦泉水似的，毫無壓力。

下一秒，驚變突生。

【初步接觸達成，黃泉之眼正式解封。】

「！！！」

什麼意思？！

黃泉之眼，是指她的左眼嗎？那麼解封又是什麼意思？

「怎麼了？」意識到她的愣怔，背上的男子輕聲問道，話語中瀰漫著淡淡的擔憂，彷彿他真的非常擔心她。

在某個恍惚的瞬間，夏黃泉幾乎想向他傾訴，接著心中一凜，生硬地答道：「沒事，抓緊！」而後略帶報復性地快速奔跑起來，從二樓的窗戶直接跳了下去，感受著身後人繃緊的身體，夏黃泉的嘴角勾了勾，覺得心中的悶氣略微消散，卻依舊覺得——這個男人，真是太危險了。

如果可以的話，真想毫不客氣地將他丟掉。

「如果不想死，就不要發出任何聲音，這群喪屍是靠聽力來捕捉獵物的。」雖然不覺得BOSS會做傻事，但夏黃泉還是低聲地警告對方。

「所以之前妳才破壞了那只八音盒嗎？」身後的男子用悅耳的聲音說道，開口間，他的呼吸噴灑在夏黃泉脖項的肌膚上，讓她瞬間起了一大片的雞皮疙瘩。

「閉嘴。」夏黃泉毫不客氣地甩了下後腦勺，成功地用自己的馬尾抽了對方一個耳光，而後冷冷道，「再敢把呼吸灑到我脖子上，就把你丟到喪屍堆裡。」

「……」背後的男子沉默片刻後，發出了一聲低低的「對不起」。

雖然看不見，但夏黃泉反而可以盡情腦補他猙獰變色的臉孔，心情瞬間愉悅了不少。果然心情不好的時候就該欺負欺負其他人。就在此時，天空中突然再一次出現了箭頭，夏黃泉知道，這是給她下達的另一個指令，為了回家，她不得不服從。

但即便如此，她也沒有失去理智地一路狂奔，適當的奔跑速度才能在效率前進的同時為身體留下足夠面對危機的氣力，這是她在之前驚險萬分的半個月中總結出來的經驗。

隨著行程的推進，各種關於黃泉之眼的訊息也逐漸出現在她的腦海中，若用一句話概括總結，那就是——**她的左眼能看得到死氣**。

黃泉……怪不得會有這樣一個名字。

所謂的死氣，就是纏繞在各色生物身上的不祥氣息，路遇的喪屍身上最為濃郁，已經完全是漆黑的；而她和商碧落……經過路旁店鋪的櫥窗時，夏黃泉曾看過一眼，他們身上也有死氣，但是很淡；生命力最強的反而是路旁的樹木，顏色淺到幾乎看不出來，也是，從未看過末世文裡有樹木也變成喪屍的啊，因此，它們在末世中才是最安全的存在。

然而，能看得到死氣，也就意味著她能看到其他人壽命的長短嗎？

在遇到其他人之前，這個猜想暫時還得不到驗證。

但也僅是暫時而已，很快，她憑藉強化的靈敏聽覺，捕捉到了人類的說話聲。

在這一個瞬間，夏黃泉幾乎淚流滿面，多少天了，多少天了，終於遇到同類了……背後這隻？沒有人類之心的傢伙才不是她的同類呢！

她下意識地繃緊住身體，就想衝出去，卻被喊停。

「等等！」

「……什麼？」雖然心中不爽，但他既然敢在這個時候開口，就必然有要開口的理由，她雖然討厭商碧落，卻不會因此小看他。

「在與對方正面接觸前，先觀察一下情況，如何？」彷彿真的尊重了她的意見，商碧落說話時微微扭頭，盡量不讓自己的呼吸噴到女孩的脖項上，「我似乎聽到……女性的哭叫聲。」

「……」夏黃泉怔住，隨即仔細地傾聽。

到底是被狂喜震暈了頭腦，商碧落能聽到的，她自然也能聽到。

雖然從未真正經歷過末世，但關於它的小說、電影，她也看過不少，社會的毀滅、規則的崩塌、人性的劣化，一直是末世展露的要點，那麼，現在所發生的事情，到底真相為何？

雖然尚不確定，但夏黃泉下意識地接受了商碧落的意見，左右張望了下，開始選擇最有利的觀察位置。

Ch.02 BOSS是個顛倒黑白的混蛋

「那邊如何？」

彷彿明晰她心中的想法，背上的商碧落指向了不遠處的某個地點。夏黃泉抿唇，雖然很不想聽他的，但不得不承認，那是個適合觀察的地點，於是，她再次快步奔跑起來。

商碧落所指的地點是某座房屋的屋頂，且不需要做進屋這種冒風險的事情，房屋窗戶外所設的防盜網無疑是跳躍時非常好的踏足點，體能狀態已經好到非人地步的夏黃泉，在揹著一名成年男子的情況下依舊動作靈敏，沒有發出一絲聲音地跳上了樓頂，而後朝聲音傳來的地點眺望過去。

一輛卡車，十來個圍著車、手拿棍棒等武器和喪屍搏鬥的男子們，以及車上若干個緊摀住嘴巴的女性——剛才聽到的哭叫聲來自於她們，同時，她們應該是被男人們呵斥了，所以才會做出現在的舉動。

不管怎樣，比想像中的要好，起碼女性們的衣物和頭髮都很整齊，看不出有遭受過蹂躪的痕跡。

夏黃泉注視著卡車上方的巨大黑色箭頭，心中知曉，這就是她的下一個接觸目標；為了順利加入對方，幫忙必不可少，而且，在能力允許的情況下，她也不會見死不救。

打定主意的她敏捷地跳下樓，腳尖在牆壁上看似輕柔地一點，身體便藉著這股力道穩穩地半蹲落地，不過瞬間已調整好狀態的她，邁開步伐就朝那群人所在的方向跑去，在距離約三公尺的拐角處，突如其來的提示再次出現。

【物品「眼罩」已放入褲袋，建議配戴。】

「……」這是什麼啊？夏黃泉非常無語地停下腳步，老老實實地在褲子口袋中摸索了片刻，掏出了一個漆黑眼罩，驀然想到，她第一次看到自己的左眼時也被狠狠嚇了一跳，這樣的眼睛，正常人都不會接受吧？如此相較，商碧落這傢伙果然淡定過頭了。

一邊想著，夏黃泉一邊將眼罩戴上，而後驚奇地發現，它完全沒有遮擋住自己的視線，而且很輕柔，如果不是街邊商店的玻璃上倒映出了現在的形象，她幾乎以為自己什麼都沒戴，不過，這樣也好，突然一隻眼不能用可是非常影響平衡感的。

這次的停頓也不過耗費了十來秒的工夫，配戴上新裝備的夏黃泉再次上路。

這一次，她再沒有遇到任何阻攔，乾淨俐落地拔出腰間銳利的長刀，夏黃泉頭也不回地說道：「自己抓緊，掉下去我可不會救你！」

說罷，抬起腳狠狠地朝離她最近的一隻喪屍踢去，一擊即被踢斷頸部的喪屍因這股巨力猛地朝後飛去，接連撞倒了身後的一串同伴；與此同時，聽到聲音的喪屍們有一部分朝她所在的方向走來，正在戰鬥的男子們壓力明顯減輕，已然有餘暇用眼角餘光注視著這位突如其來的強悍女子。

她烏亮的長髮在腦後梳成高高的馬尾，上身穿著一件樣式簡約的長袖襯衣，下身的緊身長褲沒入了及膝的皮靴中，黑色的長髮，黑色的上衣，黑色的褲子，黑色的長靴，她周身的一切幾乎都由黑色構成，而最引人注目的，則是她左眼上的黑色眼罩，為她秀氣的臉孔平添了幾分神祕和狠厲的色彩。

——如果夏黃泉能讀到別人的內心，一定會大笑三聲，這身衣物完全不是她的傑作好嗎！一來就穿成這樣，跟烏鴉似地想脫都脫不掉！不能這樣強買強賣的啊！可以的話她寧願裸……算了，還是勉強穿著吧。

在其他人觀察夏黃泉的同時，她其實也在觀察著他們……身上的死氣，它分佈得很不均勻，明明此刻身處車上的女子應該是最安全的，但她們中有人的顏色甚至比下方的眾男子還要深，果然，她所看到的死氣並不是此刻的危險程度，而是人的壽命長短嗎？

夏黃泉微微瞇眼，男子群中某人的異常引起了她的注意，但現在不是糾結這些的時候。她快速而有力地揮動著手中銳利的刀，嗶地一下斬斷了靠近的三隻喪屍的頭顱，快步朝人群所在的方向跑去，一邊跑一邊如同收割機一般收割著喪屍。

本來專心致志打喪屍的小夥伴們都驚呆了——這真的是女人嗎？真的不是怪獸嗎？沒見過一個女人揹著個成年男子打喪屍還這麼輕鬆的啊！

夏黃泉倒真不是故意的，要是可以，她真想直接把商碧落塞路邊垃圾堆裡，但問題是任務要求要保護他啊，看過小說和電視就知道，只要被喪屍抓破了一點皮就可能會感染，那種狀態下的BOSS也不知道算活還算死——她當然不敢去賭這個，所以即使揹著人打架不太方便，她也只能頂著張冷艷高貴的臉堅持了。

直到臨近運貨卡車，她微微鬆了口氣，鬆開握刀的一隻手，抓住商碧落的手臂一把將他扯下，而後如同扔沙包一般輕輕鬆鬆地將他砸進了車廂裡，見著他在車廂中翻滾了兩圈後才停下來，夏黃泉流了幾滴汗——似乎又忘記控制力道了？算了，反正BOSS什麼的血都是很厚的，扔著扔著就習慣了，如此想著的她滿心愉悅地重新投入了獵殺喪屍的行列中。

在她的幫助下，男子們很快地清理乾淨附近的敵人，隨著最後一隻喪屍倒地，夏黃泉將刀插入鞘中，將其在腰間掛好，站在原地不動，以示自己對他們毫無敵意。

她的這番舉動比語言更能說明意圖，男子們面面相覷了幾秒後，一位中等身材卻最為壯實的平頭男子走了出來，他年約三十歲上下，臉上的笑容看來頗為和煦，男子朝她伸出手：「妳好，我叫任強。」

夏黃泉很給面子地伸出手，握了一下，旋即收回：「夏黃泉。」

「……哈哈哈，小姑娘，妳的名字真個性。」

「……還好。」

「……身手也非常不錯嘛。」

「一般。」

「……」

「……」

很多天沒見到人，一時激動過了頭，再加上夏黃泉本身就不是熱絡的性格，以至於這場對話陷入冷場，夏黃泉努力地保持著鎮定的表情，心中卻糾結得要死，誰能告訴她現在該怎麼辦？

與此同時，任強也很糾結，這種一看就很傲嬌的青春期小姑娘不好溝通啊，但打架的確很厲害，放棄了實在可惜，他心念一動，想起之前被她揹著的男子，試探地問道：「我們車上還有空位，你們要不要一起上路？」

「好啊！」夏黃泉默默在心中發了一張好人卡給對方。

雖然過程有點小波折，但她總算就這樣順利入夥了。

原來還有些小開心的她才走到車廂口，心情瞬間變得非常不好，相當不好，極其不好。

原因無他，當她還在外面拼死拼活（？）的時候，商碧落這混蛋居然在溫柔鄉裡快樂地徜徉，左邊一個妹子幫他塗藥，右邊一個妹子陪他聊天，後面還有個妹子在給他倒水……混蛋！為什麼沒有妹子遞水給她啊！明明她才民族功臣好嗎？！

夏黃泉歪頭一看，旁邊的男子們臉色也不是很好，心中頓時一陣冷笑，毆他吧！打他吧！只要不斷氣，她絕對不會出手！

「咳！咳！」注意到氣氛不對的任強突然咳嗽出聲，說道，「小夏啊，他是妳……」

「他？」夏黃泉正準備說這混蛋和自己就是路人關係隨便你們拿去怎麼毆打，就被商碧落打斷了。

「妳回來了？」他一邊這麼問，一邊朝車廂口靠近，因為雙腿無力，他只能用雙手扶著車壁這種看起來頗為費勁的方式移動。

夏黃泉被對方在他人看來頗為柔和的眼神盯得一陣頭皮發麻，下意識就反手拍開了他伸向自己的手，啪地一聲脆響在空氣中迴盪，有什麼東西從商碧落的手中落下，她注意到，那是一塊潔白的手帕。

「抱歉。」商BOSS愣了愣，輕輕垂下眼眸，語調微淡而低落，「我只是看到妳手背上沾到了喪屍血……是我又給妳添麻煩了。」

「……」

氣氛頃刻間天翻地覆。

女子們的眼神從同情變成了義憤填膺，而男子們的眼神則從義憤填膺變成了同情。

夏黃泉這個民族功臣似乎一瞬間就變成了民族罪人……

商碧落！

你這混蛋給我等著！！！

❖

年輕男女吵架總是那麼引人關注，君不見餐廳門口捧著飯碗邊吃邊看哪怕汗如雨下燙到口手都堅持不懈的廣大鄉民？哪怕是末世，人類的強大「圍觀性」依舊展露無遺，所以無論什麼場合，永遠都需要一個和事佬。

比如此刻，任強站出來打起了圓場：「來來來，大家都上車，我們要繼續趕路了。」

夏黃泉也知道此刻不是囉唆的時候，於是後退半步，讓其他人先跳上去，做為新入夥成員她還是比較識相的。商碧落因為腿腳不便，就直接靠坐在了車門附近；與此同時，夏黃泉之前重點關注的某位男子走到商BOSS身邊，似乎想要坐下，她眼角一抽，下意識地就翻身上了車。

車上的眾人只感覺一陣風吹過，回過神時，發現夏黃泉正穩穩地貼著商碧落坐好；被她佔了位置的男子愣了愣，隨即笑了笑，坐到二人的對面。

夏黃泉暗自吁了口氣，從剛才她就注意到，那個男人身上的黑氣格外濃郁，與喪屍簡直只有一線之隔，她眼角的餘光掃過他總是無意識按壓著的左臂，是被咬了嗎？雖然情況未明，雖然有些自私，但她顯然不能放任他坐到商碧落的旁邊。不過剛才的舉動，到底還是有些冒失吧？

如此想著的夏黃泉，抬起頭看向其他人，發現他們正興致盎然地注視著她，那眼神要多八卦有多八卦。

「年輕人就是這樣，愈吵感情愈好。」坐在車廂最裡面一位四十歲左右的婦女笑著說。其他人連連點頭。

夏黃泉嘴角狂抽，是不是被誤會了什麼？

「咳！好了，再這樣人家小姑娘要害羞了。」任強輕咳了一聲，轉而朝商碧落伸出了手，「你好，我叫任強。」

之後，車中的二十來個人先後都作了自我介紹，在記人方面沒什麼天賦的夏黃泉聽得頭暈眼花，只勉強記住了幾個比較有特徵的人物，比如疑似被咬的男人名叫劉磊，比如之前那位婦女名叫劉麗紅。

一番寒暄後，車中的氣氛更融洽了幾分，而從他們的話裡，夏黃泉也大致明白了現在的情況，這個世界沿用的是通俗設定——**末世源於某種病毒，被感染的人類成為喪屍後，以獵食的方式迅速將病毒擴散到世界**。而這座城市第一次出現喪屍，是在五天前。

這些人都是同一間工廠的職員，出事的那幾日他們正在趕工，直到今早才結束，故而他們非常幸運地逃過了一劫，卻沒想到，外面的世界早已天翻地覆。公司內雖然安全，卻不是可以長久停留的地方，而且公司內也沒有儲存大量的食物，他們二十多個人，說多不多，說少也不少，估計幾日後食物就將告罄，雖然還有供應水，但人顯然不能只靠喝水就活下去。

更重要的是，他們還有家人。

這時，任強想到，病毒爆發前，剛好有個部隊在城市另一側的郊外軍演，雖然只是微薄的希望，但軍隊有強大武器，他們擁有大眾所不具有的力量。

夏黃泉聽後心中微驚，她記得自己到達這個世界已經足足半個月了，但這些人又說這座城市爆發病毒才五天，是她弄錯了，還是這些人弄錯了？而後恍然想到，他們現在所處的位置是這座城市的邊緣地區，所以才會有廢棄大樓和這些人工作的工廠，這麼說，相對於她第一次到達的那座城市，這座城市的病毒顯然後爆發一些。

沒將她直接丟到目的地的理由……是為了鍛鍊她的身手嗎？

正思忖間，任強再次開口：「小商，小夏，你們想去哪裡呢？」

夏黃泉簡直想要摔碗，小上小下是什麼啊？！總覺得被打敗了！不過，既然箭頭之前要求她和他們接觸，那必然是要跟隨的，於是她答道，「我們也去郊外。」

「是嗎？那真巧。」任強頓了頓，而後略有些尷尬地說，「不過去郊外之前，我們想先去接我們的家人，你們……」

車中的氣氛一時間沉寂了下來，無論原本在做什麼，眾人都有意無意地等待著她的回答，夏黃泉的武力值令他們留下了非常深刻的印象，如果她肯跟著他們一起去，安全性無疑會大大提高。

在其他人忐忑的目光中，夏黃泉突然做了一個奇怪的動作，她雙手扒著車廂的頂部，將頭探了出去，仰頭張望了一番後，縮回來問了一句更奇怪的話：「你們的家人住在哪裡？」

「現在的路線直走就是！」

「好，我跟你們去。」

天空箭頭所指的那個方向，與車子所行駛的方向是完全一致的。

「那小商……」

被夏黃泉刻意忽視了很久的商BOSS再次展現出了強烈的存在感，他扭頭看了一眼身旁的女性，而後微笑道：「她去哪裡，我就去哪裡。」話語中滿是堅定的味道。

夏黃泉手中的刀鞘嘎吱作響，他們根本就不熟好嗎？雖然話說得沒有錯，但聽起來怎麼就那麼奇怪呢混蛋！

正不爽間，她突然感覺到一隻手握住了她的。

「！！！」這混蛋是想死呢還是想死呢還是想死呢？！

等等，這是什麼？

她皺了皺眉，感覺BOSS修長的手指正在她的手心畫著，夏黃泉凝神感受，在寫字？

劉・磊・有・什・麼・問・題・嗎？

嘖，這傢伙還挺敏銳的。

雖然滿心不悅，她還是翻過手，小心地在對方手心寫道：我・懷・疑・他・被・咬・了。

寫完，她看向商碧落，卻發現對方正一臉無辜地看著自己，歪了歪頭，似乎完全不明白她在寫什麼。

夏黃泉的額角跳了跳，再次感覺自己被鄙視了……就算字醜她也是努力寫得很清楚好嗎？怎麼可能不明白！她硬著頭皮又寫了一次，心中暗自發誓，這次他要還不明白，她就拿他的頭當錘子撞車廂！咦！突然很期待他不明白是怎麼回事？

BOSS卻沒有給她機會，他只是再次翻過手，溫暖的手指在她同樣溫暖的手心清晰地勾畫著，寫出了這樣兩個字——謝謝。

夏黃泉輕哼了一聲，抽回自己的手，抱著刀扭過頭不再看這個讓她心煩的傢伙。什麼時候能直接把他塞口袋裡攜帶就好了，眼不見心不煩。而她自然也沒有看到，商碧落在眾人的目光中，微微嘆了口氣，滿目柔和地注視著她的側臉，片刻後綻放出一個異常溫暖的笑容。

緊貼著坐在一起，握手，手指糾纏，分開，扭頭，寵溺的微笑。

除了第一點，之後商碧落主動完成的一切，都讓他們二人宛若一對鬧小彆扭的甜蜜情侶。起碼在其他人的眼中，的確如此。

Ch. 03

果然有生理需求

總而言之，現在這種詭異的情況，一言以蔽之——全世界的人都知道，唯獨她一個不明瞭。

不知何時已經被套牢的夏黃泉抱著刀垂眸養神，雖未抬頭，其實正一直觀察著對面的男子，雖然他除了臉色稍顯緊張外沒什麼別的異常，但無論如何還是小心為上。

「來來來，吃午飯了。」

坐在中年婦女劉麗紅對面的二十來歲的眼鏡男突然吆喝了起來，他一邊說一邊從角落端出一箱泡麵，而後一把提起了幾支熱水瓶，語氣頗為得意地炫耀道：「還是我英明，記得帶上它們，不然我們哪有熱泡麵吃？」

「是是是，張凱，你最英明。」逐一分發著泡麵的短髮年輕女孩笑了起來，「不過你還記得這熱水是誰燒的嗎？」因為她是車上女性中長得最漂亮的一位，所以夏黃泉記得她的名字，叫於蕊。

「要不，這功勞我們一人一半？」

「就這麼定了！」

一對年輕人如此開著玩笑，車上的其他人不禁莞爾一笑，在這充滿了虛幻感的末世，只有近在咫尺的笑聲才是真實的，也是異常難能可貴的。

夏黃泉直到此時才想起，自己已經整整半個月沒吃過東西了。被改造過的身體不再像從前那樣有生理需要，不飢餓，自然也就不需要進食，那麼商BOSS呢？他需要吃東西嗎？要是需要的話，她在揹著對方的同時還要再揹著食物和水嗎？等等，依他腿的情況，該怎麼上廁所呢？難道這也需要她親自幫忙？會不會大小便失禁？救命！難道除了食物和水外，她還要再揹上一堆成人紙尿褲？！

好麻煩！她可以把他冷凍起來帶走嗎？

正糾結間，一個身影突然停在了她的面前，夏黃泉下意識抬頭，正對上一個友好的笑容，於蕊將一碗泡麵遞了過來：「給妳。」

「……不用客氣，我並不餓。」夏黃泉愣了愣，她的性格屬於很普遍的在熟人面前百無禁忌、在生人面前看似冷艷高貴其實手足無措的類型。在末世，食物毫無疑問是很寶貴的，但她根本不需要，於是下意識地就擺手拒絕，擺到一半，手裡的刀啪嗒一聲落在了車廂底板上，她連忙彎腰去撿。

「噗！」於蕊搗著嘴笑了起來，她的笑容很有活力，「給妳妳就接著，別不好意思，現在不餓就待會兒吃嘛。」她一邊說，一邊將手中的泡麵塞進夏黃泉的懷中，順帶在商碧落的懷裡也塞了一碗，又給了他們兩根熱狗。

夏黃泉抱著泡麵，抿了抿唇，又扭頭掃了眼車廂裡並不太多的儲備食物，而後看向明顯是領頭人的任強：「這條路上有超市嗎？」

任強一愣，隨即領會到她的意思，連連點頭道：「有，當然有。」一邊說他一邊扒著沒有闔上的車門朝外看了看，「大概再開二十分鐘就能到一家大型超市。」

夏黃泉點點頭：「到時候能麻煩停一下嗎？」按照他們的說法，末世才開始五天，超市裡的東西就算被掃蕩，怎麼也應該有剩下的食物，他們能在食物緊缺的情況下分給她吃的，她雖不會逞強，卻也願意在力所能及下給予他們幫助，更何況她也的確該找些生活必需品，而且商碧落如果需要吃東西，她還得去收集食物和水。

「能，當然可以！」

「那敢情好啊。」眼鏡小子張凱湊了過來，擠眉弄眼道，「任哥，到時候能多拿點菸嗎？我身上就剩兩三根了。」

任強笑罵著拍了他腦袋一下：「飯都吃不飽了還想著抽菸！」

很快，車廂內響起了濃烈的泡麵香氣，即使是夏黃泉這個肚子不餓的人，都覺得有些饞了，不得不說，泡麵這玩意兒偶爾吃一次是相當可口的，可惜，在沒弄清楚身體狀況之前，她是無論如何不敢嘗試的，萬一上面吃下面漏……是有多尷尬啊！不僅是她，商BOSS也沒有用餐，究竟是不需要進食還是吃不慣泡麵，就不得而知了。

而在這段時間裡，夏黃泉還看到了十分倒胃口的一幕，坐在對面的男子劉磊大口大口地嚼著熱狗，粗野地動作間不斷發出讓人頭皮發麻的聲音，咀嚼時他的口水不斷從嘴裡滑落，滴滴答答地流入手中的泡麵碗。

普通的人吃飯會那樣嗎？還是已經開始了某種轉變？

還沒等她想出個所以然，劉磊一口嚥下了嘴中的食物，對手中的泡麵看都不看，反而雙眼渴望地注視著夏黃泉，那目光是如此貪婪，以至於她差點下意識拔出刀來。

就在此時，一直安靜坐著的商碧落突然朝他伸出手，手中正是之前於蕊給的熱狗：「你是想要這個嗎？」

劉磊那炙熱的目光瞬間轉移到了商碧落的手上，夏黃泉這才注意到，自己的懷中也放著一根熱狗，眼看著對方的手離商BOSS愈來愈近，她想都沒想一把拿起熱狗扔進對方的懷中：「我的給你！」

劉磊縮回手，一把抓起落在身上的食物，放進口中狠狠一咬，紅色的塑膠外膜瞬間破了一個大洞，他丟開泡麵，雙手握著熱狗的後端，拼命地往嘴裡擠壓，大嚼的聲音再次響了起來。因為其他人還在吃泡麵，所以這一幕並沒有引起他們的注意。

夏黃泉注視著對方身上更為濃郁的黑氣，不忍地轉過頭，就見商碧落正用筆在一本黑色記事本上寫著什麼，片刻後微微一笑，將本子遞到她面前。

——按照他們透露的訊息推斷：

——1、他被咬的時間應是早上六點離開公司時，六小時後開始對肉食有強烈的渴求；

——2、病毒不會透過水或空氣傳播，只能透過直接的體液接觸。

——3、被咬是最常見的病毒傳播手段，但未必是唯一一種；傷口接觸到喪屍血，或者食用喪屍血肉，都有可能被感染。

——4、感染者不會立刻變成喪屍，其中有一個轉變過程，具體時間未知，是否會因人而異未知。

這是在向她展現自己的價值以求得生存空間嗎？

夏黃泉有一種自己變成了主考官而BOSS正應聘的錯覺，她真想對他高喊一聲「OUT！」，可惜殘酷的現實並沒有給她機會，不管願不願意都得帶著這個拖油瓶，而且既然帶著本子，剛才怎麼不拿出來？手心畫來畫去麻煩死了！不過正好，反正她也有些事想問，於是夏黃泉接過本子和筆，毫不客氣地寫下：

——你有基本的生理需求嗎？

商碧落臉上的微笑僵了瞬間，猶豫了片刻後才開始動筆，看神情頗為斟酌。

夏黃泉皺眉，不就是問他要不要吃飯喝水上廁所嗎？至於這麼糾結嗎？

片刻後，本子重新遞回來，上面赫然寫著：

——是不是有些太快了？

——也許我們可以再互相瞭解下。

「……」這是什麼跟什麼啊？夏黃泉看得一頭霧水，吃飯喝水上廁所和快不快瞭不瞭解有什麼關係？等等……他不是想歪了吧？！

我勒！

他以為她在向他約砲嗎？！

她就算眼睛瞎了也絕對不會做出這樣的事情好嗎嗎嗎嗎嗎嗎？！

車上的眾人只聽得咔嚓一聲，看過來時，只見那位神祕的女孩居然硬生生將手中的精裝記事本揉成了團，而後狠狠地往車外一砸，正中某隻被引擎聲吸引而來的喪屍。

然後，可憐的他就這麼被莫名其妙地爆了頭。

其餘的喪屍們因這聲巨響本能地停下腳步，圍在失去了頭顱的可憐兄弟旁邊，盲目地飄來飄去——有聲音，卻沒有東西吃，又跟丟了貨車……好心酸好可憐……最終只能各回各家各找各媽……

車上的人紛紛鬆了口氣，雖然喪屍跟不上貨車的速度，很快地就會被甩掉，但舊的去了，新的又來了，被一大群怪物以一種獵食的態度跟隨著，真心讓人不好受。

但是，很顯然這妹子不是故意的啊，小倆口吵架了？

按理說，為了團隊的團結，應該大事化小小事化了，但任強猶豫了，別人家小倆口吵架調解頂多費事，這小倆口吵架……費命啊！

恰好此時，車子停下。夏黃泉一馬當先地跳下車，一個漂亮的飛踢直接讓最靠近的那隻喪屍消失在眼前，沒有絲毫停頓地拔刀向前，將滿心的鬱悶盡數發洩在這群倒霉的喪屍身上。大概是為了不讓她輕易死去，戰鬥的本能在最開始就被深深刻進腦中，夏黃泉的每一個動作都很簡單，刺，挑，砍……沒有多餘的花招，卻也因此充滿了某種古樸而純粹的美感，斬殺間，整個人彷彿變成了刀的衍生體。

伴隨著她流暢而快疾的動作，附近的喪屍被清理得一乾二淨，她揮掉手中長刀上腐臭的血跡，回轉過身，看向超市的方向，透過玻璃門，可以很清楚地看到在其中來回遊蕩的喪屍，數目還不怎麼少，櫃檯上亂七八糟，可見已經有人進去掃貨過。

「哪些人去超市？」任強問了句。

男子們互相看了幾眼後，約有一半人站了出來。

夏黃泉看了看，發現劉磊也在其中，她走到車廂旁，冷冷地對商碧落說：「你和我一起去……」等到了沒人的地方再和你好好算帳！

「好。」商BOSS彷彿沒有意識到接下來會遭遇的危險，回答得異常乾脆。

任強的第一個反應就是——這妹子已經氣到了想謀殺親男友的地步，連忙勸和道：「小夏，他留在這裡也有人保護的，而且妳揹著個人也……」

說服的話在夏黃泉的動作中消散無蹤，只見她單手就從車上提起了青年，而後將其輕輕鬆鬆地往肩上一扛，簡直和提起一瓶礦泉水沒什麼兩樣。

做完這一切後，她非常淡定地扭頭問道：「你剛才說什麼？」

「……沒、沒什麼。」

救命！這是哪裡來的女力士？！

扛的姿勢無疑是非常不舒服的，但夏黃泉現在要的就是讓他不舒服！以為她覬覦他的美色是吧？她就覬覦給他看！一思及此，夏黃泉惡狠狠地出手拍了把商碧落的臀部，冷聲道：「給我看好後面，要是有喪屍接近你沒告訴我，我就拿你去餵他們！」哎喲，觸感還挺結實有彈性，怪不得他那麼有自信。

「……我知道了。」

雖然商BOSS回應的嗓音似乎一如既往的柔和，但夏黃泉直覺地從中感應到了淡淡的殺氣，心情頓時好了很多。

做好準備後，夏黃泉一把拎起車上裝垃圾的塑膠袋，而後一腳踢開超市大門，將垃圾袋在手中揮舞了兩圈後，狠狠地朝超市內砸進去，眾人只聽得「砰！」的一聲巨響，那袋垃圾直接擊中了角落裡某個空空如也的貨架，它應聲倒地，連續帶倒了附近的幾排貨架。

這巨大的響動引走了大量的喪屍，眾人趁機進入超市。最外面是零食區，也是被掃貨掃得最乾淨的區域，夏黃泉瞥了一眼後，發現一個重大的失誤——她對這家超市的地形完全不熟悉，並且也不太清楚所謂的末世究竟要拿些什麼玩意兒，思考了一下，她決定不再用自己的腦子思考這麼複雜的問題。

而是直接跳上了收銀台，緊接著幾個連續的縱躍，落到最中央的貨架上後，一把將出鞘的刀戳入貨架鋼鐵材質的頂端，靈活地翻了個身，整個人居然穩穩地站到了長刀的手柄上。她一把抓下肩膀上的男子，將他的身體高高舉起：「給你三分鐘，列出一個行動計畫，否則我就直接把你丟下去。」從這樣的高度雖然不至於看清楚所有貨架上的貨物，但起碼能看清楚明顯的分區。

三分鐘轉瞬即逝，夏黃泉輕盈地從刀柄頂端跳下來，重新將商碧落揹到背上後，一把拔起刀翻身跳下貨架，在末世的危機中，兩個人暫時拋棄了恩怨，默契地協力了起來。

「前方直走，第三個貨架，中號的運動背包……」

——夏黃泉毫不猶豫地放棄了最大的背包，拿起中號直接往背上一丟，商碧落接住後快速將其拉開。

「左側轉彎，第一個貨架，水……」

——抓起！穩定而快速地丟給背上的人。

「右側，第二個，罐頭，前方第二個貨架，餅乾……」

——接住！即使在這樣的情況下，商碧落依舊按層次將物品塞入背包中，盡可能地利用背包所有的空間，動作絲毫不紊亂。

「……手電筒……電池和打火機在入口附近的櫃檯上有……」

在商碧落優秀智力和夏黃泉出眾武力的合作無間下，兩人快速而有序地收集了一件件的必需品，路途中遇到的喪屍也被全數砍翻在地，就在幾乎準備齊全即將可以離開超市時，一個漆黑的箭頭突然再次出現在超市的某個角落，夏黃泉下意識地停住腳步。

只能去那個方向，現在的她根本不可能走出超市。

「方向不……」

「閉嘴！」夏黃泉滿心不爽地低吼出聲，快速地朝箭頭所指的地點跑去，而後，整個人愣住。

如、如果她沒看錯的話……這裡是男廁所吧？

男廁所究竟有什麼好來的啊喂！頭頂著「變態」的光環，夏黃泉快速地在男廁所中檢查了一圈，卻沒有發現半隻喪屍，所以，她來這裡的意義何在？

等等，既然和她沒關係，那是不是和商碧落有關係呢？

她一邊想著，一邊故意接近廁所隔間，果然，肩上的人身形微怔了一下，雖然是轉瞬即逝，卻被夏黃泉敏銳地捕捉到了，所以……她那麼辛苦地跑來跑去，結果就為了陪他上廁所？她是保姆嗎？要不要親手幫他擦乾淨啊？！

開什麼玩笑？！

但是，總不能讓他憋著吧，就算再討厭商碧落，這種事情夏黃泉還不屑做。

於是她伸出手一把將背上的男子揪下來，啪地一聲就丟到了馬桶上，俯下身捏住了他的下巴，威脅道：「只給你五分鐘，到時候如果還沒好，我就去找一隻漂亮的女性喪屍來幫你穿褲子，滿足你的生・理・需・求。」

「……」

很顯然，夏黃泉對於之前的烏龍還耿耿於懷，終於找到了打擊報復的機會，她對此表示非常愉悅。

Ch. 04 我才不會負責

眼看著商BOSS幾乎快要裂開卻還勉強維持著的笑臉，夏黃泉心裡撒了把花，面無表情地輕哼一聲，放開青年，一手提著背包施施然走了出去，順帶將廁所的門關好，她真心沒有圍觀別人老二的習慣。

為了避免發生危險，她沒有走遠，將背包丟到洗手台後，抱臂站在原地靜靜地等待著時間的流逝。

鏡子中倒映出她的影像，與之前相比，身上的死氣顏色並沒有加深。

【喪屍已發生初級進化。】

「！！！」夏黃泉被這突如其來的訊息驚住了，喪屍居然在這個時候發生進化？不，仔細想想也不是不可能，一部分小說、影視中喪屍與人類一樣，都是可以不斷進化的。這座超市在夏黃泉的心中瞬間變得危險起來，不行！現在必須離開！

如此想著，她拎起背包快步衝到廁所外，一腳將緊閉著的門狠狠踹開。

「……」

「……」

夏黃泉單手摀臉：「抱歉，我忘記你在上廁……」說到一半突然想起這語氣不太符合自己冷艷高貴的形象，而且她為什麼要向商碧落這混蛋道歉啊，於是立刻換了一副嘴臉，「慢死了！是男人，小解就該在三十秒內完成！」

商碧落抽了抽嘴角，正準備說些什麼……

「啊——」

就在此時，兩人聽見超市裡突然傳來一聲慘叫。

不及細想，夏黃泉一手將商碧落提了起來，三下五除二地快速幫他扯上外褲後，喊了聲「拉鏈自己拉」，將其放到背上扛好，順帶將背包塞入他手中，而後快速地飛奔出去。

一邊朝聲發地跑，夏黃泉一邊問：「是誰？」對於商BOSS的記憶力，她很有信心。

「是王瑞的聲音。」商碧落肯定地說。

「王瑞？」夏黃泉對這個名字完全沒印象。

「坐在妳斜對面的男性，年紀三十左右，短髮，落腮鬍，上身穿黃色外套，下面是藍色牛仔褲和白色休閒鞋。」

伴隨著商碧落簡短又詳盡的介紹，某個身影在夏黃泉的腦中浮現，印象中車上的確有這麼個人，起碼外表看起來很可靠，能讓他發出這樣的叫聲，恐怕……夏黃泉的心中湧現一絲不祥，她肯定，這和所謂的喪屍進化有直接關係。

不僅是她，超市中的喪屍也不斷地朝著聲音傳出的地點前行著，夏黃泉皺了皺眉，叫了聲「抓好！」，而後再一次跳上貨架，以那種普通人類不可能做到的縱躍方式在半空中前進著，奔跑間，她覺察到一股違和感，卻又不知這感覺從何而來，直到背上的青年肯定地說道：「他們的速度比之前要快。」

沒錯！

夏黃泉恍然大悟，的確如此，喪屍們行動的速度比起之前要快了約一倍。

但是，所謂的初級進化僅僅如此嗎？

事發地是零食區，王瑞靠躺在貨架旁，右腿滿是淋漓的血跡，看痕跡應該是咬傷，而其他人正揮舞著武器對抗著接二連三撲上來的喪屍，看樣子這些人一直是一起行動的，既然如此……王瑞又怎麼會被喪屍咬到呢？

而且，其他人身上死氣的顏色變深了，尤其是王瑞，離喪屍簡直只有一線之隔。

所謂的死氣，原來是會變化的嗎？

還是說，是由所謂的喪屍進化引起的？

來不及多想，夏黃泉拔刀出鞘，直接從貨架的頂端跳下去，眾人只看見空中閃過一道銳利的光，一隻喪屍被自上而下劈成了兩半，下一秒，夏黃泉急速後退，反手一刀砍斷了另一隻喪屍的脖子，直到此刻先前那隻喪屍才轟然倒地，濺出一地腐臭的血液。

她一邊清理著喪屍，一邊喊道：「快走，我斷後！」

「大家幫幫忙！」

眾人手忙腳亂地將王瑞扶起，快速地跑出超市，夏黃泉迅速地斬殺最貼近的那一波喪屍，緊隨其後，路過收銀台時，她停了下，從其中抓出打火機和電池等必需品，一邊抓一邊往後丟去，配合的商碧落極度默契地將它們塞入背包，這一切只花了十來秒工夫，夏黃泉馬不停蹄地跑到玻璃門前，卻驚愕地發現……一根木棒赫然從外面卡住門，將其堵死。

這不可能是意外，毫無疑問，有人想要她的命。

「為什麼……」

超市裡突然響起幾聲槍響，夏黃泉下意識地回頭，正看到幾隻腦部中槍的喪屍緩緩倒下，其他喪屍快速地填補了他們的空缺。

「現在不是發呆的時候。」

「……這種事情用不著你說！」

【危機觸發，黃泉之眼初級進化完成。】

「！！！」又一次初級進化？！

從進入超市開始，夏黃泉的心情就如同搭雲霄飛車一般，從來沒平靜過，隨著系統的提示，大串大串的資訊再次被灌輸進她的大腦，傳輸過程看似時間很長，實際上才不到短短幾秒，而她也終於明白所謂的進化究竟是怎麼一回事。

隱藏在黑色眼罩下的琥珀色眼眸閃過一絲銳利的光彩，紅色的瞳孔微微收縮，夏黃泉不僅沒有逃走，反而舉起長刀朝喪屍們衝了過去，如果有人可以和她一樣看清楚死氣，會驚駭地發現每當一隻喪屍在她的刀下死去，原本纏繞在喪屍身上的濃郁死氣便會被這把刀吸收。

沒錯，這是進化後的兩個技能之一——**死氣吸收**。

直到最後一隻喪屍在她的刀下失去行動力，夏黃泉將背上的商碧落一把丟到地上，與此同時，自己也氣喘吁吁地坐到了地上，靠著倒下的貨架大口大口喘氣，這場架是她半個月來打得最激烈的一場，畢竟從前的她總秉承打不過就跑的原則，不像現在幾乎精疲力盡——剛才的那場背叛，狠狠地刺激了她。

她到現在也沒明白那到底是怎麼一回事，如果是為了物資……超市裡還有很多，她和他們壓根兒就沒有任何利益衝突不是嗎？到底發生了什麼事？

「妳沒事吧？」正猶疑間，一瓶礦泉水被遞到她的面前，商碧落的臉孔上滿是擔憂的神色，眼神誠摯地注視著她，「發生這種事情也是沒辦法的，妳不要太難過。」

夏黃泉怔怔地注視了他片刻，突然低下頭雙手摀住臉，肩膀微微顫抖，語調中滿是哭音：「為什麼……他們為什麼要這樣對我？」

而後她聽到商碧落嘆了口氣，一隻手突然放在她的頭上，輕輕揉了幾下，柔和動人的聲線在她耳邊響起：「如果實在很難過，就哭出來吧，這樣心裡會好受些，如果不想被看到聽到，我可以蒙上眼睛摀住耳朵。」

話音剛落，他只感覺女孩撲了過來，將頭深深地埋在他的懷抱。

商碧落緩緩褪去溫柔的表情，嘴角勾起一抹冷笑，垂下眼眸，用一種夾雜著蔑視的冰涼眼神俯視著落入圈套的獵物，與之相反，聲線卻更加溫柔了：「沒事了，都過去了。」一邊如此說著，他一邊伸出雙手環抱住夏黃泉的腰肢，一下一下地拍著她的背脊。

「真的？」

「真……呃——」商碧落的話沒有說完，因為他的腹部遭受到一拳重擊。

夏黃泉注視著青年摀住腹部的狼狽模樣，剛才的鬱悶一掃而空，簡直可以轉圈圈撒花——混蛋，姐是隨便可以抱的嗎？！藉心靈脆弱趁虛而入啊，還以為能玩出什麼更好的花樣，嘖，這種三流言情劇的表現是怎麼回事？可真叫人失望。

而後，她下了一個重要的決定。

那就是——不能老讓商碧落噁心她，她也應該狠狠噁心一下對方才行。

於是她揉了揉臉，擠出了一個標準的小白花表情，蹲下身嚶嚶嚶地道歉：「抱歉，你沒事吧？我不是故意的，只是想起你上廁所摸完老二沒洗手就來摸我，一時沒忍住……」

「……」

「你生我的氣了嗎？」梨花帶雨小白花臉。

「……不，怎麼會。」春風和煦白蓮花笑。

白蓮花對上小白花，兩人都在自己被噁心到的同時，更加努力地噁心別人。

❖

互相噁心了一會兒，夏黃泉覺得膩了，決定這次暫且結束，下次再繼續。與此同時，之前流失的體力也漸漸恢復，不得不說，她現在的身體機能真是好到驚人的地步。

她站直身體，看了眼寂靜無聲的超市中琳琅滿目的物資，頗為可惜地說道：「有空間多好。」只能看不能拿，真是讓人心痛。

「空間？」大概是被夏黃泉剛才的表現刺激到了，商碧落這個拿微笑當作慣性表情的傢伙難得斂去了笑容，歪了歪頭，疑惑地問，「是網路小說中主角所使用的儲物道具嗎？」

「欸！！！」她在這個超市到底是要嘗到多少次震驚的滋味啊！商BOSS原來也會看那種小說嗎？夏黃泉一邊震驚，一邊不由得腦補起這傢伙戴著眼鏡流著口水坐在電腦旁看種馬小說的模樣，真心……想像不能好嗎？！而且，讓這傢伙當讀者，總感覺好危險，萬一爛尾或者斷頭，絕對會被做成消波塊吧？絕對！

「妳似乎很吃驚？」

夏黃泉猛地回過神：「誰、誰吃驚啊？！」而後揚起下巴，用一張鄙視臉看他，「我只是沒想到你會YY那種不切實際的東西而已，哼！」

一聽到那戰鬥的號角，商碧落立刻披上了作戰的鐵甲，因為坐著的緣故，他回答時正仰視著夏黃泉，眼神卻彷彿正看著一個不聽話的孩子：「抱歉，只是聽妳說突然想起來而已。」

「……」所以最先開始ＹＹ的人是她，要鄙視也要先從鄙視自己開始嗎？

混蛋！和這傢伙說話真是太累人了，他的大腦思維簡直和他的大腸一樣都是彎的！嘖，真想扯出來拉直！

等等……

她注視著商碧落，微微凝眉：「小子，你怎麼不賣笑了？」

商碧落的回答很淡定：「因為我發現妳似乎很討厭我的笑容。」

「……」夏黃泉沉默片刻後，嘴角扯起一個冷笑，她彎下身貼近青年的臉孔，一字一頓地說道，「你錯了，我並不討厭你的笑。」

「哦？」

「我討厭的是你整個人！」

「……」商碧落對於這個回答既意外，又不意外，畢竟她一直沒有隱藏過自己的情緒，如果不是事先認識，恐怕就是憑野獸本能感受到了他的本性，但是，還有一點非常奇怪，「既然如此，為什麼要帶著我？」

他以為她想這麼做嗎？！

但是，明顯不能實話實說，依照他對她的瞭解，如果他得知真相，一定會毫不客氣地折騰死她的好嗎？！

所以，這種時候，唯一的做法只有——

「你這麼聰明，不如猜猜看好了。」

把問題丟回給他，腦子愈好的人，愈愛想太多，想著想著，就把自己繞暈了。

他老人家自己暈去吧，她不奉陪了。

但是，很顯然夏黃泉低估了商碧落的厚臉皮程度，只見他微挑起眉，居然回道：「難道妳嘴硬心軟，其實很喜歡我？」

「蛤！！！」

她可以弄死他嗎？可以嗎？！不行，總感覺他是在試探，要是發火就輸了。

夏黃泉拼命抑制住心頭的怒火，就在這時她突然想到一件事，商碧落這混蛋……因為某些經歷，內心其實非常討厭女性，已經到了堪稱心理疾病的地步，既然如此……哼哼哼哼，小惡魔在她心中揮動著罪惡的翅膀。

她俯下身一把捏住商碧落的下巴，目光落在他淡色的唇上，作了一秒心理建設，低頭「啵」一口親了上去（呸！姐就當上廁所時不小心把用過的衛生棉貼到了臉上！），而後挪開臉孔，用一種（自以為）深情款款的目光注視著他，說道：「是啊，我愛死你了，你要不要現在脫掉褲子給我上一個？」

來！嘔吐吧！憤怒吧！反抗吧！然後我就把你按在地上揍一頓！

夏黃泉飽含期待地注視著商碧落，只見他喉結顫了顫，眼眸垂下，彷彿終於抑制不住想要暴躁的衝動，而後——居然又對她露出了一個幾乎要發光的聖父笑：「好啊。」

「……」BOSS，你的節操呢？！快把它撿回來！！！

雖然知道對方在說謊，但夏黃泉不可能為了證明這點真脫掉褲子上他啊，而且商BOSS這混蛋明顯也是不想失去貞操的，看，都拿笑容來噁心她了。

深感無趣的夏黃泉輕嘖了一聲，拎起地上的商碧落丟到老位置放好：「走了！」雖然這裡的喪屍已經被清空，門也是密封好的，食物、水源、生活用品都不缺乏，就算有其他人來，以她的武力值也完全不需要擔心，但是隨著時間的流逝，那些原本將自己關在家中的人遲早要出來尋找食物，總有人會喪生，而後轉化為喪屍，不知道什麼時候又會來一次中級進化、高級進化，這座城市將會愈來愈危險。

而且，操控一切的系統也不會讓她在這裡一直待著的。

「離開是明智的決定。」

「那是當然！」

夏黃泉挑眉，一邊回應一邊雙手抓起貨架，助跑了幾公尺後，狠狠地將它甩了出去，只聽得驚天動地的一聲巨響，她踏著滿地的碎玻璃，大步走到超市外面的街道上，揮刀將被這聲音吸引而至的喪屍砍殺並吸收死氣之後，夏黃泉抬起眼眸，看了看躲在對面街角的幾個人，最後回頭看了這家超市一眼，轉身快步離開。

至少，現在的超市是極為安全的，只要他們速度夠快，就可以拿到足夠多的物資——讓它們成為支撐人類活下去的養料，總比白白浪費要好太多。

天空的箭頭依舊指著之前的方向，停靠在不遠處的貨車卻早已不見蹤影，直到現在，她都不明白造成他們背叛她的原因究竟是什麼，但現在不是糾結的時候，喪屍的速度明顯加快了，若步行出城實在太慢，必須要找輛交通工具才可以，這下問題來了！

她不會開車！

這個車不僅指轎車，還指摩托車，甚至腳踏車。

沒錯，她從小到大一直是個步行黨！

夏黃泉的目光落到路邊停靠的車子上，她頭也不回地問：「會開車嗎？」

「會，但，是專用車。」

「……」白問了，也是，按照他雙腿的情況，怎麼可能開得了正常的轎車，看來還是得她這個新手上路？好在是末世，不需要去考駕照，更不需要遵守交通規則。

「哪輛好？」好吧，她連盜竊罪都要犯了。

「那輛迷彩越野車。」共犯也有了。

夏黃泉快步跑到越野車旁，與此同時，她注意到了一件奇怪的事情——明明沒有發出任何聲音，但依舊有遊蕩著的喪屍朝她所在的方向靠近，巧合？她朝旁邊挪了挪，只見喪屍的動作停住，僵硬地轉過身，再次朝她所在的方位走來。

「這……」

「嗅覺。」商碧落肯定地下了判斷，「繼速度增快後，喪屍們開始有嗅覺了。」

嗅覺……夏黃泉終於知道王瑞被咬的原因，原本貨架附近的喪屍大部分都被她所斬殺，剩餘的都在角落不足為懼，而正因知道這點，他們那群人大意了，自以為不發出大的聲音就不會引來敵人，結果，在毫無防備的情況下，被進化出嗅覺的喪屍們團團包圍。

速度加快，擁有嗅覺……這就是所謂的初級進化嗎？！還會有其他的表現嗎？喪屍愈來愈強，看來必須趕緊離開這種人群聚居地了。

無須鑰匙，夏黃泉伸手輕輕一拉，號稱防盜效果MAX的車門便立刻被她扯開，而後她再次意識到一個悲劇——沒有鑰匙啊！但是，她有BOSS，毫不客氣地將商碧落丟到駕駛座，夏黃泉說道：「給你兩分鐘，打不開它，我就拿你的腦袋當方向盤。」這混蛋除了吃飯睡覺上廁所之外，總得做些正事吧。

不愧是標準的犯罪者，商碧落很快啟動了車子，新手上路的夏黃泉索性讓他掌控方向盤，而她則一腳踩著油門、一腳踩著煞車，妄圖以這種二人合作的方式開車。

「我開了喔！」

「越野車加速要慢……」商碧落的話音未落，夏黃泉的右腳已瞬間將油門踩到了底，車輪猛然劇烈旋轉，使得車子如同行駛在雪地一般，在原地快速地打起了轉。

「啊——啊啊——對了，要停下！」

「煞車必須慢……」商碧落話又沒能說完，夏黃泉已經狠狠地踩住煞車，越野車的重心突然轉移到前輪，而後朝前方一個踉蹌，夏黃泉在躲閃不及的情況下，腦袋狠狠地撞在了前方的玻璃上。

「嗷！」

車子終於停了下來，夏黃泉一手摀住腦袋，痛呼出聲：「痛痛痛……」

「……」商碧落注視著被撞出了幾條裂紋的玻璃，實在不知道該說些什麼，正常人的腦袋能做到這種程度嗎？不僅沒流血，連瘀青都沒有。

但是，現在顯然不是想這些的時候，商碧落朝旁邊瞥了一眼：「喪屍來了。」

「啊？哦！」夏黃泉再次踩下油門，因為之前的教訓，這次她的動作很輕，一點一點地加速。

汽車在商碧落的駕駛下，很快擺脫了雖然速度加快但依舊追不上車輛的喪屍。夏黃泉注視著左右街道的景象，不是沒坐過車，只是親自參與開車這還是第一次，這種體驗對她來說倒是很新奇。

就在此時，夏黃泉的眼神突然掃到了一幅讓她驚駭的畫面，以至於她再一次下意識地猛踩煞車。

身體再一次前傾，夏黃泉非常有經驗地一手抵住前方，而後整個人側倒，頭正好砸在……商碧落雙腿之間。

「……」

「……」

夏黃泉撐起身體，默默地看了看裂開的玻璃，又看了看商碧落的雙腿之間，費了半天勁才再次擺出一副冷艷高貴的臉孔，以掩飾內心那強烈的心虛感：「反、反正你也不用……它，碎了就碎了，是男人就別在意這些！」

不過……現在的他還算是男人嗎？

不管了，總之，她是絕對不會負責的！！！

Ch. 05 不是BOSS是寵物

完全不知道自己已經「渣」了的夏黃泉，糾結間突然想起她是為什麼停車，連忙神色一肅，伸手指向車窗外：「你看那個……是不是有些眼熟？」

中間之所以停頓，是因為那個被她指著的物體，現在已經不再能被稱為「人」，那只是一具被啃食殆盡的殘骸，身上的皮肉脂肪已經被全數吃光，只留下滿地的白骨以及衣物的碎料，還有……一付碎成了好幾片的眼鏡。

夏黃泉覺得胃翻江倒海，她以為自己會吐出來，卻到底還是沒有，或許是因為這些天的經歷，她的神經被鍛鍊到連自己都覺得可怕的地步了。

「是張凱。」

「張凱？」夏黃泉微怔，不由回想起之前那個提著熱水瓶炫耀功勞又諂笑著說想要菸的青年，才一眨眼工夫，他就化為了路邊的一堆白骨，但是，「為什……」話音未落，她突然想到，他們在超市內掃貨時，那輛貨車也正停在外面，在喪屍有了嗅覺之後，滿是人類的車子簡直散發著誘人的食物芳香，可能在任強他們出去之前，貨車就已經被團團圍住，而後的亂鬥中，有傷亡實在是太正常了。

「看夠了？」

夏黃泉掃了商碧落一眼，與她不同，從始至終他的神情都很淡定。明明是今天才來到這個世界卻毫無難度地接受了一切，果然變態和正常人是不一樣的，她輕哼一聲扭過頭：「走吧。」

車子再次行駛了起來。因為病毒爆發還處於初始期，街上遊蕩的喪屍還沒有到密密麻麻的可怕地步，但即便如此，數量依舊不斷在增加著。

夏黃泉一邊小心地踩著油門，一邊時而關注天空的箭頭指示的方向，只要有它在，哪怕沒導航、哪怕沒地圖都沒關係，總能找得到下一個目的地。

……不要剛這麼想就出狀況啊！

夏黃泉一臉血地注視著再次出現在商碧落身上的小黑箭頭，這回又要做什麼？幫他換紙尿褲嗎？救命！

也許是察覺到她內心的疑惑，小箭頭扭曲了一下，瞬間飄移到車子後座的背包上方。夏黃泉似乎明白了，回轉過身一手抓過背包，打開，試探性地問道：「吃什麼？」

「餅乾。」

「……」還真是餓了啊喂！所以，她是在養真人版電子寵物嗎？！餓了餵食、渴了餵水、身上癢了還要幫忙買刷子搓澡？！相比之下她寧願帶著企鵝好嗎？至少比商碧落要可愛多了。夏黃泉覺得自己終於明白為什麼商碧落這混蛋還有生理需求了，一切都是惡趣味啊惡趣味。

她一陣無語地從背包中拿出一包餅乾，再一看對方正抓著方向盤的雙手，輕嘖了一聲，一把撕開袋子，將它放到方向盤前上方的空位上。商碧落很有禮貌地道了聲謝後，時不時空出一隻手拿出餅乾慢慢嚼著，他吃飯時很寂靜，沒有發出一絲聲音，食量也不算大，一袋餅乾只吃了約一半便停了下來，用車上的紙巾擦了擦手後，繼續穩穩地握住方向盤。

夏黃泉將餅乾密封好塞回背包裡，再次將其丟回後座。能看卻不能吃可真虐，她覺得自己更討厭商碧落了，懷著這樣一種糾結的心情，她決定閉目養神，大概是今天的運動量實在過大的緣故，片刻後她的意識便陷入了將睡將醒的混沌之中……

彷彿只是打了個盹，又彷彿做了一個挺長的夢，反正當夏黃泉再次睜開眼時，車窗外原本明亮的天空已然黯淡下來，陰雲密佈，似乎快要下雨了，她展開雙手伸了個懶腰，邊打著呵欠邊問道：「我睡了多久？」

「將近兩小時。」

「是嗎……」將近兩個小時，她的腳居然保持著勻速踩油門的動作，夏黃泉幾乎被自己感動了，而後她突然想起來，連忙扒住車窗朝外看去，片刻後鬆了口氣，還好，他們沒有偏移箭頭的方向，因為箭頭所指的方向橫穿這座城市，所以即使開車開了兩個小時，也還沒有出城，不過路旁的街道上已經非常冷清，想必離城外已經很近了。

她注視著天上濃濃的陰霾，皺眉道：「看樣子會是一場大雨。」

「快到了。」商碧落突然說道。

「什麼？」

「加油站。」

夏黃泉愣了下，而後想起，的確，人步行要補充能量，何況是車子。這個時候的她突然覺得帶著這傢伙還是有那麼一丁點好處的，至少不用再辛辛苦苦地步行趕路，他開車的時候她可以睡覺！在不能吃不能喝的現在，這可以說是她唯一的安慰了。

「需要多少油？」

「車上的空位全部放滿。」

「……」所以之前開車的時候，他才沒有提醒她從超市再搬些東西放到車裡嗎？

宛如知道她心中在想什麼，商碧落目不斜視地道：「食物相比於燃料要更容易取得。」

「……用不著你說！這種事情我當然知道！」

商碧落沒有說話，只是嘴角微微勾起，那微妙的弧度讓夏黃泉很不滿，非常不滿，她伸出手一把按住他的腦袋，咬牙道：「小子，你是在嘲笑我嗎？」

「怎麼會？」商BOSS歪過腦袋，嘴角綻放溫柔的笑意，看起來要多懇誠有多誠懇。

當然，也只是看起來。

但是夏黃泉怎麼可能被騙？！她瞇了瞇眼，不怒反笑：「笑得真漂亮，跟朵狗尾巴花似的，是在求姐再香你一個嗎？」

「……」扭頭，開車。

夏黃泉得意地勾起嘴角，無聲地笑了，哼哼哼，混蛋，看到底誰能噁心死誰！

商碧落沒有猜錯，加油站很快就出現在兩人的眼前，但不巧的是，在他們到達之前，那裡已經迎來了一批訪客，巧合的是，那些訪客還是他們的故交。

沒錯，正是任強等人。他們的運氣似乎在清晨的那場逃生中消耗殆盡，憑藉著良好的眼力，夏黃泉觀察到，他們至少已經損耗了五名男性，餘下的人們正背靠著貨車，揮舞著殘舊的武器對抗著一擁而上的喪屍們；這群前赴後繼不斷撲上去的怪物中，有的身上穿著加油站職工的制服，有的則是西裝革履。

「怎麼會有這麼多喪屍？」夏黃泉皺眉，看加油站附近的情形，這裡應該沒有很多批人來過。

因為車子停下終於可以自由使用雙手的商碧落，無聲地指了指加油站上方的橫布條。

夏黃泉凝神一看，只見上面寫著：歡迎上級長官蒞臨本加油站檢查指導。

「……」喂喂，這算什麼？末日冷笑話嗎？

夏黃泉正準備說話，就在這時，圍繞在貨車旁手忙腳亂地對抗著喪屍的人們，終於發現了這輛突然出現的越野車，並且認出了坐在車裡的人。

任強滿面驚喜地大喊了起來：「小夏！快來幫忙！」

「……哈！」夏黃泉沉默片刻後，發出了一聲短促的笑，在做出那種事情後，他們到底是有多麼厚的臉皮才能說出這句話？

商碧落雙手支著下巴，饒有興趣地注視著身旁的女孩，而後看到她惱怒地扭過頭來，吼道：「看什麼看？沒見過美女嗎？！」

他彎了彎眼眸，點頭道：「是啊，我的一生中從沒見過像妳這麼漂亮的女性。」這話語被他說得那叫一個千回百轉深情款款。

「……我去！」夏黃泉被噁心到出了一身的雞皮疙瘩，混蛋商碧落，別那麼輕易地把臉皮撕下來上廁所啊！

「小夏——」

又是一聲淒厲的叫喊打斷了車中兩人的談話，夏黃泉錯開商碧落的目光，將視線投注到不遠處的貨車上，握著刀柄的手緩緩握緊。

「哇——」

「哇啊啊——」

「……」夏黃泉愣住了，小孩子的聲音？她連忙凝神去聽，貨車緊閉的車廂中，的確斷斷續續傳來孩童的哭聲，她驀然想起，沒錯，他們出城之前應該先去接了家人，有孩子也不奇怪，等等！她再一次朝打鬥的男人們看去，裡面沒有王瑞，也沒有劉磊。同為被喪屍咬了的人，王瑞也就算了，按照商碧落的推測，被咬後六個小時才會有強烈的對肉食的渴望，就算王瑞躲在車廂內對其他人而言也不會有危險；而劉磊，算了算他從被咬到現在已經足足有八個小時了，如果他此刻正在車廂中，那麼……

怕什麼就來什麼，當真是亙古不變的真理。

還沒等夏黃泉想出個所以然，只見車廂的門突然被打開。孩童的哭聲瞬間變得更加清晰。

「閉嘴，不然就把你丟出去！」劉磊的聲音傳了出來。

「住手！他還是個孩子，你在做什麼……啊——」

伴隨著這聲尖叫，站在門邊和劉磊理論的於蕊砰地一聲被他推得跌下了貨車，原本圍著其他人的喪屍聞聲嗅味而來，她一邊哭喊著「不要！」一邊扒著車廂緣想爬回去，但愈緊張手就愈抖，而站在車門附近原本可以拉她一把的劉磊，此刻居然抱著頭跪坐在車上，肩頭時不時地顫抖著，彷彿沉浸在某個只有自己的世界中。

「哇——」孩子的哭聲更大了。

夏黃泉閉了下雙眸，突然抬起手伸到商碧落面前：「熱狗呢？」

「什麼？」

「我說，之前那妹子給你的那根熱狗呢？」

「……」商碧落沉默了一瞬，而後將一根熱狗遞到了夏黃泉的手上。

「別誤會！我只是去還熱狗的！」

她一把接過，提著刀就跳下車，疾跑幾步後定下身形，第一次使用了黃泉之眼升級後除去「死氣吸收」外的另一項技能——**死氣爆發**！

「都給我退後！」

伴隨著這一聲大吼，夏黃泉拔刀出鞘，之前灌輸進大腦的訊息在這一瞬間爆發出來，身體的每一塊肌肉都在此時調整到了最標準最高峰的狀態，如果有人在這時仔細看她的眼眸，會驚愕地發現，右邊那隻展露在外的漆黑瞳孔在那一瞬間甚至有些空洞；而後，她手中的武士刀狠狠地斬過了面前的空氣，發出尖銳的響聲。

「……」

「……」

空斬？

眾人對她不符合情理的舉動驚駭異常，就在此時，詭異的事情發生了，原本立在她前方的喪屍們身上突然此起彼伏地爆出腥臭的鮮血，如同電影的慢鏡頭一般接二連三地緩緩倒下，以死亡在大地上構建出一塊完美的扇形。

離她最近的喪屍被完整地斬斷成兩半，而最後一排則僅是顱骨碎裂，可見死氣爆發這招的傷害是由近到遠——夏黃泉一邊心中暗自分析著，一邊狀若無事地復又站直身子，而後只感覺腦子一陣眩暈，手臂也酸痛異常。

死氣爆發的原理與名稱一樣簡單，就是將積累在刀中的死氣一瞬間爆發出來，可以一次釋放出來，也可以分好幾次；為了試驗威力，夏黃泉只此一擊便將所有死氣全數用盡，結果雖然看似強大，但對身體也會產生非常大的負荷。

看來下次要控制好死氣數值了，她暗自想著。

好在其他人現在無暇顧及她，都趁著這大好形勢先後將剩餘的喪屍除去，夏黃泉也因此得到了寶貴的休養生息的機會。

當最後一隻喪屍轟然倒地，其他人都鬆了一口氣，幾乎全數就那麼坐倒在地，大口喘著氣，任強同樣也是如此——如果他們真的做了對不起她的事情，怎麼敢在她的面前這麼放鬆？如果沒有……那麼被卡住的門究竟是怎麼回事？

懷著這樣的疑惑，夏黃泉又靜靜地在原地等待了片刻，直到感覺身體的疲累已經緩解了大半，才終於有了動作。與此同時，坐在地上的任強也站了起來，朝她走來：「小夏，這次真是多虧……妳這是做什麼？」他愕然注視著夏黃泉從身側平舉直指著他的長刀。

「該問的人是我才對吧？」夏黃泉握刀的手沒有一絲顫抖，一邊說話一邊用眼角餘光關注著其餘人的神情動作，「那時候，為什麼把超市的大門封起來？」

「啊？妳在說什麼啊？」任強臉上滿是驚訝的神色，他激動地反問道，「妳說超市的門被封住了？我們做的？怎麼可能？！我們除去門外的喪屍後還等了你們一會兒……後來實在沒辦法才離開的，我們怎麼可能害妳。」

「……」謊言？不，不像，如果是謊言，那任強無疑是頂級的撒謊專家，因為他的表情實在是太真摯了。

就在此時，眼角餘光突然掃到了一絲異樣，夏黃泉臉色大變，突然一把投擲出腰間的刀鞘；因為她巨大的力量，刀鞘瞬間化為可怕的凶器，將某個男人的手狠狠插在車板上。

其他人尚未從驚駭中回過神，夏黃泉已經跑到車子旁，如黑貓般輕盈地跳躍到車上，而後一把拔起刀鞘，出腿將那名男子狠狠地踹到了車外的地上。

「妳在做什麼？」

「阿磊！」

其餘人紛紛舉起武器。

「別衝動！」任強連忙喊道，「磊子好像不太對勁。」

「喪、喪屍！阿磊變成了喪屍！」

「他什麼時候被咬的？！」

「不、不知道啊！」

「快退後！」

原本抱頭跪坐在車上、在理智與本能中掙扎的男子，不知何時已完全轉化為喪屍，雙眼翻白，嘴角咧開，唾沫橫流，彷彿感覺不到左手的疼痛，只是不斷掙扎著想要從地上爬起來，朝一旁眾多散發著食物香味的人們靠近。

被救後一直站在車門附近的於蕊回轉過身，仰起頭朝夏黃泉道謝：「謝、謝謝妳。」依剛才的位置，如果夏黃泉沒有扔出刀鞘，被本能所控制的劉磊，毫無疑問會扯住毫無防備的她，向她的脖項狠狠咬下，想到這，於蕊不由打了個寒顫，眼神頓時又多了幾分感激。

夏黃泉搖了搖頭，從口袋掏出那根熱狗，丟到她手上：「我只是來把它還給妳而已。」

商碧落坐在車上，饒有興趣地注視著眼前比戲劇還精彩的一幕幕，目光最後定格在靜立在車上的女孩身上。他注意到，其餘人直視她幾乎不敢超過三秒，是被她那超出常人的力量所震懾了嗎？那的確很讓人驚訝，但更讓人驚訝的是，她明明擁有超出常人的力量卻還以常人的三觀束縛著自己的思維模式。

本能？偽善？或者僅僅是自我滿足？

依她那構造簡單的大腦，也許答案真是第一個也說不定。

但即便如此，在這一切都將崩塌並等待著重建的末世，她的性格是會變得更加靈活？還是徹底被玩壞？抑或是……真的能一路堅持本色到底？

但有一點毋庸置疑。

商碧落一邊想著，左袖輕抖，一把袖珍的銀色手槍滑進他手中，他面無表情地從車窗伸出手去，朝向夏黃泉的方向，毫不猶豫地扣下了扳機。

與此同時，仰頭注視著夏黃泉的於蕊突然驚叫出聲：「小心！」

夏黃泉在聽到於蕊的驚叫聲之前，就已經憑藉直覺和微弱的空氣流動感覺到身後襲來的力道，她連忙回轉過身，下意識地拔刀，卻在看清楚情形的下一秒，硬生生地將手中的刀插回了刀鞘中，與此同時，伸出左手，試圖用它抵擋突如其來的利刃攻擊。

「啊——」

一聲慘叫後，塵埃落定。

發出慘叫的人自然不是她，夏黃泉縮回毫髮無損的手，後退了半步，冷冷地注視著摀住中彈的手在地上翻滾的男子，他身邊橫躺著一支銳利的匕首，剛才這男子正試圖拿它攻擊她。

「槍！那個小子開得槍！」

「殺人了！」

「不，不是的，是王瑞先想用刀子傷害小夏的！」提前發出預警的於蕊，無疑是旁觀者中除了商碧落以外唯一看清楚一切的人，她高聲辯解道，「他剛才還把娜娜抱在懷裡當成盾牌！」她看得很清楚，如果不是因為王瑞懷中的那個小女孩，夏黃泉也不會硬生生地將拔出一半的刀收回鞘中。好在王瑞失敗後，被嚇壞的小女孩已經被一旁的老人搶了回去。

不得不說，商碧落射出子彈的時機和方向都精準極了——早一秒，則很可能射中王瑞懷中的孩子；晚一秒，則可能射中以手擋刃的夏黃泉的手腕。

他無聲地注視著塵埃落定的一切，淡然地收回握槍的手。

她是本能也好，偽善也可，自我滿足也罷，他都不在乎；但是在他能確保自己的安全之前，她還不能失去戰鬥力。

商碧落微眯起眼眸，再次雙手撐著下巴看起戲來。

既然被拆穿了一切，王瑞索性豁出去了，伸出沒有中彈的左手就想再次抓住地上的匕首，手掌卻在與之接觸的前一秒，被夏黃泉牢牢踩在腳下。

「為什麼？」居然對她懷著如此強烈的殺意，毋庸置疑，卡住超市大門的木棍八成是他幹的，「為什麼封住超市大門？為什麼想要殺我？」他們之間並沒有仇怨不是嗎？

之前圍上的眾人都露出驚訝的表情，任強不可置信地看向狼狽趴在車上的男子：「王瑞，這是怎麼回事？真的是你把超市的門封住的？」

「沒錯，就是我！」王瑞露出一個扭曲的笑容，「你們一出門看到圍住車子的喪屍都嚇傻了，我就趁機把手上的木棒卡在門上，沒想到她這麼命大，居然沒有死。」

「為什麼？小夏不僅和我們沒有仇，之前還幫助了我們，要不是她，我們也不會那麼順利地進超市……」

「別和我提超市！」王瑞咆哮出聲，「如果不是她說要去超市，我怎麼會被咬！」

「……」

「……」

眾人紛紛沉默了。

「別以為我不知道！被喪屍弄傷就死定了，就像磊子一樣！我死不要緊，但也絕對不能放過害死我的人。」王瑞一邊喊著，一邊劇烈地掙扎起來，「張凱我已經弄死了，現在就差她了！」

……張凱？

夏黃泉猛然怔住，想起路上見到的那一堆白骨，那也是……他做的嗎？

「和張凱又有什麼關係？」有人替她問出了心中疑惑。

「如果不是他要去零食區拿糖果，帶給那個小鬼，我怎麼會被咬！」王瑞一邊喊著，一邊惡狠狠地看向之前被他抱在懷中當擋箭牌的孩子。

「你怎麼能這麼做？」

「我為什麼不可以這麼做？我知道了，因為她夠強，所以你們打算犧牲我討好她是吧！我告訴你們，她根本沒把我們當一回事，不然進超市也不會抱著那個殘廢單獨跑開那麼久，眼睜睜地看著我們被喪屍圍攻。她要真有這麼好心，我怎麼會被喪屍咬傷？他們肯定搜括了不少好東西吧，留下些不值錢的殘渣給我們，你們還一個個感恩戴德，跟哈巴狗……」

「夠了！別說了！」

「我偏要說！你們……」

夏黃泉覺得自己的心有些涼，胃也在翻騰，也許她此時該說些什麼或者做些什麼，但她只是移動腳步，跳下車子，頭也不回地離開——如果之前還有想要「報仇」的念頭，那麼現在已經完全沒有興致那麼做了。

就算做了，她也不會覺得更開心；就算不做，他也會自取滅亡。

沒有意義。

如此想著的她，轉身走進加油站，從裡面找出了幾個可以裝油的鐵桶、鐵壺，雖然塑膠容器要更輕些，但也容易產生靜電引發火災，更何況憑藉她現在的力氣，鐵質物品和塑膠物品實在沒有區別。

也許是為了迎接上級長官的檢查指導，加油站的油儲量非常多，可惜的是，她只能帶走很少的一部分。將裝滿的鐵桶一個個壘起後，夏黃泉又找了一條繩子將鐵壺圍著的最下端的鐵桶綁了一圈，而後雙手抬起這座鐵山，就這樣走出加油站，在其餘人目瞪口呆的目光中，穩穩地將它們搬到越野車的後側，而後將較大的鐵桶都塞進越野車的後備箱，鐵壺則放到車子的後座。

做好一切後，她重新打開車門，坐上了右側的空位。

幾乎在同時，天空開始下起了雨，最初只是幾點雨滴墜落到地面上，但不過片刻，這雨點變成了牛毛般的雨絲，淅淅瀝瀝，密密麻麻，視線所及皆是一片模糊。

商碧落一邊開啟雨刷，一邊說：「八個小時。」

「什麼？」

「從被咬到轉化成喪屍的時間。」

「……哦。」夏黃泉猶豫著轉頭，看了商碧落一眼，只一瞬復又扭過頭去，片刻後，又再次將頭轉了回來。

商碧落挑眉：「怎麼了？」

「……我之前也救過你！所以我們之間扯平了！」夏黃泉心虛地拉高嗓門，以增強自己的底氣，「而且就算你不開槍我也可以打敗他！所、所以，小子，我警告你，別指望我會和你說謝謝！」

「和我說什麼？」

「謝謝！」

商碧落歪頭，露出一個頗具賣萌嫌疑的溫柔笑容：「不用客氣，這是我應該做的。」

「……」三秒鐘後，夏黃泉伸出拳頭狠狠地砸中商碧落的腹部，陰沉臉道，「你這混蛋是在玩我嗎？！」

商碧落捣住腹部倒下，被ＫＯ！

夏黃泉從鼻子發出一聲輕哼，不得不說，揍了這混蛋後，她從剛才就一直陰鬱的心情倒是好了很多，身為寵物，起碼他在「調節主人心情」這一點上做得還不錯，當然，如果人不那麼討厭就更好了。

❖

這場愈下愈大的雨，一直持續到了夜幕西沉都沒有停下。

所以夏黃泉和商碧落便將車子行駛到加油站裡，決定在這裡過夜。雨天能見度差，雨路又易打滑，她這個新手要真開出去，車禍什麼的機率實在太高。但凡事有利有弊，這樣的雨天雖然不利於趕路，卻也同時阻絕了喪屍的到來——據目前所知，喪屍捕食主要是靠聽覺和嗅覺，在漫天漫地都響徹雨聲的時候，只要不發出太大的聲音，幾乎不會將他們引來，同理，雨水也妨礙了他們發揮嗅覺。

兩人並未去員工休息室內歇息，害人之心不可有，防人之心不可無，誰也不知道夜間會發生什麼事，在這樣一個陌生之地，還是不要離開滿是汽油和物資的越野車比較好。

在那之前，夏黃泉已經先去加油站內部搜括了一次，雖然名義上加油站禁火，但其內部一般都有小廚房。可惜的是，他們運氣不好，大概是為了應對上級長官的檢查，被收拾得很徹底。抱著試試看的心態尋找片刻後，夏黃泉居然在員工的櫃子裡，找出了一台小巧的一體式汽油爐、一口小鋼鍋以及幾袋速食麵，真可說是意外之喜。

夏黃泉決定將汽油爐和鋼鍋帶走，雖然之前也從超市拿了小型的酒精爐，但現在他們擁有的汽油比酒精多，這玩意兒之後說不定能派上大用途，這個季節還好，等到天氣再寒冷一些，沒熱水喝簡直是要命了，她自己就算了，萬一商碧落那混蛋死於喝多了冷水拉肚子——還能更獵奇一點嗎？

除此之外，她還搜括了些毛毯之類可以用上的物品，比起接家人時順便帶上全部有用家當的任強等人，夏黃泉的物資實在只夠維持基本生活。

當她帶著這些東西回到車上時，任強等人還在討論該如何處理劉磊和王瑞。

前者已經變成喪屍，而後者沒意外的話即將變成喪屍；但即使變成怪物，這兩人畢竟曾經是他們的同事。

最終的處置是，已經完全失去意識的劉磊被牢牢地綁在了加油站的柱子上，不能殺了他，但同時也不能放任他在加油站內四處遊蕩，增加危險。

至於還有意識卻已經完全失去理智的王瑞，也被暫時反綁住雙手，其他人這麼做時，他身材瘦小的妻子一直抱著自家五六歲大的男孩在旁邊哭泣，在這之前，因為丈夫做出的事情，他們兩人就已經被其他家屬排擠了。妻子一邊哭一邊哀怨地注視著王瑞，這個男人一直是家裡的支柱，現在他不僅即將變成怪物，還害得他們母子倆被孤立，她敏感地察覺到，也許明天離開時，丈夫就會落得和劉磊一樣的下場，之後她究竟該如何在這個團體中立足呢？她覺得天都塌下來了，卻毫無辦法。

「阿玉。」

「什麼事，強哥？」羅曉玉聽到這聲喊叫，連忙擦了擦面上的眼淚，一臉小心地看向身後的任強，她知道，任強是他們所有人的頭頭，想要活下去，就一定不能得罪他。

「妳……照顧好王瑞。」任強一邊說，一邊揉了揉縮在媽媽懷裡哭的孩子的頭，「晚餐待會兒我讓人給你們送來。」

「……好的，強哥。」羅曉玉點了點頭，老實地應道。

任強嘆息著離開，除非出現奇蹟，否則王瑞恐怕……讓他們一家三口在這最後的時間裡相處相處吧。雖然王瑞做了那樣的錯事，但女人和孩子是無辜的，他會盡己所能去照料。

然而，有些話不說出口，別人注定是無法理解的。

比如此刻，羅曉玉注視著任強背影的眼眸中已然染上了一絲強烈的憤恨——王瑞還沒死，他們就迫不及待地將她和孩子攆到一邊！

卻渾然不知，她的眼神已被一個人敏銳地捕捉到。

「怎麼了？」夏黃泉沒有注意到羅曉玉的眼神，卻敏感地察覺到身旁青年渾身的氣場發生了微弱的變化，扭頭問道。

「不，沒什麼。」商碧落驚訝於身旁女孩敏銳的直覺，臉上卻微笑著如此回答。看到「不錯的眼神」這件事，自然不能讓她知曉。今夜，恐怕會發生一些有趣的事情吧？雖然不能間接參與很可惜，但他目前還沒有和她翻臉的打算，而欣賞真人本色演出的精彩戲劇一直是他的興趣。

偶爾做個徹底的旁觀者也沒什麼不好。

「真的？」夏黃泉眯起眼眸，直覺告訴她一定有哪裡不對，她下意識地朝商碧落之前看的方向望去，只看到一個坐在地上抱著孩子安慰的窈窕身影——雖然沒見過面，但看那種情形也大致能猜出，她是王瑞的妻子。

回想商碧落這混蛋過去的歷史，夏黃泉的臉色瞬間變得詭異：「你……這樣不好吧？」被發現了？不，不像，如果被發現的話，她早就一拳揍過來了，怎麼可能如此淡定，商碧落試探地問道：「哪裡不好？」

「哪裡都不好吧！」夏黃泉皺眉道，「她畢竟是他人的妻子，雖然丈夫快……你的道德還敢更敗壞點嗎？！」這混蛋雖然討厭女人，但考慮到他的背景，對這種充滿了母性的人妻型有好感也不是什麼奇怪的事情……嘖！真是個變態，在這種世界都能隨便發情！

商碧落終於明白她的意思，但同時，他發現自己一點都不想明白。

真愛固然無罪，問題是夏黃泉不想在帶著商碧落的同時還要帶著他的老婆和孩子啊！她真的不想做全職保姆好嗎？！為了將其從悖德的深淵中拯救出來，她不遺餘力地勸說著：「而且，你那裡不是碎掉了嗎？這樣的你根本給不了她幸福的，快放棄吧！」如果他還是堅持己見，她不介意讓他更碎一點，真的！

「……」商碧落放在褲腿上的指尖顫了顫，剛要抬起又被強行壓制了下去，這種時候，他唯一能說的只有——「妳想太多了。」

「真的？」夏黃泉覺得自己信了就是笨蛋！

「當然。」商碧落同樣覺得回答這種問題的自己智商也有猛降的趨勢。

可惜的是，人算不如天算，夏黃泉打算得再好，卻到底沒想到，晚飯時分，王瑞的妻子居然朝他們的車子走了過來。

「……」這兩個人，到底是什麼時候勾搭成姦的？！

Ch.07 厚臉皮拯救世界

羅曉玉走過來的時候，夏黃泉正坐在車子不遠處，一邊看爐子上的說明一邊擺弄汽油爐，又是打氣加壓，又是開關閥門，又是點燃預熱……她覺得自己的腦袋都快炸開了，但還是小心翼翼地嘗試著。而商碧落則挪了個位置，側靠在身後的車門上，饒有興趣地透過另一扇大開的車門看她動作。

小黑箭頭歡快地在夏黃泉放在身邊的速食麵上晃悠——這意思是這混蛋該餵食了——天知道她多麼想舉起汽油爐炸死這個只知道吃白飯的混蛋！

聽到來人腳步聲的她在抬頭的瞬間，想弄死商BOSS的理由再次變更——炸死這個只知道吃白飯和勾搭女人的小白臉混蛋！

因為有些害怕她，羅曉玉在她抬起頭的瞬間頓了頓腳步，朝商碧落的方向瑟縮了下，才點頭招呼道：「夏小姐，商先生。」

下小姐上先生？怎麼覺得這話略有顏色呢？

夏黃泉將這詭異的想法拋到腦後，臉色冷淡地點了點頭：「有什麼事嗎？」

「是、是這樣的。」羅曉玉舉起手中端著的碗，「大家從家裡離開時，把存糧水果菜肉之類的都帶出來了，剛才煮了一些，我端過來給你們嚐嚐，希望你們能原諒我丈夫，他過去不是那樣的人，真的……」一邊說，她一邊用另一隻手摀住臉，低低地哭泣出聲。

「……」別哭啊喂！她什麼都沒做好嗎？

對眼淚表示很棘手的夏黃泉目光落到對方手中的湯碗上，那是一碗濃湯，漂浮著青菜、秀珍菇、雞蛋和粉絲，沒有放肉，不過夏黃泉可以理解，任誰砍了一天的喪屍也不會有胃口想要吃肉，她見對方有愈哭愈厲害的跡象，連忙伸手接過她手中的熱湯：「謝謝，碗洗乾淨後我會還回去的。」

「那，你們慢慢吃，我回去了。」

夏黃泉注視著羅曉玉的背影，微微皺起了眉，總覺得有哪裡不太對勁，但又說不出個所以然來。錯覺嗎？算了，這種動腦的事情還是直接丟給其他人吧！

於是她毅然扭頭看向商碧落，毫不客氣地問：「你覺得她真是來道歉的嗎？」

「妳覺得不是？」商碧落不答反問。

「現在是我在問你！」

商碧落攤了攤手，笑眯眯地回答：「我和妳的想法一樣。」

「……所以，她的目標真的是你？你們什麼時候勾搭上的？！」

「……」

夏黃泉沒有注意商碧落的臉色，轉而再次看向羅曉玉離開的方向，那瘦弱的背影在進入休息室的大門後消失了，某種不祥的預感卻持續籠罩在她的心頭。

如果不是來道歉的，難道是來下毒的？

如此想著的夏黃泉，下意識地低下頭，嗅了嗅手中的湯，動作間她突然覺得自己有些可笑，又不是電視劇，毒藥這種東西怎麼可能隨便就弄得到，往碗裡倒汽油倒有可……等等！

她的眼眸驀地瞪大，抬起頭深吸了口新鮮空氣後，再次低下頭去嗅那碗湯，這一次，她的反應更加強烈，一手摀住口鼻，另一手將碗猛地挪開，這股噁心的味道是怎麼回事？！

「不知道她在湯裡放了什麼，好難聞！」夏黃泉一臉嫌棄地將碗朝商碧落的方向湊了湊，「要嚐一口嗎？人妻愛的傑作！」

「不。」商碧落拒絕的話音很溫柔很動人，「比起她做的，我更想品嚐妳的傑作。」

「……」夏黃泉臉一黑，毫不猶豫地拎起商碧落往汽油爐旁邊一丟，拿起地上的礦泉水、速食麵砸了他一臉，「自攻自……不，自給自足吧你個混蛋！」

說罷，頭也不回地去找地方將手上的玩意兒處理掉。

商碧落注視著她的背影，眼眸沉了沉，僅僅只是對他們下毒而已？如果真是這樣，他可真是太失望了。不，應該不止，那眼神中的怨恨，可不僅僅是這點小事就可以抹去的。

那麼，接下來又會發生什麼呢？他強行中斷了自己的思考，如果提前知曉劇情了，那麼身為旁觀者最終所能擁有的那份趣味性和愉悅感必然會減少許多；換個說法，雖然「控制感」讓人陶醉，但「未知感」同樣叫人沉迷。

所以夏黃泉倒掉湯、用雨水沖完碗回來的時候，所見到的景象就是——商碧落心情頗好地煮著麵。

在她手上怎麼都不肯老老實實聽話的汽油爐，在他手中卻比小羊羔還要溫順，混蛋！難道這年頭爐子都還分公母嗎？！不過……這傢伙煮麵的動作倒是意外地熟練。

「要吃一點嗎？」商碧落蓋上手中的鍋蓋，將用熱水燙過一次的竹筷放到一旁的不鏽鋼碗上，抬頭問道。

「不用。」夏黃泉毫不猶豫地回絕，為了防止這混蛋問原因，她隨便找了個話題，「明明一副大少爺模樣，沒想到居然還會煮麵。」

「怎麼了？」

商BOSS舉起包裝袋，晃了晃：「後面將步驟寫得很清楚，汽油爐也一樣。」

「……」所以連汽油爐都生不起來的她是笨蛋嗎？！她真是受夠了這種拐彎抹角的說話方式，「你說話敢更直接點嗎？！」

「不敢。」

「為什麼？」

「會被揍。」

「……」夏黃泉咬牙，終於忍不住吼他，「知道會被揍不會閉嘴嗎？！」

商碧落歪了歪頭，難得實話實說：「那比被揍還痛苦。」

「……」這傢伙，到底該說是誠實還是惡劣？

夏黃泉抽了抽眼角，決定不再搭理這個讓人胃疼的傢伙，百無聊賴地坐在一旁的她，索性抱著長刀閉起眼眸，一遍遍地在腦中回溯「黃泉之眼」的訊息，雖然不知道原因，但毫無疑問，它和這個世界有密切的聯繫。坐在另一邊的商碧落，同樣安靜地繼續著自己的動作。

不開口，不針鋒相對，各自為政的兩人，在這時倒形成了某種微妙的契合感。

這種氣氛並沒有維持太久，當商碧落嚥下最後一口食物，夏黃泉睜開雙眸，隨手找出張紙巾糊了他一臉後，拎起商BOSS一把丟回車上，轉身收拾起地上的物品。

很快，一切皆被搞定，車上也有人留守，那麼——

她的目光掃向之前洗乾淨的碗。

就在此時，休息室內突然傳來了一聲巨大的慘叫。

「啊——」

不是沒有聽過別人的慘叫，但這一聲，卻比夏黃泉所聽過的，都要令人毛骨悚然……

到底發生了什麼事？

有人被咬了？

可是王瑞和劉磊都在外面不是嗎？！

裡面還有被咬過超過八小時的人嗎？

在經歷劉磊的事情後，其他人的身體必然被仔細檢查過。

不，不可能。

那麼，究竟是怎麼一回事？！

原本在休息室裡休憩的人突然接二連三地跑了出來，一邊跑一邊發出滿是驚駭的叫聲。

「……」夏黃泉看到他們的第一眼，心中猛然一驚，原本就握得不怎麼緊的碗，啪地一聲從手中墜落，砸在地上碎成了幾塊。

「那裡出了什麼事？」商碧落非常應景地提出疑問。

可惜夏黃泉絲毫沒將目光放到他身上，他也自然不會知曉，在夏黃泉那只獨特的「黃泉之眼」中，此刻映出的景象與他所看見的截然不同——死氣！濃烈的、灰黑的、愈來愈深邃的死氣，從那裡的每一個人身上散發出來，男性、女性、老人、孩子，沒有一個人可以從這濃郁的漆黑氣體中逃脫。

明明之前還沒有的，怎麼突然會變成現在這樣？

她連忙扭頭，看向車窗玻璃上映出的自己，沒有；再看商碧落，依舊沒有。這到底是怎麼一回事？

等等……

夏黃泉猛然想起之前羅曉玉端過來的那碗湯，那會是原因嗎？那碗湯裡真的有毒藥？

她拍了下腦袋，想些什麼，這種時候還有什麼比親自去看更快知道真相的？

「我過去看看，你管好自己的小命！」丟下兩句話，夏黃泉快步朝加油站的方向跑去。

「好，不用擔心我。」

「……」被噁心得一個哆嗦的她轉過身怒吼，「少給我自作多情啊混蛋！」

商碧落攤了攤手，隨即側靠在駕駛座上，注視著喧鬧聲響起的位置，那裡很顯然在演出某場精彩的戲劇，卻不能直接觀看，實在有些遺憾。

但他不知道的是，已然觀看到一切的夏黃泉，卻寧願自己從來沒看到過。

「啊——」

「救……救救我……」

「哇——」

尖叫聲，哭訴聲，求救聲，亂成了一團。

夏黃泉很輕易地推開亂糟糟的人群，終於明白一切的緣起，而後，猛地摀住了嘴巴。

一位年輕的母親倒在地上，胸前的衣襟敞開著，可見她剛才在給懷中的嬰兒餵食，或者說，她現在依舊在給孩子餵食，只是……孩子所需要的，從乳汁變成了血肉。

原本純潔無暇的嬰兒，此刻正大口大口啃食著母親的胸口，夏黃泉曾經聽說過，乳房是女性身上最美味可口的部位，因為有豐厚的皮下脂肪，尤其是哺乳期的女性，吃起來甜香中還夾雜著淡淡的乳香。當時她一聽完就把某個號稱普及知識的變態同學毆打了一頓，卻沒想到，有一天她會親眼見證這一幕。

「救……救命……」胸口被咬得血肉模糊的女性抬起手，語調虛弱地求救著。

也許是因為這一幕太過駭人，以至於其餘人在剛才一時間失去了應對的能力，直到此刻，才有人反應過來。

「快救人！」

「把他打到角落裡，別落到其他人身上！」

「剩下的老人、女人和孩子都出去！」

一陣手忙腳亂之後，嬰兒喪屍被遠遠地打落到休息室的角落，仰面躺著，令人毛骨悚然的是，直到此刻，他口中依舊在不停地咀嚼著從母親身上咬下的血肉，嘎吱嘎吱的聲音不斷響著，在場所有人只覺得頭皮一陣陣發麻。

「孩子……我的孩子……」好不容易被救下的母親，不知從哪裡得到了力氣，突然翻了個身，掙扎著朝角落爬去，「我的孩子……」動作間，鮮血不斷地從傷口中湧出，她卻彷彿不知道疼一般，十指緊緊地扣著地面，一點點地爬著。

為什麼會變成這樣……

夏黃泉的腦中突然閃過商碧落曾經寫在紙上給她看的資料——被咬是最常見的病毒傳播手段，但未必是唯一一種，傷口被喪屍血接觸，或者食用喪屍血肉，都有可能被感染。

那碗湯中……

人呢？！

她以目光在屋中四處搜尋，並沒有找到羅曉玉，這才想起，之前男人們讓女人都離開了，對方應該是那個時候離開的。

幾下過後便費盡力氣、只能趴在原地喘氣的女性回轉過頭，用祈求的目光看向站在原地的黑衣女孩，流著淚說：「求求妳，救救我的孩子。」

「……抱歉。」除此之外，夏黃泉不知道該說什麼。

「我的孩子，沒有被咬……為什麼會變成喪屍？為什麼？」

「……」

夏黃泉無言以對。

不會有錯，羅曉玉在湯中加了喪屍的血，也許這是他們夫妻商量好的。商碧落的推論也沒錯，食用喪屍血肉的確會感染，然而，有一點出了差錯，那就是，人感染喪屍病毒後，因為體質的差別，轉換的時間會有長有短，嬰兒的抵抗力毫無疑問是最弱的，所以……才會發生現在的情況。

就在此時，外面突然傳來了叫喊聲。

「阿玉，妳在做什麼？！」

「妳怎麼把王瑞放開了？」

外面羅曉玉的舉動證明了夏黃泉的推測。

原本留在屋內的男人們，聽到聲響紛紛跑了出去，不一會兒，偌大的屋子裡只剩下，掙扎著爬行的母親，變為喪屍的嬰孩，以及……任強和夏黃泉。

「小夏，妳先出去吧。」一直沉默著的任強突然開口。

「可是……」

「出去吧。」任強對她笑了笑，夏黃泉注意到，他微笑時，握著斧頭的手緊了緊，似乎下定了決心。

「……我明白了。」夏黃泉終究點了點頭，轉身走出休息室，將空間留給了他們。

她離開後，女人再次微弱地喊道：「強哥……幫幫我……」

「好，我現在就幫妳……幫你們……」任強重重地點了點頭，握緊斧頭，緩步走到奄奄一息的女性身邊，俯視著她瞬間充滿希望色彩的雙眸，低聲道，「解脫！」

說罷，他手中的斧頭高高舉起。

❖

有人傷悲，自然也有人得意洋洋，比如此刻的王瑞，比如此刻的羅曉玉。

面對其餘人的責問，羅曉玉只是冷笑，沒有開口。

倒是重新恢復自由的王瑞扭頭誇讚身旁的妻子：「阿玉，做得好。」

「王瑞，你這話是什麼意思？」哪怕再遲鈍的人，此刻也應該覺察出不對勁了。

王瑞嗤笑出聲：「沒什麼意思，只是把大家都變成和我一樣而已。」他一邊說著，一邊彎下腰，用沒有中彈的手一把掀起自己的褲子，那塊已經快要凝固的傷口附近有明顯的擠壓痕跡，「還記得你們之前喝的湯嗎？味道好不好？我和阿玉可是精心為你們添了好料啊，哈哈哈哈……」

伴隨著他癲瘋的笑聲，場面瞬間寂靜了。

「不僅是你們，還有他們！」王瑞伸手指向商碧落，臉色有扭曲的快意，「癱子，那碗湯的味道好不好？哈哈哈……」

「誰知道呢？」商碧落宛若沒有覺察出王瑞話中充斥著的惡意，十分輕鬆地將一手架在車窗上，微笑道，「雖然很想品嚐一下味道，但很可惜，黃泉完全不肯讓我喝別的女人做的東西呢。」

「……」夏黃泉心中的悲憤淒涼瞬間一掃而空，餘下的只有濃濃地想要揍人的慾望。

黃泉是什麼啊混蛋！

別隨便叫得那麼親熱啊喂！

Ch.08 心情不好打BOSS

此言一出，商碧落瞬間拉到了仇恨。

不僅是王瑞和羅曉玉的，甚至是在場所有人的仇恨，他彷彿沒察覺到這一點，依舊笑瞇瞇的，用夏黃泉的話說就是，那表情要多賤有多賤！

黃泉同學只覺得一陣頭疼，該說不愧是BOSS嗎？真是拉得一手好仇恨，還專業賣隊友，成功地讓她也躺了一次槍。

在腦中得出「怎麼弄死他」的結論之前，她已然一巴掌糊到了商碧落的臉上，成功地讓他在車裡自由地滾了一圈。

咦？糟糕，打他似乎已經成為了本能怎麼破？！

不，現在不是關注這個的時候。

夏黃泉轉過身，緩緩拔出手上的長刀，刀尖直指向王瑞，目光冰冷：「為什麼？你想殺我們，我可以理解，為什麼想要殺其他人？」這也是她最疑惑不解的。

在場所有人，除了夏黃泉和商碧落，只有兩個人身上的死氣很淡──羅曉玉和她的兒子，毫無疑問，他們沒有喝下摻雜了喪屍血的湯。問題是，如果其他人都變成喪屍，王瑞怎麼確保他的妻子和孩子能單獨上路，並且平安到達軍隊所在的地方呢？況且喝下喪屍血的成人，距離變成喪屍有足足八個小時，他難道不怕遭到這些人報復嗎？

究竟是有多無腦，才會做出這樣的決定？

「為什麼想殺其他人？」王瑞重複著女孩提出的疑問，語氣滿是嘲弄，冷笑著說，「老子活不下去，他們憑什麼可以活下去？」

「……」

「大家都是一起從廠裡逃出來的，憑什麼被咬的人是我？憑什麼該死的人是我？我死沒關係，但我不想一個人死，你們……一個個，都必須陪我，一個都別想跑！」

壞掉了。

這個人的內心已經完全崩壞了。

沒有理智的人，又能做出什麼理智的判斷呢？

「他這麼想就算了，」任強不知何時從屋裡走了出來，夏黃泉注意到，他的臉頰和胸前有著大團大團的鮮血，一路走來，手中握著的斧頭不斷落下血滴，為他來時的路畫出了一條紅色的痕跡，「曉玉，妳為什麼要這樣做？」

羅曉玉雙手抱緊懷中的孩子，不讓兒子看其他人的表情，也不讓兒子看到自己此刻的表情，她雙眸怨恨地注視著眾人：「既然你們想逼死我們母子，我也只有先下手為強了。」

「……是嗎？妳以為我們想拋棄你們？」

「難道不是嗎？」親自將所有人送上絕路的羅曉玉，精神上顯然承受著巨大的壓力，在任強的問話中，承載著壓力的牆壁碎開，怨恨源源不斷地自那瘦小的身軀內流出，她聲嘶力竭地喊了出來，「既然你們想讓我和阿瑞死在一起，我就讓你們都死在一起！你們全部都去死！都去死！都去死吧！我會帶著孩子……啊——」

她的話音終結在驚駭的目光中，不止是羅曉玉，其他人都被突如其來的變故驚呆了。

王瑞笑了一聲，臉色露出癲狂的神色，嘴巴自羅曉玉被他咬破的脖項上移開，他舔了舔嘴上的鮮血，說道：「阿玉，我說了，所有人都要陪我一起死，妳是我的妻子，怎麼可以例外？」

「……」羅曉玉摀住脖子，連連後退了幾步，「阿瑞……你瘋了嗎？」

「瘋？妳說是就是吧。」他呵呵笑了幾聲，突然一把扯開羅曉玉的手，將她懷中的孩子往自己的方向扯動，「曉玉，妳和小真都是我最親密的人，當然要一直陪著我，放開他！」

「不！！！」

「放開！」

「不要！不許你動我的孩子！」

「呃——」

這場爭鬥，以羅曉玉的慘叫開始，以王瑞的慘叫結束。

直到重重地倒落在地，他那雙滿是驚駭的眼眸都直勾勾地注視著手握匕首的羅曉玉，因為被割斷了喉嚨，他只能不斷地將嘴張張闔闔，卻發不出任何一個音節，只能如同殘破的風箱，不斷地發出嘶啞而可怕的嗚咽聲。

他和她有著世界上最親密的關係，他比任何人都要瞭解她，明明是一個連雞都捨不得殺的女人啊，現在居然殺死了自己的丈夫，不，在更早之前，她預謀要害死所有的人。

「哈——」

「哈哈——」

王瑞發出類似笑聲的抽氣聲，嘴巴喃喃地動了幾下，最終，不甘心地闔上了雙眼。

如果有人能讀懂唇語，那麼想必能讀出，最後他說的話是——「這他媽操蛋的世界！」

將他逼瘋，將她逼瘋，總有一天會將所有人都逼瘋。

在場的人都被這場慘劇所震撼，或者說，直到現在，他們都沒有自己即將會變為喪屍的真實感……多麼虛幻多麼不真實啊，看，他們還活得好好的，甚至沒有被咬，怎麼會變成喪屍呢？

一片寂靜。

直到羅曉玉終於從呆愣中回過神時，手中緊握著的匕首咣噹一聲掉落在地上，她抬起手，看了看掌中的鮮血，又低下頭，注視著滿是血跡的匕首，如夢方醒般拼命地在身上擦拭著手掌，卻無論如何都擦不乾淨，她慌得要死，東張西望地想要尋找解決辦法，目光落在孩子身上時，定格了。

她猛地伸出手，一把抱住殺死丈夫才救下的兒子，一邊嚎啕大哭，一邊接連不斷地念叨著：「別怕，小真別怕，媽媽會保護你……媽媽一定會保護你……」

夏黃泉回過神時，所有人都已退去，他們回到了休息室，宛若一切都未發生過。

但事實上，一切都已經發生了。

王瑞的屍體還靜靜地躺倒在地，鮮血順著脖項漸漸流下，在他的身下匯成一汪小小的血泊，在他的身旁，羅曉玉仍舊抱著孩子低聲地哭泣，嗓音嘶啞而乾澀，卻不斷重複著「保護」的話語。

而被綁在另一邊、已經化為喪屍的劉磊，在這血腥味的刺激下，不斷地掙扎嘶吼，發出意味不明的為食慾所操控的可怕聲響。

這一切……到底是怎麼了……

雖然來到這個世界已經半個月，但她碰到這群人僅僅才一天的時間啊……確切地計算，連一天都不到，為什麼一切都變了樣？

明明早上遇見時，這些人的臉上還展露著對未來尚有期待的笑意，一轉眼，全都變了。

夏黃泉沉默地坐回車裡，她發現了一件事，哪怕武力值再強大，她也依舊有很多很多做不到的事情——不，僅僅是有這樣的想法，都太過自大了。

「覺得醜惡嗎？」身旁的商碧落突然問道。

「什麼？」

「僅僅是為了得到所謂的平衡，便將其他人都拖下水。」

「……」

一聲低笑傳來：「這才是真正的末日。」

「……真正的……末日？」

面對夏黃泉夾雜著疑惑的漆黑右眼，商碧落玩味地微笑起來：「難道妳不這麼覺得嗎？所謂的末日，一直都是從人心開始的。」

「所以呢？」夏黃泉眼中的迷霧一點點散去，目光漸漸犀利了起來，「你接下來不會是想用中二思想給我洗腦，說什麼『想要走出末日，想要活下去，就需要拋棄掉人心這種不必要的東西』之類的充滿了羞恥色彩的話吧？」一邊說著，她一邊用充滿了鄙視色彩的目光注視著商碧落，「那種話早就過時了，現在連最非主流的殺馬特＊少年都不屑說好嗎？」（＊編按：殺馬特，指化濃妝、穿環、髮型怪異又誇張的青少年。）

嘖，所有BOSS都必須自帶洗腦技能嗎？真是太討厭了！

夏黃泉承認商碧落說的沒錯，末日一半源自朝不保夕的現實，一半源自或崩塌或重塑或更加堅定的人心，但即便如此又如何？難道在和平時代，人性就沒有醜惡的一面嗎？與之相對的，末日的人性也必然有美好的一面。

比如於蕊曾經替她辯解，比如羅曉玉還是保護了自己的孩子……因為看到一點而否定另外一點，是傻子才做的事情！她就算智商不高也沒有蠢到那個份上。

「還有就是，」她伸出手一把捏住青年的下巴，眯眼道，「我要是真拋棄人心，一定會把它連你一起丟到喪屍堆裡，所以，小子，跪趴下來感謝吧，我還保留著這份人性。」

商碧落微微一怔後，笑彎了眼眉：「妳這樣捏著我的下巴，我如何能趴下去呢？」

「是嗎？」夏黃泉略一挑眉，而後鬆開手握成拳狠狠地朝他腹部揍去。

「呃！」

她伸出手，輕輕拍了拍俯下身的商BOSS的後腦勺，語調輕快地說道：「看，現在你不就趴下來了？不用太感謝我哦。」

「……」

❖

這個夜晚，安靜卻不寧靜。

因為在完成轉化之前就被殺死，王瑞並沒有變成喪屍，只是身體依舊呈現出某種類似喪屍的特徵，由此夏黃泉又知道了一條這個世界的規則，那就是——在被咬之後、轉化之前死去，屍體則變成半喪屍狀態，但同時也不會醒來。

另一邊被綁住的劉磊，彷彿不會疲累般，持續地發出意味不明的吼叫，但隨著王瑞變成半喪屍，他對於其再沒了食慾，叫聲明顯沒有之前那麼頻繁和劇烈了。

羅曉玉哭累了也說累了，抱著懷中的孩子就那麼倒在地上進入了夢鄉，夏黃泉注意到，孩子小小的手，不知何時握住了一旁父親的大手……即使那雙手已經冰涼，即使那雙手曾經想殺死他，但那畢竟是父親的手，曾溫柔地撫摸過他的髮頂，曾小心地將他抱起放到肩上讓他看到更高更遠的世界。

休息室的大門緊閉著，屋裡一片靜寂，如果靜下心來仔細聆聽，也許可以聽到其中的聲音，但夏黃泉不願意那麼做，總覺得太過殘忍。

他們是傍晚時分喝下了湯，成人最多可以支撐八個小時，而老人和孩子則更短。所以，最遲凌晨時分，那個屋子裡將再無一個活人。

夏黃泉深吸了口氣，再緩緩呼出，彷彿這樣能將體內的鬱悶帶走；身旁的商碧落，緊閉著雙眸，似乎陷入了沉睡，因為後座裝滿東西，座位無法放下，所以他只能以靠著座椅的姿勢入睡。

商BOSS的身上被夏黃泉裹上了一層又一層的毯子，畢竟秋季的夜晚很有幾分涼意，此刻的他看起來猶如一個巨大的蠶蛹，漆黑的碎髮散落在秀氣而精緻的臉孔，睫毛濃密，鼻粱秀挺，眉梢微蹙，淡色的嘴唇亦緊抿著，很有幾分孩子氣的倔強味道。

睡著了像個小天使，醒來後就是個大惡魔。不過，這和她並沒有太大關係。

夏黃泉移開目光，抱緊手中的長刀，閉起眼眸抓緊時間養神。對她來說，懷中的武器比旁邊的男人要可靠幾百萬倍不止。

❖

事實證明，她的決定是正確的。

凌晨時分，屋中突然傳來了巨大的慘叫聲，但也不過是幾聲而已，很快地，便被外面的雨聲所淹沒，一切又歸於寂靜。

但有幾個人到底先後被驚醒了。

羅曉玉猛然坐起身，而後抱著懷中的孩子顫抖。

夏黃泉動作敏捷地跳下車，拔刀出鞘，站在商碧落那側的車門外，視線牢牢地注視休息室的方向。而她身後的商碧落，不知何時也睜開雙眸，將自己從毯子中解放了出來，悄然打了個哈欠，動作慵懶，目光卻很銳利。

休息室的門，突然開了。

一個模糊的人影出現在門口。

「啊——」羅曉玉下意識尖叫出聲。

本來不害怕的夏黃泉因為她的叫聲而頭皮發麻，但很快她就看清楚了，出現在門口的身影，是任強。

「不、不要殺我，不要！！！」

這樣的任強引發了羅曉玉極大的恐慌。

因為，他簡直就如同在鮮血中浸泡過一般，渾身上下滿是血色的印記，行走間，慘紅的液體從身體的每個部位不斷滴落，那條被他走過的道路，儼然被染成了紅色。

但夏黃泉並沒有攻擊他，或者說，她並沒有必要攻擊他。

對方的手中沒有武器，對方的眼神還很清明，很顯然，他沒有敵意。

「嚇到你們了嗎？」

「……」夏黃泉想了想，還是放下了直指對方的刀尖，「你……怎麼……」

「我殺了他們。」

任強笑了笑，語調平淡地接著說：「我拉著他們喝了大半夜的酒，大部分的人都倒下了，在睡夢中完成了轉換，剩下幾個還算清醒的人一變成喪屍我就立刻出手了，所以，大家死得都不痛苦。」

「你……」

「我將他們帶來這裡，我比他們晚喝湯，送他們上路是我的責任。」任強又往前走了幾步，繼續說道，「他們中有我的親人，有我的兄弟，有我的朋友，我不能讓他們變成沒有理智的怪物，然後害更多人變成怪物，如果地下有靈，死後他們也會不安的。」
「……」
「接下來，只剩下我了。」任強一邊說著，一邊將手伸向胸前的口袋，片刻後，他取出一支月牙形狀的髮飾，「這是於蕊拜託我交給妳的，她是個聰明的女孩……也許早就知道我想做什麼了，所以把這件事託付給我。」說著，他將手中的東西朝夏黃泉的方向扔了過去。
夏黃泉出手將其抓住，握在手心看了一眼，而後疑惑地問：「交給我？」
「她還有個姐姐叫於蕾，她們姐妹長得很像，於蕊想請妳把這支髮飾交給她姐姐，如果以後有機會見到的話。」
「好。」夏黃泉毫不猶豫地點頭，「如果我碰到，一定把這個交到她姐姐手裡。」
「我替她謝謝妳。」
「……不用客氣。」
「還有件事……」任強的話頓住，似乎在斟酌，又似乎不知道該如何開口，最終，他嘆了口氣，還是說了出來，「能不能拜託你們，把小真一起帶走？」
「小真？」夏黃泉怔住，瞬間便反應過來，小真不是羅曉玉的孩子嗎？他……
「強哥？」羅曉玉驚呆了，她不可置信地開口，「強哥，你說的是真的？」
任強沒有看她，只是懇求地注視著夏黃泉：「我知道他的父母罪無可逭，只是，孩子是無辜的，留在這裡唯有死路一條。你們不需要一直帶著他，我在軍隊有一個朋友，名字叫許安陽，把小真交給他就可以了。作為交換，你們可以把我們帶來的物資全部拿走，當然，我知道，就算我不這麼說……你們也可以全部帶走，但是……」

「強哥！」

隨著這聲叫喚，羅曉玉居然咚地一聲跪了下來，膝蓋撞擊地面的聲音大得驚人，但她宛若完全感覺不到疼痛般，直挺挺地跪在地上，嘴唇顫抖著，好不容易才終於說出完整的話：「我……謝謝你！我替小真謝謝你！」一邊說著，她一邊猛地將額頭狠狠磕在地上，不一會兒就已經頭破血流，動作卻依舊不停，像是在表達自己的感激，又彷彿在表達自己的懺悔。

任強依舊沒有看她，只是微微地闔上雙眸，復又睜開。

他無法原諒這個自私的女人，但他也沒辦法將這份憤怒轉嫁到無知幼童的身上。

既然他能為了保護一個幼小的生命放下徹骨的仇恨，她又怎麼可能不答應？也許別的事情都做不到，但至少這件事是可以的，是力所能及的。夏黃泉將手中的長刀收回鞘中，鄭重地點頭，依舊是一個字：「好！」簡單的話語中包含著全部的決心。

「謝謝……」任強勾起嘴角，再次笑了，這一次，他是真正地放下了心，再無遺憾，以至於他甚至有心情調侃對面的女孩，「小夏，妳和小商也要好好的，別因為他老實就總欺負人家，在這個世界活下去太不容易了，你們要好好的，別吵架，太傷感情了。」

「……」等等！她什麼時候欺負他了？不對，他哪裡老實了？也不對，說到底他們從來就不是那種關係好嗎？！強哥你想太多了啊喂！

「好。」身後突然傳來一個聲音。

「那就好。」

「……」這兩個傢伙！要不要這樣忽視她這個當事人的意見啊喂！

夏黃泉正無語間，就見任強突然轉身走到一旁的加油機，拿起地上的油槍從頭頂澆下汽油。

這是他為自己選擇的最後歸宿。

羅曉玉愣愣地看著他的動作，身體顫了顫，轉頭看向一旁自父親死後就因為驚嚇過度而呆呆愣愣的孩子，有那麼一瞬間，她差點撲上去咬住他那鮮嫩的脖子，狠狠啃食，這樣的感覺在之前就已經體會過好幾次了，但沒有一次比這次更加強烈……下一秒，她猛地驚醒，羅曉玉明白，自己清醒的時間也不多了，呆了片刻後，她突然伸出手推了推小真，開口說道：「去，去謝謝你任叔叔。」

孩子沒有反應。

「去啊！」羅曉玉猛然提高聲音。

小真被驚嚇到，下意識地朝任強的方向走去。

注視著他弱小的身影，羅曉玉的手下意識地抬起，想要擁抱他，又硬生生放下了，緩緩撿起地上的匕首，高聲道：「強哥，這輩子是我對不起你們，來世我做牛做馬還！」

「妳……」

「最後，我就不給你添麻煩了！」羅曉玉一邊說著，一邊用手中的匕首，狠狠地割斷了自己的脖項。

鮮血瞬間噴湧而出，染紅了她身前大片的土地，一旁的劉磊嗅到血腥味，再次發出巨大的吼聲。

「媽媽——」走到一半的小真彷彿從恍惚的夢境中醒來，哭喊著朝她跑來。

羅曉玉最後朝孩子笑了笑，而後無力地仰面倒下，她的頭，恰好落在王瑞的懷中，她的手，恰好落在他的手側。妻子歪了歪頭，費盡最後的力氣，將自己細長的手指塞入一旁丈夫的粗糙大手中，雖然冰涼，但依舊是她所熟悉的觸感……活著有那麼多的愛恨，死後，至少讓我們一起走……

偌大的加油站，響徹著孩童的哭聲，這聲音與外面的雨聲交織在一起，合奏成一首讓人聽了心中酸澀的曲調。

「爸爸……媽媽……」

渾身為汽油和鮮血染透的任強靜靜地走到抽泣的孩童身邊，手搭在他的頭上，輕輕地揉了揉，低聲說了些什麼，那一瞬間，雨聲驀然加劇，劉磊也應景地發出了一聲暴吼，以至於夏黃泉根本沒有聽清楚任強最後說了什麼，但孩子的哭聲，到底是漸漸停息了。

夏黃泉沒有親眼看到任強死去，那是那個男人最後的驕傲。

她還記得他臨死前走向劉磊說：「抱歉，磊子，差點忘記了還有你。」而後用羅曉玉留下的匕首，讓那具變成怪物的肉體徹底解脫，再然後，他拿起了一把傘，最後朝他們笑了笑，轉身走入了漫天的雨簾。

❖

第二天一早，兩人也開始作離開的準備工作。

夏黃泉的心中有些許惆悵，明明只過了一個晚上而已，居然發生了那麼多的事情。

「怎麼了？沒睡好？」

她懨懨地瞥了商碧落一眼：「只有你這種沒心沒肺的傢伙才能睡得好吧？」

「其實我也是很難過的。」

「……」夏黃泉抽了抽眼角，伸出手毫不客氣地捏住對方的臉頰，「你說這話之前至少先把臉上的笑容給我收起來！」

「任強可是說過，讓妳別欺負我的。」BOSS不愧是BOSS，即使臉都快被扯得變形了，依舊能維持住笑容，雖然它已經被迫扭曲了，「妳第二天就反悔，不太好吧？」

不提昨晚還好，一提夏黃泉瞬間更加暴躁了：「囉嗦！昨晚只有你一個人說『好』吧！我可從來沒答應過任何事！」

商碧落面容惆悵地嘆了口氣：「女人啊，妳的名字叫欺騙。」

「閉嘴！」不妙啊，這傢伙真是愈來愈皮糙肉厚，也愈來愈懂得如何折磨她的神經，嘖，真是太討厭了！

「噓。」商BOSS居然對她做了一個噤聲的手勢，夏黃泉注視著在他身邊的位置上熟睡的男孩，狠狠地瞪了他一眼後，縮回了手。

昨夜小真哭著哭著就睡著了，夏黃泉拿毯子將他裹好後，就將其放到自己原本睡覺的位置，然後隨便找了個地方將就了一晚。她不擅長照顧孩子，而商碧落這混蛋除了吃飯睡覺外總得幹些正事吧，於是「帶孩子」的重任就交給他了——這種黑暗型賢妻良母的感覺是怎麼回事？

不過……夏黃泉看向男孩熟睡的稚嫩小臉，眼神柔和了一瞬，脫口而出：「無論什麼世界，孩子就是希望。」

「呵……」商碧落低笑出聲，「妳也想成為任強嗎？」

「怎麼可能？」夏黃泉回答道，「我就是我，永遠成不了他那樣的人，就算再努力也做不到。但是，我也有我能做得到的事情。」

商碧落面孔無波，眼眸卻沉了沉，她肯定不知道，自己在說這句話時，臉上有著孩童炫耀珍寶般的天真，同時又有騎士凱旋時的驕傲，雖然看似在說「我無法變成別人」，但其實在告訴別人「誰也無法改變我，哪怕世界變動也是一樣」，多麼天真又多麼驕傲，讓人既想看她是否能實踐自己的諾言，又情不自禁地想打破那份篤定，讓她一點點陷入……

頭頂上遭受的一擊打斷了商碧落的思緒，他抬首，正看見夏黃泉歪頭對他冷笑，露出了兩顆銳利的小虎牙：「再敢亂想，揍你信不信？」

「……」不是信不信的問題，妳已經在揍了吧？

「別誤會，我不會讀心術，但剛才身上起了雞皮疙瘩，所以肯定是你的錯！」

「……就算我什麼也沒做，也都是我的錯吧？」

「咦！」夏黃泉臉上露出驚訝的神色，「你智商什麼時候這麼高了？」

「妳打算用什麼車上路？」在慘烈的現狀前，商碧落毫無節操地果斷轉換了話題。

「什麼車？」

「越野車裝不下多餘的物資。」

「唔……」黃泉妹子摸下巴思考了片刻，而後跑到貨車旁拉開後車廂，裡面的確裝著不少物資，汽油啊大米啊被褥啊等等，放棄太可惜了，等等！

她靈機一動，仔細比了比貨車的大小，又回頭看了看越野車，暗自點頭，在心中下了決定。

跳上車將物資整理好之後，她又跑回越野車旁邊，問道：「按照貨車的載重量，能再放下這輛車嗎？」

「理論上可以，但妳打算如何……」商碧落的話音還未落下，只覺得身體突然一陣輕飄，下一秒，視線上移，如果夏黃泉此刻看他，就會非常心滿意足地發現——BOSS的臉居然呆滯了，這其實真的不是他的錯，正常人都會因此而震驚的好嗎？！

「啪！」

雖然早知道她的力氣大過常人，但是，居然憑藉雙手就抬起一輛裝滿了物資的越野車……太誇張了吧！

真相是，夏黃泉自己也有些驚訝，剛來到這個世界時，最初因為控制不好力氣，她吃過不少苦頭，經過一段時間的練習才懂得怎麼控制，但漸漸地也就習慣了每次只用一點力氣，更不知道自己身體的力氣上限。

所以剛才她心中突然浮起這個念頭，也只是抱著試試看的心態去做，沒想到……居然真的成功了……太不科學了！

不知不覺她似乎又打開了一扇新世界的大門，從此走上了「怪力女」的不歸路……

直到連人帶車被丟進貨車的車廂中，商碧落才回過神來，不可思議地看向一旁跳上車捶打著肩膀的女孩，只見她一邊動作一邊低聲抱怨：「好重，你就不能少吃點嗎？」

「……」不，就算他少吃點，對越野車的總重量也不會有多大影響——等等，他怎麼會一本正經地思考這種問題。

愚蠢病毒果然是會傳染的。

商碧落扶額，他覺得自己需要一點時間，但夏黃泉什麼時候順過他的心意？只見她毫不客氣地打開車門，一把將商BOSS提了出來，跟玩偶似地在手中晃了晃，青年第一次理解了之前她經常做的動作背後的危險意味，毫無疑問，只要她樂意，隨時可以把他晃到解體。

其實他真心想太多了，夏黃泉只是將他搬到貨車的駕駛座上而已，越野車她都不敢開了，更何況這種大型貨車。

將商碧落移過來後，她想了想，又回到了後車廂中，小心翼翼地將熟睡的男孩也抱了過來，原因無他，車開時，後車廂是要鎖住的，裡面漆黑如墨。

與此相對的，駕駛座雖然睡起來不太舒服，但至少，醒來時他所看到的會是——一片光明。

Ch.09 關於大還是小的問題

目的地與加油站之間的距離並不太長，約末下午時分，他們便到達了，而路途中的喪屍，較為小波的直接被貨車碾壓過去，較多的則是被夏黃泉碾壓過去，不得不說，徹底解放力氣的她，真心讓人無法直視……

軍演的消息並未刻意公開，任強的消息也是從許安陽那裡得來的，而其餘知曉的人……也許還抱著一絲希望，在城市中等待救援，畢竟待在屋子裡比外面要安全太多，所以沿途幾乎沒有什麼車輛。

聚集地的地勢平坦而開闊，雖然並非對抗喪屍的最好地形，不過軍方的排佈策略非常縝密，大型的軍用卡車在最外圍形成了一個類似圓形的包圍圈，如果有喪屍進攻，卡車包圍圈無疑會成為一道鋼鐵長城；外圍僅留下了一條隨時可以堵上的、可供車輛入內的通道，兩排持槍的士兵把守著入口。

商碧落在士兵的手勢指引下靈活地轉動方向盤，夏黃泉則緩緩踩下煞車，將車子停靠在一旁的空地，而後從座位跳了下來。

「妳好。」走上前的一位二十歲左右的士兵朝她敬了個禮，說道，「如果只是想通過，右側有離開的道路；如果想進入內部，全員必須先接受身體檢查，以確定沒有被感染。」

天空的黑色箭頭穩穩地指向聚集地的內部，目標毫無疑問。

夏黃泉笑了笑，禮貌地回應道：「我們願意接受檢查。」

「謝謝合作。」士兵側過身，指向通道門口的兩座帳篷，「男左女右，以及，離開前請打開車廂以便我們檢查內部。」

「好。」夏黃泉非常乾脆地點點頭，先跑去後方直接打開貨車車廂，而後跑到了駕駛座旁，微微彎下身，頭也不回地說，「下來吧。」雖然可以直接用拎的，但在陌生人面前她覺得還是收斂點比較好。

商碧落依言伏在她的肩上，夏黃泉揹著他調整了一下姿勢，然後伸出手將駕駛座上的男孩從高高的車上抱下來，放到地上，轉頭看向士兵，問道：「請問，我可以先把他們送到左邊再去檢查嗎？」

年輕士兵顯然沒料到會遇到這樣的情況，他看了看夏黃泉雖不算瘦弱卻完全可以用纖細形容的身材，又看了看她背上的男人，朝身後揮了揮手，和同伴聊了幾句後，另一位士兵走上前來，在夏黃泉的前方蹲下身：「我帶他去吧。」

「……那怎麼好意思？」

「沒事的。」

「謝謝，辛苦你們了。」這句道謝，非常真心。她一邊道謝，一邊笨手笨腳地朝他們敬了個禮。

「不客氣，為人民服務。」年輕士兵咧嘴一笑，回敬她一禮，不得不說，姿勢比夏黃泉這個半吊子帥氣多了。

一番檢查後，三人自然都獲得了進入的資格，跳上車之前，夏黃泉問士兵：「請問，這裡有一個叫許安陽的人嗎？」

「妳認識許營長？」

營長……來頭還不小啊……

夏黃泉猶豫了一秒，最終還是沒說實話，只是問道：「請問，怎樣可以見到他呢？」

「……這樣吧，待會兒我要換班，可以幫妳帶話給許營長。」

「那真是太謝謝了。」夏黃泉感動到幾乎淚流滿面，什麼是最可愛的人，這就是最可愛的人啊！和商碧落這混蛋比起來簡直天差地別好嗎？！

進入這個臨時基地內部後，夏黃泉發現裡面已然聚集了不少普通民眾，他們有的開轎車，有的騎摩托車，連手扶拖拉機都有幾輛，雖然剛看到的時候略微震驚，但聯想到這個聚集地位於三個城市的交叉點，附近還有不少農田，就完全可以理解了。

她看別人驚訝，別人看她其實也同樣如此——畢竟開車的挺常見，開著大型運貨卡車來的，還真是少之又少，裡頭裝著多少物資啊……

尤其是進駐不久後，一位肩頭有兩槓一星、明顯是少校軍銜的中年人便匆匆趕來和他們交談，實在是讓人浮想聯翩。

其實，真實的對話內容很簡單，夏黃泉沒有保留地將之前發生的事情告訴了許安陽。在聽到任強最後毅然赴死時，他剛毅的臉孔上浮現明顯的悲色，雖然很快便收斂，但很顯然的，他們是很好的朋友。討論的結果也不出人意料，小真由他接手，夏黃泉成功地完成了任強臨死前交予她的使命。

對此，她既開心，又有些惆悵。

雖然對王瑞夫婦並沒有太好的印象，但小真是個很乖的孩子，一路上給吃就吃給喝就喝，完全沒有提出任何要求，乖巧得簡直不像這個年紀的孩子。

在被許安陽牽著離開前，這個孩子突然回過頭，問了一個問題。

「姐姐，我的爸爸媽媽是不是壞人？他們是不是害死了很多人？」

「……」夏黃泉沉默了一秒，上前幾步蹲下身子，手掌撫上他的頭頂，男孩的頭髮很軟，像小動物的毛髮，「無論他們曾經做過什麼事，你要記得，他們是愛你的。」

「如果愛我，爸爸為什麼想要殺我？」

孩子眼中的世界永遠是純粹的。

而他們提出的問題，往往又犀利過頭。

夏黃泉沒有直接回答，反而提出另一個問題：「還記得路上看到的那些怪獸嗎？」

男孩點點頭，眼中閃過一絲懼怕。

「充滿怪獸的世界很可怕對不對？你的爸爸只是不忍心讓你留在這樣的世界，所以想帶你去一個沒有他們的地方。」

「那媽媽為什麼要阻止？」

「因為……她覺得，你有選擇的權利，留下，還是離開，你自己做決定比較好。」

小真似懂非懂地思考了片刻，然後說：「姐姐，妳和任叔叔說的好像。」

任強？他最後到底說了什麼呢？

也許是感受到夏黃泉內心的疑問，男孩接著說道：「任叔叔說，以後會走上哪條道路由我自己來選，但在那之前，要努力地好好活下去。」

「……是嗎？」夏黃泉心中湧起些許酸澀，笑了笑說道，「他說得很對，所以，在做出決定前，好好活下去吧，小真。」

「嗯！」

不僅是他，她也要好好活下去才可以，嗯，帶著車上的那混蛋……一想到商BOSS，夏黃泉稍微被孩子治癒的心情瞬間又陰鬱了。

但命運似乎注定要給她幾個響亮的耳光，就在夏黃泉跳上車重新坐好時，讓人痛不欲生的小黑箭頭再次出現，這一次，它晃悠的位置略奇葩……居然在商碧落的雙腿之間。

這個……這個……

夏黃泉驀然想起，這混蛋上一次上廁所是在一天之前，論時間的確應該……咳，那個什麼，是大是小倒不是問題，看箭頭是在前面而不是在後面就知道。

但要怎麼做才好呢？

也許是她的視線太有穿透力的緣故，商碧落不動聲色地微微側身，雙手從方向盤上滑下，遮住了重點部位，問道：「怎麼了？」

「……你是不是又想上廁所了？」

「……」如果連這個都能憑直覺知道……那真是太可怕了。

沒有得到答案，好吧，這就是答案。

夏黃泉情不自禁地流下了悲傷的眼淚，剛想要跳下車打聽廁所在哪裡，突然又想到，就算打聽到……野外的廁所八成是用蹲的啊！她不可能公然走進男廁所抱著商碧落，咳咳，那什麼吧喂！

她被自己想像的場景雷得全身發麻，就在這時，一個好主意突然浮現在她的腦海中。

「等著！」丟下一句話，夏黃泉再次跳下車，快速地跑進後車廂翻找了起來，不少對他們所帶物資很好奇的人，在她開門的瞬間紛紛看過來，結果發現她只開了一條剛好供人進入的細縫，裡面是一片漆黑，不由暗罵這小姑娘真是精明。

片刻後，她從後車廂裡跳了出來，懷中鼓鼓的，似乎藏著什麼。哪怕圍觀者再撓心撓肺，夏黃泉也不可能當眾展覽啊，只見她靈活地再次跳上駕駛座，左右張望了幾眼後，快速地將一個礦泉水瓶塞到商碧落手中：「你還是用這個吧！」

「……」商碧落的臉，成功地黑了。

「……」

「怎麼了？」夏黃泉思考了片刻後，恍然大悟，「你先……咳，我下車，好了叫我！」

「又怎麼了？」夏黃泉皺眉，「你別太過分！還真想我抱著你進男廁幫你脫褲子嗎？！」

「……」商碧落深吸了一口氣後，終於說出一句完整的話，「我——不——是——這——個——意——思。」只是每個字的間隔略長，頗有些咬牙切齒的味道。

他憑什麼生氣啊？！

夏黃泉怒了！

她還生氣呢，這小子是欠揍嗎？！

正準備爆發，她的目光突然落在礦泉水瓶上，黃泉妹子愣了愣，隨即又朝商碧落的雙腿之間看了看，再次看了看礦泉水瓶，這一次……她終於明白了。

嘆氣道：「你早說嘛，我又沒經驗，你不說我怎麼知道！」

「……」不管她理解了什麼，他一點都不想知道好嗎？！

但是，很顯然，他無法阻止她，於是商碧落只能內心嘔血地看見夏黃泉又歡脫地跑下了車，片刻後，再次懷中鼓鼓地跑了回來。

這一次，她遞了一個大罐牛奶瓶給商碧落，鄭重道：「這個瓶口絕對夠大！」

Ch.10 來讓我們欺負一下

這世上有沒有人要面子不要命？

答案是：有！

誰？

答案是：商碧落這個混蛋！

就算夏黃泉威脅他「長期憋著下腹肌肉會拉傷！××會爛掉！」他也巋然不動，嘖，可惡的傢伙！

就在她按捺不住想著直接扒掉他褲子算了的時候，一位救星路過了，沒錯，正是之前守在營地門口的小戰士。夏黃泉連忙叫住對方，跳下車後，尷尬地大致說了一下目前的狀況，對方愣了片刻之後，立刻答應幫忙。這一次，商碧落沒有拒絕——其實她此時已經在心中暗自發誓，如果他再敢強下去，就當眾脫掉他褲子打屁股！你個熊孩子！

這位好心人叫路毅，注視著他揹著商BOSS離開的背影，夏黃泉趴在駕駛座上，有點煩惱，寵物什麼的也不好養啊。

吃飯喝水也就算了，上廁所真是個大問題，難道真要隨車帶著幾箱紙尿褲？就算她肯帶，按照那混蛋的尿性，八成是不肯的啊，除非她親自給他用……話說她為什麼要做這種事啊！他又不是她兒子！不，任誰家也不會幫這麼大的兒子做這種事吧？

夏黃泉覺得自己的未來簡直是一片黑暗。

不過總算還有一些好消息，之前去檢查有無傷口時，她身上這套之前怎麼都脫不掉的烏鴉服居然可以扒掉了，但坑人的地方在於，現在就算想換，在野外洗澡洗衣什麼的……嘖，真是麻煩死了！

亂糟糟地東想西想，商碧落這傢伙凱旋而歸。路毅則拒絕了夏黃泉表達謝意的「意思意思」，咧嘴爽朗地笑了笑就走了，臨走前還說如果下次有需要，可以再找他幫忙。

多好的人啊……

夏黃泉深深地感慨著，一邊感慨一邊猛瞪旁邊的混蛋：「給我學著點！」

「……」商碧落微微側過頭，當作沒聽到。

嘖，這混蛋還傲嬌上了。

就在她覺得手癢癢想要施暴的時候，有個聲音突然傳入她耳中，下意識扭過頭，夏黃泉正看到一隻手順著駕駛座的窗戶攀進來，對她做了一個打招呼的手勢。

「……」

夏黃泉想了想，最終還是沒有將頭從車窗探出去，而是直接打開駕駛座的門，一位看來只有二十出頭的年輕小夥子正站在外面，一見到她立刻堆起滿臉的笑：「美女，妳好啊。」

「……你好。」夏黃泉真心不知道該怎麼回答他，「請問有什麼事嗎？」說話間，她注意到了，男子勉強可以稱得上英俊的臉孔右頰，有一條約六七公分長的傷疤，雖不算非常明顯，但也頗引人注目。

「別這麼見外嘛。」這青年頗懂順桿爬的真諦，才一晃眼的工夫，他就直接爬進車子裡，一屁股擠到夏黃泉身邊，「美女，妳是剛來的吧？」

「……」她可以一腳把他踹下去嗎？！

還沒等夏黃泉付諸行動，他突然用手遮住嘴，低聲說道：「我這裡有點好貨，怎麼樣，有興趣嗎？」一邊說，他還一邊東張西望探頭探腦，那賊眉鼠眼的模樣讓她看了就想揍。

不行不行，她似乎愈來愈暴躁了，這樣是不對的！

「抱歉，我們不吸毒。」

「……噗！哈哈哈！」青年聽到她的回答，居然笑噴，捶著駕駛座說道，「哈哈哈……妹子，妳真可愛，不吸毒？哈哈哈哈哈……」

夏黃泉終於忍無可忍，伸出腳丫子就將他踹下車去。

這傢伙到底是來幹什麼的？

「哎呀，大妹子，妳別生氣嘛，凡事好商量。」在她將車門關上之前，一顆頭颼地一下出現在縫隙間，小夥子雙手扒拉著車門，快速念叨道，「我是良民，祖宗八代都是辛苦耕種的農民，真的！我不販毒，我賣消息！」

「消息？」

「沒錯。」青年連連點頭，「你們剛剛到這兒，肯定有很多事不清楚，只要兩包菸，包教包會，還附送結業證書哦，怎麼樣，有沒有興趣？」

「沒興趣。」開口的人自然是商碧落，他看向青年，微笑道，「如果你的消息真像自己所說的那樣靈通，想必應該知道我們在軍隊裡有熟人，既然如此，我們為什麼要捨本逐末地買你的消息呢？」

青年愣了愣，如同學習了變臉絕技，瞬間收起了臉上嬉皮笑臉的表情，翻起了一雙死魚眼：「嘖，不上當啊。」一邊說著一邊嘆了口氣，「哎，這年頭生意真是愈來愈難做了，昨天還有幾個蠢貨上當，今天居然一個都沒有。」

「……你這樣亂騙人不怕被揍嗎？」夏黃泉覺得自己就算沒被騙都有點想揍人了。

「那就揍回去嘛，小事一件。」青年聳聳肩，「打到最後，他們總是送東西讓我停手，有時候還能再賣點紅藥水給人，不就又多一筆生意了。」

「……」這傢伙，好惡劣！

正無語，只見那青年突然伸手做了個懇求的手勢，死皮賴臉地說：「大妹子，妳看在我們相識也是緣分，有菸支援大哥一包吧，妳不知道，菸癮不是病，犯起來要人命哎！」

「也不是不可以。」商碧落不知從哪裡拿出了一包菸，輕輕撕開外包裝，打開盒蓋，朝青年的方向伸出手。

青年幸福地閉上眼睛，鼻尖聳動，嗅著這誘人的芳香，整個人彷彿醉了……醉了……然後……沒有了！他淚流滿面地看著突然將手縮回去的商碧落：「兄弟，不能這樣耍人的啊！我要翻臉了！」

「翻臉？」商碧落看向夏黃泉。

夏黃泉瞬間瞭然，直接從座位下方拿出了一支牛奶瓶，而後揭下瓶蓋，晃了晃：「知道這是什麼嗎？」

小夥子拿過去翻來覆去地看，回答道：「不就一瓶蓋嗎？」

「不對。」夏黃泉拿回瓶蓋握在手心，猛地捏緊，再次鬆開手時，可憐的蓋子已經化成了渣，她輕輕地朝手心吹了口氣，微笑道，「是瓶蓋渣。」

「……！！！」

「黃泉，要試試扔飛鏢嗎？」

「……」

「……」

商BOSS一句話成功地膈應了兩個人。

小夥子默默地轉過身，放棄了逃跑的念頭。

而夏黃泉……為了大局，勉強壓抑住想要毆打某人的慾望，決定待會兒再秋後算帳！

「你們贏了。」青年垮下肩頭，明顯認命了，「常在河邊站哪有不濕鞋，說吧，你們想怎麼樣？」

「不怎麼樣。」商碧落回答道，「只是想請你告訴我們一些有用的訊息。」

「……那你最開始為什麼拒絕我？」

「只是不想被當作冤大頭勒索而已。」商碧落一邊淡定地回答，一邊輕輕敲擊菸盒的底部，幾支菸瞬間彈了出來，「當然，為了補償你耗費的時間，談話時我們可以供應香菸。」

「然後我說得愈多就可以抽愈多的菸，是這個意思？」青年一臉唾棄，「你這個奸商！」

商BOSS挑眉：「你不願意？」

「傻子才不願意！」青年一把從他手中搶過菸盒，快速地往嘴裡塞了一根，一邊點燃一邊含含糊糊地說道，「我可不想被揍了才說，才沒那麼蠢。」

「……」夏黃泉望天，其實吧，就算他不說，她也不會因為這種事就揍人的，頂多再找其他人問去。

有些人啊，總是聰明反被聰明誤。

❖

從這位青年的口中，夏黃泉得知了不少消息，這個沒節操的傢伙為了多吸幾口菸，恨不得連自己一天上幾次廁所用什麼姿勢上然後怎麼省衛生紙都要拿出來說。

當然，廢話歸廢話，有用的消息也還是有的。

比如——

「這個臨時基地估計就要散了。」青年用很隨意的話說出了不太隨意的內容。

夏黃泉一直盯著他的嘴唇，她真的非常想知道，為什麼他嘴唇開開闔闔的口中的香菸就是不會掉下來，用了膠水嗎？！

「北遷？」

「差不多就那麼一回事吧。」

「……」等等，這兩個人在說什麼，完全沒聽懂好嗎？！

「妹子，聽不懂？」青年嬉皮笑臉地對夏黃泉擠眉弄眼，「要哥給妳解釋一下否？不收費，叫聲大哥就成。」

夏黃泉沒有開口，只是默默地從下方摸出另一支礦泉水瓶，揭下蓋子握在手心，狠狠一捏！而後張開手掌，幽幽地道：「不作死就不會死，怎麼總有人不明白呢？」

「……」某人膝蓋中槍。

「……」某人被口中的菸嗆到，劇烈地咳嗽了起來，詭異的是，即便在咳嗽，他嘴上的菸也依舊穩穩地黏著唇。

「兄弟，你也不管管她。」小夥子向商碧落抱怨道，而後表情突然又變得猥瑣，「你該不會也怕她吧，哈哈哈……」

商碧落微微一笑：「至少她從不在我面前捏瓶蓋。」

夏黃泉：「……」是啊，她都直接用揍的，但這種炫耀的語氣是怎麼回事？嘖，這傢伙的臉皮，厚不可測啊。

青年瞥了瞥兩人，幽怨道：「秀恩愛分得快啊，嘖，所以我最討厭你這種有妹子就炫耀的傢伙了。」

商碧落但笑不語，不知又從哪裡摸出一個瓶蓋，遞給夏黃泉。

「……妹子啊，我跟妳說，事情是這樣的……」

就像青年之前提到過的，喪屍病毒最初在這個國家的南部登陸，而後一路向北擴散。最初第一波感染的擴散方式，簡單來說，不管是喪屍還是未轉化的感染者，都可以透過空氣傳播病毒，但是傳播距離是有限的，一旦病毒離開帶原者超過一定距離，就會失去效力。

在情形未明的最初，很多人因為呼吸了帶有病毒的空氣而突然發燒，而後化為喪屍，就這樣，病毒在國土中快速地擴散著。

而撐過第一波感染的人，空氣中的病毒則再不會對他們起作用，想要變成喪屍唯有體液接觸這個途徑，也就是所謂的第二波感染。

這個已經被確定的結論推翻了當初商碧落推斷的第二點，即——病毒不會透過水或空氣傳播，只能透過直接的體液接觸。由青年告知的訊息可知，水也許不會傳播病毒，但空氣是會的。當然，這錯不能怪在商碧落頭上，任強那夥人一開始運氣太好，趕工時整座工廠居然沒有一個人因為病毒變成喪屍……出來後世界又變成了那樣，他們自己都沒弄清楚所以然，從其言談中得到錯誤的訊息也是非常正常的。

但是這並不妨礙夏黃泉鄙視商碧落，她已經下定決心，沒事就要用這件事打擊他一下。

「所以，根據我的估計，這個部隊應該已經收到北上的通知了。」青年吐掉口中只剩下最後一點的菸屁股，說道，「而後在某個城市與其他部隊會合，構建一道人工殺毒軟體，阻隔病毒繼續擴散。」

「……」明明是一件嚴肅的事，怎麼從這混蛋口中說出來就這麼詭異呢？

「嘖，真是麻煩死了。」青年抱怨了幾句之後，再次將魔爪伸向一旁的菸盒，卻抓了個空，他哭喪著臉，「不能這樣的啊！」

「怎麼？你還有其他更有價值的訊息嗎？」商碧落挑眉問道。

「……用完就扔是不是太過分了點？」小夥子板起臉怒道，「你把我當保險套嗎？！」

「如果你非要這樣自比，我也沒有辦法。」商碧落嘆了口氣，語氣很誠懇，語言很噎人。

「喂！」青年扭頭，一臉控訴地看著夏黃泉，「妹子，妳也不管管他！」

剛才不還讓他管她嗎？你立場也變得太快了吧？不過沒必要為這猥瑣的傢伙抱不平啦，如此想著的夏黃泉攤手，冷酷臉道：「現在的你已經沒有利用價值了。」

不得不說，夏黃泉自帶的冷艷高貴臉還是很有說服力的。

「……」小夥子幾近吐血，「你們還真是天生一對！」說完轉過身，糾結地準備離開，嘴砲不過人家，更打不過人家，留著幹什麼？繼續受欺負嗎！

就在此時，他突然聽到身後的女性叫了一聲，與此同時，腦後傳來一陣輕微的風聲。那小夥子下意識地偏頭，伸出手啪嗒一聲穩穩將其接住，落入掌中的東西有熟悉的觸感。

「哎呀！」他不用看就齜牙樂了，因為這玩意兒不是別的，正是他抽剩下的那半包香菸，「妹子，謝啦！」邊說著他邊快速地將菸揣入懷中，轉過身緊緊握住夏黃泉的手，雙目含淚道，「大哥我無以為報，唯有以身相……」

「不用了！」夏黃泉快速地從對方的掌中抽回自己的手，悲哀地發現，真的是一手菸味，這混蛋到底是抽了多少菸啊？！

「妹子，妳有點不給面子啊，至少等我說完再拒絕嘛！」

「我覺得，還是不說完的好。」夏黃泉認真地回答，「要是說完，我怕自己會情不自禁地揍你一頓。」

「……」

「以及，這個是訂金，」她指了指青年懷中的菸，「有什麼消息歡迎隨時再來。」

「成呀，只要有菸，什麼都好說。」

不管是她還是青年，顯然都沒把剛才的玩笑話當真。

直到青年轉身離開，夏黃泉這才注意到，走動間他的左腿居然微跛，和人打架的時候受傷了嗎？而直到這時，她才想起另一件事。

「似乎忘記問他名字了。」

「沒關係，他這種人在這裡應該是很有名的。」商碧落回答，「稍微打聽一下肯定能知道。」

「嗯嗯，你真聰明。」夏黃泉發了一張好人卡給他。

「……」商碧落搭在方向盤上的手指顫了顫，「妳……想做什麼？」

「我就說你聰明嘛。」夏黃泉和煦地笑了起來，而後伸出手開始慢悠悠地捏起手指關節，柔聲問道，「說吧，你想怎麼死。」

「……理由？」

她驀然變臉，一拳就揍了過去：「囉嗦！誰准你隨便叫我的名字了！是男人就給我矜持點！」

Ch.11 今天的你依舊被欺負

注視著再次「橫屍」車中的商碧落，夏黃泉身心舒爽地扭扭脖子伸伸懶腰，頓覺人生很是美妙。

事實證明，抽菸小哥和商碧落的推論都沒有錯，當天傍晚，軍隊即將北上的消息就在這個位於軍演基地外圍的臨時聚集地傳開了，幾乎所有人都在慶幸自己來得早，同時下定決心要一直跟著部隊移動，以求得最大的安全。

為了提高活下去的機率，人們開始互通有無，以最原始的以物易物的方式來交換自己需要的東西，毫無疑問，貨幣已經失去了存在的意義。在這種情況下，不少人找上門試探性地向二人提出了交易的要求，大部分人都認為卡車上應該裝載了不少物資。

「小姑娘，妳看我這瓶香水怎麼樣？特意從外國買回來的哦，對付狐臭超有用的，只要十公斤米，它就歸妳了！」

「小夥子，你看看我這支錶，那句廣告詞怎麼說的？對了，我去年買了支錶，男人成功的標誌，你值得擁有！」

「來來來，看這個！上個月新上市的梨子8，只要一箱泡麵，這樣的優惠不可錯過啊！」

「……」×了個N。

夏黃泉汗流浹背地注視著圍在卡車附近的人群，深切地感覺到推銷黨的可怕。

「喲，很熱鬧嘛。」

伴隨著這句招呼，周圍的人紛紛停下了吆喝，或驚或懼或怒地看向發聲源，一個懶懶散散的身影手插在口袋裡朝這邊走來，雖然所有人似乎都很討厭他，但也都不自覺地讓出了一條供其通行的道路。

青年宛若沒有覺察到四周的怨氣，伸出右手朝夏黃泉揮了揮：「妹子，又見面了，想哥沒？」

夏黃泉真心不知道該說什麼，最終還是選擇了最正常的回答：「你怎麼來了？」

「聽說妳這裡有大筆的買賣，所以來瞧瞧。」抽菸小哥一邊說，一邊環視周圍，邊看邊搖頭，「嘖嘖，幸好我來了，不然妹子妳又要被坑了。」

「……你胡說些什麼呢？！」

「就是，胡說八道！」

夏黃泉扶額，所以這混蛋一句話到底得罪了多少人啊？

青年嗤笑一聲，直接轉身靠在卡車車身上，懶洋洋地伸出手指，一個個點了起來。

「用香水換大米？虧妳想得出來！喪屍靠什麼追人？嗅覺啊，大媽，妳是嫌我妹子死得不夠快嗎？！」

「……」

「你，就是你，我去年買了支錶？別以為我聽不出你在罵人！信不信我揍你？」

「……」

「別躲，那邊那個一臉猥瑣的，還新上市的梨子8，第一天來這裡你就把電用光了，也好意思拿出來賣？你賣個諾基亞我妹子還能拿來砸砸核桃打打喪屍，這玩意兒拿來幹什麼？玩水果喪屍嗎？！」

「……」

被他手指所指到的人，紛紛縮縮脖子退回了人群中。抽菸小哥頗有長官派頭地揮了揮手：「得了，都散了吧，我妹子真有什麼需要的，自然會去找你們買，這麼圍著也不是個辦法嘛。」

眾人你看看我，我看看你，大家都在期待有誰能上去揍這混蛋一頓，問題是，所有人都在想，卻沒人去做，原因無他，在場的大部分人都知道這小子看起來嬉皮笑臉，打起架卻跟瘋狗似的，故而沒有人願意去招惹他。

眼看著人群漸漸散去，夏黃泉鬆了口氣，打開車門跳了出去，正準備道謝，只見剛才還霸氣側漏的傢伙突然搓著手諂媚地笑著：「妹子，妳看我剛才表現得怎麼樣？是不是特別威武霸氣，妳看……」

她抽了抽眼角，就在這時，聽到車上傳來的回答，商碧落這混蛋不知何時移到了夏黃泉的位置上，低頭說道：「這並不在我們的交易範圍內吧。」

「……妹子，這傢伙真是太討厭了，我強烈建議妳甩了他！」青年猛拍胸脯，義正言辭道，「小白臉都不可靠，聽哥的，沒錯！」

如果可以的話，她也想甩了他啊，問題是做不到好嗎？！夏黃泉默默嚥下血淚，決定不再想這件此生最痛的傷心事，轉而問道：「你來找我們究竟是為了什麼事？」

說到這裡，青年的臉色難得嚴肅了一瞬：「部隊明早就動身。」

「這麼快？」今晚才將消息放出來，明天居然就要動身了。

抽菸小哥攤了攤手，又恢復成死皮賴臉的模樣：「大概是上面催得急吧。」

「這樣啊。」夏黃泉低頭沉吟了片刻，而後回頭看了商碧落一眼，一把揪住青年，將他扯到了一邊，「那個，你能不能……」

「能！當然能！妹子，妳好熱情！」

「……」夏黃泉的額頭爆起青筋，注視著對方抓住自己肩膀的兩隻狼爪和湊得愈來愈近的臉，終於忍無可忍地一拳砸在他腦袋上。

「啊！」色狼慘叫一聲後，被KO了。

夏黃泉蹲下身，刀鞘狠狠地插入對方腦袋旁的土地中，陰暗臉道：「喜歡我的熱情嗎？」

「……妹子，我錯了。」抽菸小哥淚流滿面。

她嘆了口氣，低聲道：「能不能拜託你，幫我弄輛輪椅來？」

「輪椅？」小夥子的眼神驚訝了一瞬，隨即瞭然，「妳的意思是……他……」

夏黃泉無聲地點了點頭，雖然討厭商碧落，但當著他的面說這件事總覺得不太好，而且之前丟棄他的輪椅是因為沒辦法攜帶，現在有車就不一樣了，不管怎樣還是配備一部比較好，這種時候，熟悉聚集區內所有人的這小子，無疑是跑腿最佳選擇。

「好。」抽菸小哥點點頭，「就交給我吧，我言必行，絕對是言出必行。」

「……」夏黃泉默默扭頭，突然覺得一個很好的詞語被玷汙了是怎麼回事？

一個小時後，就在商碧落坐在卡車旁的地上點燃汽油爐時，言必行屁顛屁顛地跑了回來，招呼道：「喲，兄弟，煮麵啊？手藝真好。」

「泡麵都一個味道吧？」

「不，兄弟，你手中煮出來的特別香。」

「……」

「要一起吃嗎？」說話的是從車廂中拿水過來的夏黃泉。

「好呀！」言必行一邊說著，一邊放下了手中的東西，「妹子，不負所託，我把東西弄來了。」

「真的？」夏黃泉眼睛一亮，快步走了過去，一把拿起地上的東西，翻來覆去看了兩眼後，猶豫地問道，「這個……好像不太對？」

「哪裡不對了？」言必行接過東西，雙手一掰，一個熟悉的東西瞬間在三人面前成形。

「這是輪椅？」夏黃泉又看了兩眼，「我怎麼總覺得像嬰兒車呢？」

「不愧是我妹子，真聰明！」

「……蛤？」

言必行站起身，將嬰兒車推來推去地展示了片刻：「除去外形，和輪椅的功能差不多嘛，而且還好攜帶，妳不知道，這個是我從一個帶著孩子的家長那裡買來的，費了半天的唇舌他才肯賣呢。」

「唔，」夏黃泉摸下巴，「好像你說的也挺有道理。」

「是吧？」

說著說著，兩人的目光突然同時轉到了商碧落身上，商BOSS覺得渾身一寒，還來不及說什麼，只感覺渾身一輕，沒錯！他被公主抱了！他被一個妹子公主抱了！

夏黃泉輕輕鬆鬆地將懷中的青年朝嬰兒車上一放，推過來呀推過去，推過去呀推過來，果然毫無違和感，她滿意地點了點頭，朝言必行豎大拇指：「做得好！」

「必須的！」言必行得意地咧出一嘴白牙，手指往褲子口袋掏了一陣，拿出一個奶嘴，隨手就塞到商碧落手中，「買的時候人家送的。」

「還有贈品？」買嬰兒車贈送奶嘴……勉強也算正常……吧？

「當然！」他得意地笑道，「言哥出馬，一個頂倆，厲害不？」

「……哈哈哈，真厲害。」夏黃泉悄悄擦了擦頭上的冷汗，違心地恭維道。

聊天的兩人沒有注意到，嬰兒車上，某個男子抓著車把的手，已經爆出了可怕的青筋。

突然，一隻手緊緊地握住了那隻爆出青筋的手。

商碧落指尖一顫，勉強壓抑住攻擊的念頭，就見言必行居然雙目飽含深情地注視著他：「兄弟，你運氣真好。」

商BOSS抽了抽眼角，暗自用力想扯回被抓住的手，悲哀地發現——對方抓得更緊了。

「患難見真情啊。」言必行感慨著搖頭，「我怎麼就沒泡到這麼好的女人呢？難道是因為長得太帥了？」說完，他終於捨得鬆開商碧落的手，卻大力地拍他的背，「長得帥壓力大啊！真不知道是我該羨慕你，還是你該羨慕我？」

「……」饒是向來自負的BOSS大人也不得不承認，至少在臉皮方面，他甘拜下風。

「所以，你們就收了我吧。」

「蛤？」夏黃泉扶額，這句話和之前的話有因果關係嗎？有嗎有嗎？！

正無語間，言必行已經開始掰著手指細數自己的優點：「我會開車會交際會打架會做飯會洗碗會搓澡會按摩還會暖床……」

「……」雖然槽點眾多，但夏黃泉不得不承認，他們這個小隊的確還需要一個人。

首先，是開車問題，二人合作開車總不比一人駕駛來得安全。

其次，是交際問題，在這一方面，商碧落身體不適合，她性格不適合，而從言必行區區幾日就將整個聚集地現狀摸得一清二楚這點來看，他的確很善於打聽情報。

最後，是生活問題，她也需要一個人來幫忙照顧商碧落的日常起居，同性總比異性方便，畢竟不可能每次都有路毅那樣的好心人願意幫忙。

更何況言必行本身也並不是累贅，算得上是不錯的助力，他那番看似胡言亂語的自我介紹，其實完美地切中要點。

她的目光下意識轉向商碧落，兩人的目光一觸即分，卻已然在這一點達成了共識。

就這樣，言必行成功入夥了。

「我去收拾東西，待會兒來投奔你們，你們好好享受這最後的二人世界吧。」

說完，言必行拍拍屁股走人了。兩人面面相覷，在「無語凝噎」方面居然達成了微妙的同調。反應過來後，夏黃泉心中好糾結，呸呸呸！為什麼她要和這混蛋想一樣的事情啊？！

在商碧落用晚餐時，百無聊賴的夏黃泉也開始對嬰兒車進行改造，言必行帶來的這輛車整體外型為黑色，看起來並不怎麼可笑，不過，為了讓它比較像輪椅，有些部位則必須拆除。轉圈圈時，她無意間抬起頭，正好瞧見商BOSS吃麵條的情形——盤腿坐在地上的儒雅青年（起碼從外表上看是如此），左手端著和整個人氣場完全不搭調的小鋼鍋，右手則用不鏽鋼筷子挾起麵條送入口中，細嚼慢嚥，寂然無聲。

似乎注意到了她的目光，商碧落眼角微挑，略含疑惑意味地看向夏黃泉。

「沒什麼，」夏黃泉聳聳肩，「只是覺得你這輩子估計從沒這麼狼狽過。」

商碧落愣怔了一瞬，卻直到嚥下最後一口食物，動作優雅地擦拭了下嘴角後才說道：「為什麼會這麼覺得？」

「一看不就知道了，渾身大少爺派頭，剝削人民的罪惡資本家！」

「妳仇富？」

「……正常人都會仇富吧！」

「但在這個世界，錢再多也沒有任何價值，比如此刻，」商BOSS垂下眼眸，漆黑的瞳孔泛過一絲意味不明的光芒，「我的生命掌握在妳的手裡。」

「哦？」夏黃泉挑眉，「你倒是知道得很清楚嘛。」

「看那些人們，雖然做法不一，但都在選擇對自己有價值的東西，我對妳來說，價值在哪裡呢？」

這混蛋到底是多沒有安全感，還要試探多少次？夏黃泉頓時覺得麻煩：「蛤？這個問題你昨天不就問過一次了？是男人就別那麼囉嗦！」

「……」

「不過，告訴你也無所謂……」夏黃泉如上次回答他時一樣，俯下身捏住商碧落的下巴，目光掃過他淡色的嘴唇，臉孔緩緩湊近，在感覺對方的呼吸亂了一瞬之後，她定住動作，非常不厚道地冷笑了起來，「當然是因為你看起來好欺負啊！」

滿意地看到對方的臉孔露出些許怔忪，夏黃泉緩緩鬆開手：「世界突然變成這樣，我也很焦躁，這種時候人不都喜歡發洩一下嗎？」轉而將手按在他的頭頂，陰暗臉道，「每當這時候，只要揍你一頓我就馬上神清氣爽，這就是你的價值所在。」說罷，拍了拍他的腦袋。

「專屬洩慾道具嗎？」

「就、就是這樣沒錯！」雖然總覺得這句話有哪裡不對，但意思是沒錯的吧……大概。

商碧落搖頭嘆息道：「這個理由真是糟糕透了。」

「囉嗦！誰讓你長著一張欠揍的臉！」

「不過我很好奇，下次再問妳時，答案是不是又會變呢？」

「也許吧，」夏黃泉攤了攤手，而後突然瞇起眼眸，上下打量了青年一番，說道，「難不成，沒被我親，你很失望？現在補也可以哦。」

「不必了。」商碧落的回答很快速簡潔。

「喂！你那嫌棄的語氣是怎麼回事？想死嗎？！」夏黃泉瞬間糾結了，雖然她也只是說說而已，但你不可以這樣傷人自尊的啊！

「當然不想。」

「……」嘖，這混蛋愈來愈討厭了！

夏黃泉索性無視某個讓人心情煩躁的混蛋，將目光重新轉向嬰兒車，思考片刻後，她直接將座位前方那條為了防止嬰兒掉下去的黑色橫檔拆掉，這樣一來，成人坐起來要方便的多。嬰兒車的上方都有遮陽作用的頂蓋，但成人靠上去時會磕著後背很不舒服，她繞著嬰兒車轉了幾個圈後，小心翼翼地將頂蓋撕了下來。

一番改造後，一部成功改頭換面的黑色輪椅出現在二人面前，要非說有什麼不同，就是輪椅的輪子要比嬰兒車大多了，並且前者可以由乘坐者自行移動，後者則不能，但這在目前的情況下無法改造。

她背過身，小心翼翼地坐上去，接著先後嘗試了不同的力道，確定它很結實不會讓人突然摔倒後，轉頭看商碧落：「你看還有什麼需要改的？現在就只有這個了，等進城有機會再幫你弄一部真的。」

商碧落注視著她，沒有開口。

「怎麼了？」這混蛋平時話不是很多嗎？怎麼這時候玩起了沉默。

「不，」商碧落微勾起嘴角，回答道，「很好，沒有需要改動的地方。」

「……」

「怎麼了？」商碧落歪頭，難得看到她目瞪口呆的模樣，心中浮起好奇。

夏黃泉用腳蹬改造的輪椅，輪椅滑到青年身邊，她毫不客氣地說道：「再給我笑一個。」

「……」

「快點！不然揍你！」

商碧落抽了抽嘴角，但胳膊明顯擰不過大腿，他終究還是給了她一個微笑。

夏黃泉皺眉，這笑容和剛才的明顯不一樣了。所以剛才這混蛋說不需要改動的時候，是在真笑嗎？直覺告訴她似乎是這樣。果然，虛偽的笑和真實的笑比起來，差異是很明顯的，至少前者沒那麼討厭。不過，這傢伙也會真心地笑嗎？總覺得很不可思議。不，這和她沒什麼關係吧。

她搖了搖頭，將無聊的思緒拋諸腦後，耳邊突然傳來了一個聲音。

「咦？我是不是打擾了你們？」

「……」

「……」

「沒事，沒事，你們繼續，我什麼都沒看到！」為了表示決心，言必行伸出雙手捂住眼睛。

夏黃泉瞧著他從指縫中露出的、冒著猥瑣綠光的眼睛，無力地嘆了口氣，她突然有一種不太妙的預感——以後的生活會愈來愈麻煩。

Ch.12 又來一個新目標

第二日起，在天空大箭頭的指引下，夏黃泉等三人一路跟隨軍隊。

開車的人自然是言必行，之前他也有一輛車，但在看到卡車車廂中的越野車後，他毅然以高價將自己的小車脫手了。不得不說，這混蛋的確是奸商，他一個人所帶來的食物和水，幾乎有二人原本所有物資的一半，要知道，夏黃泉可是繼承了任強車隊的財產，所以言小哥與其說是被收編，不如說是黃金加盟。

好在三人都不在意這些，三人中夏黃泉尤其如此，畢竟她不需要任何物資就能好好地活下去，生命力可比蟑螂。但是為了不引起懷疑，偶爾在兩人面前她還是會吃一些餅乾喝點水，本來只是稍微嘗試，打算一有反常立刻去吐掉，但她發現了一件詭異的事——當她很有精力時，吃這些玩意兒沒什麼作用，但當她疲累時，吃東西或者喝水居然能恢復精神狀態——簡直就像補充法力一樣，這玩意兒是RPG勇者才能做的事情吧？！

不過回想起來，到這個世界最初腦中所得到的訊息——「**特別的琥珀，特別的以琥珀為眼的女性，而現在，特別的旅途似乎也已經隨之展開……**」，有這樣的事情也不足為奇，反正，再糟糕也壞不到哪裡去。

言必行的作用還遠不止如此，比如這一天傍晚全隊紮營休息時，言必行突然悄悄地對其他兩人說了一句話：「路線不太對勁。」

商碧落微皺眉頭，同樣低聲問道：「怎麼說？」

看兩人似乎有重要情況要分析，夏黃泉默默抱住原本想丟給商BOSS的汽油爐，席地坐在布巾上，開始自己擺弄起這玩意兒——不管嘗試多少次，果然是不拿手啊！正糾結間，一雙白皙而修長的手從她手中將爐子接了過去，靈巧而熟練地點燃它，架鍋放水，一系列動作一氣呵成。

「……」夏黃泉頓時更加糾結了。

「怎麼了？」

「這本來就是你的工作！別指望我感謝你！」

商碧落微微挑眉：「總覺得這句話很耳熟，似乎在哪裡聽過。」

「閉嘴！欠揍嗎？」

「我……」

「喂，你們不是吧？！」言必行很不滿地發出抗議，「不能這樣旁若無人的啊！我才離開這麼一小會兒，你們就搞二人小劇場，實在太過分了！」

「咦？你離開了？」夏黃泉怔住。

「……」言必行淚流滿面。

「抱歉，一不小心就忽視你了。」商碧落神補刀。

「……」言必行吐血，咬牙道，「你們願意被我掐死一次嗎？！」

夏黃泉有些想笑，拼命壓抑住這股衝動，她抬頭對站著的言必行說：「還是繼續剛才的話題吧。」

言必行無力地嘆了口氣，盤腿坐了下來，甩手將方才在車廂中翻出的雜誌丟在三人中間：「看這個。」

「這個是……」夏黃泉依言看過去，而後整個人崩潰了，是她眼睛出問題了還是這個世界出問題了？！那封面上搔首弄姿的泳裝女郎是怎麼回事？！那用血紅大字寫成的「最誘惑三十六姿勢」、「神祕巨乳少女」標題是怎麼回事？！這明明就是一本色情雜誌吧喂！！！

夏黃泉深吸了口氣，心中默念：不行，人家是新隊員，不能揍人，這樣是不對的，嗯，努力，我要努力，壓抑住這股怒氣我就贏了。

可惜的是，她的一切努力很快煙消雲散。

因為！

商碧落這混蛋居然拿起了那本雜誌翻閱，目光突然定格在某一頁，仔細觀察了片刻後臉上露出了滿意的表情，點頭道：「不錯，細節很詳細！」

「是吧！」言必行得意地笑了起來，而後朝夏黃泉擠眉弄眼，「妹子要不要一起看。」

那一瞬間，夏黃泉覺得自己感受到了世界的惡意。

——商碧落居然會津津有味地看這種雜誌？開什麼玩笑啊喂！

——不，細想一下其實很正常，這混蛋再怎樣也是男人啊！那什麼，青少年時期說不定就一邊看著這種雜誌一邊這樣那樣，反正他有錢不怕買不到補藥。

——可是，現在都碎掉了他還想怎樣啊！

——就算碎掉了也是男人啊！

——不，重點不在這裡吧喂！

——她居然和這樣猥瑣的兩個人組隊！太坑人了混蛋！

——為了保證自身的純潔性，她強烈要求解散，解散！

「妹子，怎麼了，妳臉色很難看啊，不舒服嗎？」

夏黃泉扶額：「我沒事。」她都沒意識到自己現在的聲音聽起來有多虛弱。

見她這樣的表現，商碧落抱拳輕咳了一聲，嘴角不知何時微微勾起，而言必行則堂而皇之地捶地大笑了起來：「哈哈哈哈，妹子，妳真是太可愛了……肚子好痛，哈哈哈哈……」

「……」夏黃泉抽了抽眼角，誰能告訴她笑點在哪裡？而且，好想揍人怎麼辦？

不得不說，商碧落對於夏黃泉情緒的把握還是相當精準的，在她爆發前一秒，他將雜誌遞到了她面前，夏黃泉無意間瞄了一眼，瞬間愣住——喂，這和說好的不一樣啊？！

沒錯，商碧落所看的頁面，怎麼看都是一幅地圖。

「妹子啊！」言必行不知何時蹭到夏黃泉的身邊，環住她的肩頭感慨道，「我的偶像孔子曾經說過——妳眼中有什麼，這個世界在妳眼中就是什麼樣子。」一陣搖頭晃腦說完後，這混蛋詭異地笑了，「妹子啊，妳看到的只有黃色雜誌，由此可見……嘿嘿嘿嘿……啊！」

某作死的傢伙摀腹倒下。

夏黃泉神情冷酷地吹了下拳頭：「這一下，我是替孔子揍的！」

「……妳為什麼不揍他？」言必行掙扎著要求公平公正。

「你們偏離主題了。」商碧落動作熟練地轉換了話題，他指著被夾在雜誌中的頁面說道，「我們目前應該在這裡。」

「有什麼問題嗎？」

「北遷最近路線應該是走H城，但是現在的情形，軍隊顯然打算捨近求遠經過S城。」

「的確很奇怪，」夏黃泉想了想，提出了一個可能性，「會不會走S城更安全些？」

言必行不知何時爬了起來，湊過來回答道：「不太可能，H城比S城規模更小，地勢也更開闊，無論是在喪屍數量還是攻擊難度上都要弱於後者，如果僅僅從安全方面考慮，它才是最佳選擇。」

「那就是軍隊儲存的食物不夠了，想要獲得更多補給？」

商碧落搖頭：「城市愈大，食物儲存固然多，但同時民眾數量也會更多，人口密度也更大，在『喪屍病毒爆發』的消息傳開後，市內的店鋪大部分都應該遭到洗劫了，所以去S城未必可以獲得更多的物資。」

「這真是太奇怪了。」在提出的設想接二連三被打回後，夏黃泉的心中也充滿疑惑，所以這到底是怎麼一回事呢？

「可能性只剩下一種。」商碧落微笑。

「唔，」言必行思考了一會兒，同樣點頭，「原來如此。」

「所以？」夏黃泉歪頭問道。

言必行沉默片刻後，搖頭感慨道：「妹子，像妳這麼單純地活著也不容易。」

「……」夏黃泉看向商碧落，「他是在罵我笨嗎？」

商碧落搖頭：「不。」而後瞥了眼做出拇指手勢的青年，歪頭道，「他是在罵妳愚蠢。」

「喂！」

「你們兩個都給……」

「我開玩笑的！」言必行一邊大喊著，一邊火速地後退，並將商碧落拉到自己面前堵砲口，「他才是在罵妳，快揍他！要我幫忙嗎？！」

「……」

「……」

夏黃泉無語凝噎，什麼時候又離題了，和商碧落兩人一起時至少不會出現這麼坑人的情況，這個叫言必行的傢伙到底是何方神聖？！一個人拉低了所有人的平均智商好嗎？！

「總之，可能性只有一個，那就是S城中有某種重要的東西。」

「重要的東西？」

「沒錯，」商碧落點頭，「軍隊接到的任務應該是迅速北上，與其餘部隊會合，也正因此，他們甚至沒有餘力救援沿途所有城市的民眾，因為如果不能成功將喪屍病毒阻隔在防線外，任其繼續擴延，那麼造成的危害將會更大；在這種緊急的情況下，寧可捨近求遠也要經過S城，毫無疑問，那裡有比千萬民眾生命還要重要的東西。」

「那到底會是什麼呢？」夏黃泉喃喃自語，就在這時，她的腦中傳來了這樣的訊息。

【進入S城，保護目標並將其安全送達軍隊手中。】

❖

事實證明，商碧落的推測沒有錯。

第三天，大部隊在進入S城後即原地休整，而後分兵而出，這此之前是從未有過的事情。對此，一般民眾全都議論紛紛，但軍隊始終保持沉默。

這一路上雖然沒有刻意救援，但漸漸跟上的民眾數目也達到了可觀的程度。

軍隊當然不可能供應所有民眾的飲食，因為人數實在太多了，而且他們也必須儲備足夠的食物以保持戰鬥力；即便如此，新加入的人依舊愈來愈多，「人多力量大」這個道理在末世尤其行得通，更何況，擁有殺傷力武器的部隊才能帶給人最大的安全感。

因為最先就跟上的緣故，夏黃泉他們的車排在緊貼軍隊的第一隊列，可以說是處於民眾中最安全的位置。

將商碧落安置在這裡，夏黃泉比較能放心，畢竟他要是掛了，一切就都完了。遇到危險，她想商碧落肯定不會坐著等死，雖然言必行是新加入的傢伙，但也不至於為了區區一輛車和些許物資就開車逃竄，實在不行，許安陽那裡還有一個人情，所以……

她抬起頭注視著箭頭所指示的方向，與之前不同，這次居然出現兩枚箭頭！略大的指向大部隊之後行進的方向；而略小的，無疑就是新出爐的目標了。

「妹子，怎麼了？一直朝天空看。」

三人一起坐在貨車的駕駛座，商碧落被夾在中間，夏黃泉從車窗外縮回腦袋，搖了搖頭說道：「沒事，不過我要出去一下。」

「蛤？」言必行抖落的菸灰瞬間灑了一褲子，他驚訝地問，「妳要去哪裡？」

夏黃泉沉默了一下，才答道：「有點事。」說罷，她一把拉開身旁的車門就跳出去，才走第一步，就頓住了身形。

【請攜帶好隨身物品。】

隨身物品？

夏黃泉歪著頭思考，又往自己身上看了看，衣服沒換，眼罩在，武士刀也在，還有什麼沒攜帶呢？

她特意跳回車上，在座位上搜尋了片刻，確定的確沒有落下任何東西。

故障了？

黃泉妹子皺了皺眉頭，再次跳下車，準備離開。

【請攜帶好隨身物品。】

所以那個隨身物品到底是什麼啊？！

等等，該不會是……

她試探性地伸手抓住商碧落，後退了一小步，再一步，提示果然沒出現。

夏黃泉心中淚流滿面，那個坑人的隨身物品，指的就是商BOSS嗎？難道說他已經被默認成了她的背部配件了嗎？可以要求更換嗎！

商碧落注視著抓住自己的那隻手，又看了看心情似乎變得很不好的夏黃泉，很識時務地將那句「怎麼了」吞入腹中，而後只感覺身子一輕，他就被拎到了她背上。

「你們要去哪裡？」言必行十分偷懶地只把剛才的問句加了個「們」字。

「這個……」

「嗯？」

「我、我們去上廁所！」

「……」混蛋！為什麼她會脫口而出這樣的話啊！

「……」商碧落默默垂眸，他早已學會在某人賣蠢的時候閉嘴了，殘酷的現實給了他血和淚的洗禮……

相對而言，最為鎮定的居然是言必行，他咧嘴一笑，朝夏黃泉擠擠眼：「帶紙了嗎？」

「啊？」

「怎麼這麼粗心。」言必行一邊說一邊掏口袋，片刻後，將一陀圓形的潔白物體放到夏黃泉手中。

她低頭一看，嘴角瞬間抽搐了起來，這混蛋居然遞給她一團揉得軟乎乎的衛生紙……

「雖然物資緊缺，但上廁所還是需要用衛生紙的，妹子，妳覺得呢？」

「……」總覺得他好像誤會了什麼。夏黃泉努力壓抑住掩面而奔的衝動，痛不欲生地點頭道，「你說得對。」

「哈，果然是在騙我啊。」

「啊？」

言必行嘿嘿笑了一聲，瞇起眼眸，摸下巴道：「你們其實不是要去廁所吧？別想繼續騙人，一切都被我看透了！」

難道……

錯覺嗎？這一瞬間，言必行的背後湧起了萬丈金光，好刺眼，簡直讓人無法直視，以至於夏黃泉情不自禁脫口而出：「你敢把背後的手電筒關掉嗎？！」

「氣氛！注意氣氛！」

言必行將關掉的手電筒甩到一旁，看看商碧落，又看看夏黃泉，點頭道：「好了，不逗你們了，不過，阿商啊，這玩意兒你真的要帶著。」一邊說著，他一邊湊到車門邊，將另一個物品塞入商碧落手中。

又是一團紙？！

彷彿知曉了她的疑惑，商碧落淡定的聲音從頭頂傳來：「不，是這個。」

說罷，一隻手伸到夏黃泉的面前，她定睛一看，心中再次湧起強烈地想要揍人的慾望，瞥了眼兀自得意的言必行，她一字一頓咬牙道，「這・是・什・麼？！」

「妹子，別害羞嘛，我都懂得。」

「……你都懂些什麼啊？！」夏黃泉忍無可忍地搶過商碧落手中的東西，啪地一下砸到他猥瑣的笑臉上。

言必行捣臉委屈道：「我也是為了你們好啊，自從我來了以後，你們倆就沒機會乾柴烈火，想要避開我去……咳咳咳咳，也是可以理解的！但是，搞出人命就不好了吧！」

「……」

「難道說？」言必行恍然大悟，從口袋中掏出了一整盒，再次塞入商碧落手中，「你們覺得一個不夠？」

「閉嘴！」夏黃泉終於忍無可忍地一把扯下背上的配件，狠狠砸向某個猥瑣的笨蛋，「居然隨身攜帶這種東西，你到底是有多色啊！你們兩個變態！」

「……和我有什麼關係？」無辜躺槍的商BOSS終於忍不住問道。

「囉嗦！如果不是你長著一張變態的臉，怎麼會造成這種誤會！」

「……」不，造成誤會的明顯是妳的行為吧？

「造成誤會的明顯是妳的行為吧？」商碧落明智地嚥下的話被言必行吐出了嘴。

什麼叫豬隊友？這就是！

「呼！！！」夏黃泉深吸了口氣，雙拳捏起時發出嘎吱嘎吱的響聲，「說吧，你們想怎麼死？！」

「……」×2。

結局，不言而明，為他們點蠟燭！

❖

原本的一人行最終變成了三人行。好在自從軍隊原地休整後，有不少人以尋找食物為由陸續離隊，所以三人的行為並不突兀。因為駕駛卡車移動不方便，他們商量了一下，託人看顧卡車後，便在不遠處的路邊隨便撿了輛車，朝夏黃泉指示的方向重新開始行進。

S城是一座人口密集的大城市，所以喪屍的數量比起之前遇到的只多不少，好在這些日子以來，部隊的人們都逐漸適應了他們進化後的新速度，就目前看來，他們似乎還沒有再次進化的趨勢，但夏黃泉卻清楚地知道，他們遲早會再度進化的。

「停車。」

商碧落的話音剛落，言必行便立刻踩下煞車。

「怎麼了？」

「前面被大規模清理過。」

夏黃泉朝前方看去，果然，道路兩旁盡是倒下的喪屍，路中央卻乾乾淨淨，看來不僅是清理而已，簡直就是單方面的碾壓，能做到這種事情的唯有……

「是軍隊？」

商碧落頷首：「看規模，分兵而出的一半兵力都在這裡了。」

「前面是……」言必行不知從哪裡掏出了一張S市的詳細地圖，指尖在圖上逡巡了片刻後，果斷地點在某棟建築上，「S大。」

「軍隊的目標是大學？」

「接下來不能開車了，會引起注意的。」

做出判斷後，三人將車輛停靠在不遠處，因為周圍都是無人駕駛的車輛，故而並不引人注目。

「我來吧。」

「不，我來就可以。」夏黃泉輕輕鬆鬆地將商碧落這個人形裝飾掛到背上，拜軍隊清理所賜，沿途十分安全，即便如此，她依舊左手搭著刀鞘，邊走邊小心地觀察著四周。

言必行目光警惕地跟在她身後，嘆氣道：「妹子，妳簡直就是為傷男人自尊而生的。」

「那可真是榮幸。」夏黃泉頭也不回地答，「如果你不想再做男人，我可以免費幫忙。」

「……饒了我吧。」

「妳也要進入大學？」商碧落突然如此問道。

雖然帶著這兩人一起出來，但她給的理由只是「要找某樣東西」，因為根本不知道要從何開始解釋起，但考慮到任務的要求，夏黃泉可以肯定，她和軍隊要找的是同一樣東西，但同時……

她抬頭注視著箭頭的方向，雖然目標可能相同，但是方向毫無疑問已經發生偏差了。

夏黃泉正準備搔頭，目光突然一窒，而後，她看到了令人驚訝的一幕，箭頭居然倒轉向下，而後不斷地朝他們所在的方向移動，又在某個地點突然停下。

這是怎麼回事？

不，現在不是想這些的時候！

她快步朝急速靠近的箭頭飛奔而去。向前，向左，再繼續向前。道路旁的景物在奔跑間飛快地後退，風聲在耳邊持續響著，她全速而行，短短五分鐘，便到達了事發地。

那是一條窄小的巷子，幾乎擠滿了喪屍，在某個角落，幾個堆成一圈的垃圾桶暫時阻隔了他們的步伐，有一個人站在中間，努力地揮舞著棍棒，試圖藉此抵抗這些怪物，但隨著力竭，他的動作愈來愈慢，只聽啪嗒一聲，棍棒居然被打落在地上。

來不及多說，夏黃泉只大喊了一聲：「蹲下！」直接拔出腰間的長刀，使用了進化後的第二個技能——死氣爆發。這些天在用刀砍喪屍的時候，她會稍微輸入一絲死氣，以期達到練習的作用，成效很明顯，比起最初，現在的她已經能夠很好地控制死氣了。

與商碧落不同，言必行還是第一次看到這招。只見那把閃爍著寒光的銳利武士刀無情地斬過面前的空氣，尖銳的響聲中，看不見摸不著的空間彷彿都被斬碎了，立於前方的喪屍們身上此起彼伏地爆出腥臭的血液，一個接一個地倒下，更為可怕的是，不僅是喪屍，甚至連地面都出現了幾條長長的裂痕，以夏黃泉的腳下為原點一直延伸至垃圾桶前方。

注視著那足足有一手寬的裂紋，言必行下意識嚥了口唾沫，充滿敬佩地看向商碧落。

商BOSS若有所覺地回頭，只見言必行用口形對他這麼說道：「這麼凶的女人你都能泡到，厲害！」

「……」

對兩個男人的交流，夏黃泉一無所悉，她快步走到垃圾桶旁，俯身問道：「你沒事吧？」

目標，到底是這個人，還是這個人身上攜帶的東西呢？

正思忖間，原本抱頭蹲著的男子猛地抬頭，眼中居然閃著淚花地撲上來一把抱住了她。

「……」這是個什麼進展？

夏黃泉正準備推開對方，卻因他突如其來的一句話定住了動作。

「太好了……黃泉，我就知道妳一定會來救我的……」

Ch.13 青梅那個竹馬

黃泉？

這是在叫她嗎？還是巧合？

不，後者明顯不可能，那麼，他認識她？什麼時候？在哪裡？因為什麼？

——如果真的相識，為什麼她完全沒有印象？

一時間，夏黃泉心中泛起了層層的疑惑，就在此時，突然覺得脖間一癢，像是睫毛掃過皮膚，她猛然醒轉，才發現情況不太對勁，她連忙一把推開對方，無意識間展露的強大力道，猛得讓對方一個踉蹌朝後倒去。

「小心！」她下意識伸手將對方扯回，不知怎地，手一個翻轉，對方配合地一轉，兩人就這樣完成了一個超級詭異的姿勢——她微俯下身，攬住對方的腰穩穩接住。

「……」

「……」

四目相對，夏黃泉有點想吐血，這個標準的舞蹈結束姿勢是怎樣啊？！而且……男女明顯翻轉了吧？！

「黃泉，妳的力氣還是這麼大。」對方的聲線很柔軟，和本人一樣給人無害的感覺。

夏黃泉沒有開口，扶著對方站起來時，仔仔細細地打量了他一番。年齡的界限似乎在他的身上很模糊，外貌很年輕，似乎是只有十六七歲，但她的直覺又告訴她——他的真實年齡應該沒有看起來這麼小。他的皮膚很蒼白，身材亦很纖細，在白色西裝的映襯下尤顯如此，這點和商碧落很相似，但又有所不同，那混蛋明顯是身體有病的緣故，而這位倒像是長期不運動宅在家中的結果。

注意到了她的視線，對方歪頭給了她一個極其燦爛的笑容，英俊的臉孔瞬間彷彿染上了清晨的陽光色澤，髮絲微捲，有幾縷髮絲凌亂地垂落下來，整個人看起來就好像信眾祭獻給上帝的羊羔，充滿了純淨的色彩。

「那個……你是……」一句話尚未說完，夏黃泉的腦中突然再次傳來了系統的指令。

【背景資料載入。】

伴隨著這句提示，巨大的資訊流再次傳輸進夏黃泉的大腦，好在她早已經習慣了這種情況，接受訊息這種事看似很長，實際上只有短短幾秒鐘。

毫無疑問，這位名叫蘇玨的男子正是「目標」，但是她怎麼也想不到，他們之間居然有所謂的「過去」，真的好像勇者遊戲一樣，走到某個地方為了引發劇情就突然來一段「回憶」……在那快速的走馬燈劇場中，她最開始如同一個局外人般注視著自己和蘇玨的「回憶」，到最後彷彿全身心都融入其中，明明從未做過那些事情，「記憶中的夏黃泉」就好像真的是她一樣，一言一行完全都是她說出的話做出的行為，找不到任何違和感，到最後，連夏黃泉自己都幾乎相信這段記憶是存在的，只是剛剛想起而已。

「黃泉，妳怎麼了？」

「我沒事，阿玨。」親密的稱呼脫口而出，彷彿是再自然不過的事情。

明明本來只是陌生人，現在卻好像是真正的青梅竹馬——夏黃泉微微側過頭，心虛地避開了對方眼眸中的關懷意味。雖然不是故意的，但果然還是覺得有些可恥，就像強盜一樣，用不正當的手段奪取了不該屬於自己的東西。

「是認識的人嗎？」言必行不知何時湊了過來，八卦地問道。

「……嗯。」夏黃泉猶豫了片刻後，點頭。

言必行看了眼跑到垃圾桶中低頭尋找什麼東西的「少年」，又看了看精神恍惚的夏黃泉，滿是同情地看向商碧落的……頭頂，彷彿那裡戴上了一頂綠油油的帽子，他情不自禁地替他配了個「呱」的音。

「……」商碧落的手顫了顫，強行抑制住想給某人一槍的衝動，別過頭，權當沒看見。

「找到了！」蘇玨終於找到丟失的東西了，舉起來後歡快地將其架到鼻子上。

「眼鏡？」夏黃泉微微一怔，突然覺得那付眼鏡有些眼熟，似乎在哪裡見到過，「平光的？」

說實話，那付眼鏡以正常眼光來看真的不漂亮，漆黑的框架上掛著兩個圓圓的圈，活像老人家用的骨董，戴上後幾乎遮住蘇玨臉的三分之一，讓他整個人瞬間從清純美少年變成科學怪人了。

「黃泉，不記得了嗎？」蘇玨推了推鼻梁上的眼鏡，「這是妳送我的生日禮物啊。」

「這個……」一旦得到提示，腦中被植入的記憶瞬間翻出答案，似乎真有這麼一回事。

「妳忘記了啊……」夾雜著些許失望的聲音又快速振作了起來，「不過也難怪，我們已經有三年沒見面了。」

「……嗯。」

蘇玨走到她身邊，低下頭微笑著問道：「妳是特定來找我的嗎？」

「……軍隊也在S大找你。」

「是嗎？」蘇玨面色肅然了起來，「現在的確不是閒聊的時候了，黃泉，帶我去大學。」

「好！」

於是幾人快速地在小巷中移動。對方沒有再敘舊這點讓夏黃泉鬆了口氣，雖然她絕對不會穿幫，但總覺得很彆扭，相較之下，她寧願做苦力。

「喂喂，你們是不是忘記什麼了？」言必行快吐血了，不能這樣旁若無人啊！小商、小夏欺負人也就算了，怎麼來個新人也忽視他！

「你也在啊？」

「……喂，我剛才還和你說話好嗎？！」

「抱歉，見到黃泉一時太過激動，所以忘了自我介紹。」蘇玨邊道歉邊說，「我叫蘇玨，是黃泉的青梅竹馬。」

「青梅竹馬啊……」言必行用蕩漾的語氣硬生生地將這個美好的詞讀出了猥瑣的味道，「『郎騎竹馬來，繞床弄青梅』的那個青梅竹馬嗎？」

蘇玨不知想起了什麼，話語中滿是笑意地答道：「嗯。不過在我們倆之中，騎著馬的那個是應該是黃泉才對。」

「哎？聽起來很有趣，小蘇，你說說看。」言必行一邊說，一邊朝商碧落擠眼，用口形無聲地傳達「我幫你收集情報」。

「……」商碧落表示他真的不想知道這麼無聊的事情。

「你剛才不是在自我介紹嗎？別給我離題！」夏黃泉可沒有拿「自己的過去」供別人八卦的習慣，哪怕是假的也一樣。說罷，她指了指言必行，「這個囉嗦得不得了的叫言必行，不過名字和本人完全不搭，隨便記就好，記不住也沒關係。」

「這位呢？」

「哪位？」夏黃泉看了看蘇玨手指的方向，才想起自己背上還有個人形配件，「背上這個傢伙叫……阿商，不過完全沒有存在感，你可以直接忽視掉他。」好險！差點把「商碧落」三個字脫口而出。

「阿商？很罕見的姓氏啊。」

「不，我姓商。」商BOSS一邊說，一邊朝夏黃泉的「青梅竹馬」伸出手，「商碧落，很高興認識你。」

「……」蘇玨愣了愣，隨即回握，「蘇玨，我也一樣。」

兩人同樣微笑著對視了片刻後，又同時鬆開了手。

商碧落突然感覺背上傳來一股輕微的力道，一偏頭，就見言必行正朝他豎起大拇指，咧嘴間牙齒閃閃發光，簡直讓人無法直視。

這一瞬間，兩個男人完成了這樣的溝通：

——做得好！為了妹子你居然連名字都捨得改，膜拜你！

——蠢貨，無視。

夏黃泉自然沒有注意到男人們的「交流」，她的目光全部被出小巷時街邊的車輛吸引住。她快速地跑到一輛車旁邊，扯下車門後，十分自然地將商BOSS往副駕駛座一塞，只見商碧落配合得無比默契地使用了「無鑰匙發動」技能，而後言小哥往駕駛座一坐。

蘇玨和夏黃泉很自覺地坐到了後座。

「咳咳！」

「……你想說什麼可以直說。」

「妹子，妳坐我旁邊嘛！」言必行諂媚笑道。看，他為了兄弟做出了多大的犧牲啊！為什麼不要那個蘇玨坐前面？這還用說嗎！蘇玨來了前面，後座就是夏黃泉和商碧落二人世界，纏纏綿綿，他依舊是被忽視的那一個——沒錯，兄弟固然重要，但他同時也是一個堅定的「祝天下有情人終成兄妹，拆散一對是一對」的去死去死團成員！所以，阿商，請自由地……

夏黃泉從他身上感受到了深層的惡意，忍不住扶額：「理由？」

「哎呀，妳不在我身邊，人家不敢開車啦。」

「……」夏黃泉深吸了口氣，抬手令其映照在後視鏡中，而後緩緩地捏起拳頭。

「我錯了請原諒我馬上就開車！」在一串不停頓喘氣的話語後，女孩只聽到「嘶！」的一聲，輪胎與地面發出巨大的摩擦聲，車子以可怕的速度飆了出去。

目標——S大！

嘖，果然男人不聽話，用揍就可以——這樣一個認知再次深深地印刻在夏黃泉的心中。

❖

車輛行駛間，夏黃泉透過窗戶注視著外面快速倒退的景色，不同於過去的繁華，現在的街道四處都是或行走或掙扎或倒下的喪屍，末世圖景，莫過於此。

「黃泉還是和小時候一樣呢。」蘇玨的聲音傳來，「還記得嗎？小的時候我帶妳出門，妳總是坐在我懷裡，然後趴在車窗看外面的景色，完全不搭理我，就像現在這樣。」

夏黃泉默默轉回頭：「……你是在抱怨我無視你嗎？」那哀怨的語氣是怎樣啊？

「是啊。」蘇玨小狗般點頭。

「……」別給我點頭點得這麼爽快啊喂！

就在這時，夏黃泉突然想到了一件事，根據載入的記憶，她第一次見到蘇玨應該是五歲那年，兩人的交往一直持續到十五歲，而後因為某些原因分開了三年，直到現在才再次會面。這沒問題，重點是，從她第一次見到這傢伙，他就是現在這副模樣，所以……「你今年到底多大了？」

蘇玨搖了搖手指，神神祕祕地說：「男人的年紀可是祕密哦。」注視著夏黃泉瞬間無語的表情，他笑了起來，「不過，因為是黃泉，我可以特別對待。」一邊說著，他一邊從西裝口袋掏出皮夾遞到身旁的女孩手上。

夏黃泉看了他一眼，低下頭打開手中的皮夾，首先映入她眼簾的是一張身分證，一九八七年生？記得這個世界現在應該是二〇一六年，雖然病毒爆發是秋季而並非十二月二十一日，這麼算來……夏黃泉心算了一下，不可置信地瞪大眼眸，又伸出手指掰了掰，沒有錯！這個長得一張少年臉的傢伙居然已經是二十九歲的老男人了，開什麼玩笑啊喂！

公敵！這傢伙絕對是女性公敵！

她扭過頭正準備開口，卻被一把摀住嘴，蘇玨朝她眨了眨眼，悄聲道：「黃泉，不可以說出來哦，這是我們的祕密。」

「……」夏黃泉一把扯下少年，不，成年男子的手，將皮夾塞回他手上。這麼說，記憶中五歲時第一次見到蘇玨時，他已經十六歲了……這傢伙，這麼多年到底靠什麼保持青春啊？可惡！真讓人嫉妒！

正妒火燃燒時，她突然發現了一隻伸得很長的耳朵，夏黃泉瞇了瞇眼，一把揪住那隻耳朵，翻轉九十度。

「痛痛痛！大王饒命！」

「你不好好開車，頭湊到後面做什麼？想翻車嗎？！」

「……是這樣的！我開著開著突然耳朵癢，就想在座位上蹭一蹭！」言必行討好地說道，「不過，多虧妳這麼一抓，我一點都不癢了，妹子，妳真厲害！」

夏黃泉額角爆出青筋，言必行這混蛋還敢更無恥點嗎？不過考慮到現在他在開車，她決定暫且放過這個八卦的傢伙。

「給我好好開車！再敢這樣……」舉刀。

「是的大王，小的明白！」

「撲哧……」蘇玨突然發出了一聲輕笑。

「你笑什麼？」

「不，沒什麼。」男子搖搖頭，陽光照射下呈褐色的眼眸認真地注視著夏黃泉，「看到妳這麼精神真是太好了，本來離開S大後，我就準備去見妳一次，還非常擔心妳不會理我，畢竟上次我離開時……」說到這他頓了頓，隨即臉上浮起笑容，彷彿剛才的消沉只是錯覺，「沒想到妳居然來救我，我真的非常開心。」

「……這只是意外。」

「嗯嗯。」

「都說了只是意外了！」

「嗯嗯，對，是意外。」

「……」無力感……巨大的無力感襲擊夏黃泉，她對這種類型的真是不拿手啊！如果是商碧落，直接揍一頓就好，反正那傢伙說這種煽情的話時八成是撒謊；但這個傢伙是認真的啊，而且毫無惡意，不，簡直是渾身上下散發著善意的菩薩啊！完・完・全・全・下・不・了・手！！！

然而，此時其實有人比她還要糾結。

「……」這是男小三上位勾搭成功的節奏！努力開車的言必行一臉慘痛地摀住臉，再次同情地看向身旁的商碧落，如果之前他只是隱約看到他頭頂的綠帽子，那麼現在它已經具象化了。

商碧落眼角微抽，直接無視了某人炙熱的目光。相較於後座兩人的關係，他倒是更在意軍隊尋找這名叫蘇玨的男子的理由，到底是什麼樣的價值能讓軍隊執著於找到他呢？以及，最初軍隊轉道的時候，那個暴力蠢貨表現出並不知情的模樣，但到了這裡之後便立刻出來找人，她又是怎麼確定消息的呢？

相較於前者，後者更讓他在意。

他的直覺告訴自己，她隱藏著太多祕密。

但是，言必行很顯然沒有接收到他的大腦思維，認真思考的商碧落在他眼中就是一個傷心失意人啊！他心酸地嘆了口氣，做為一名去死去死團成員，對於男女分手他是樂見其成，但問題是，這裡一對分手，另一對又建立了啊！相較而言，他還是比較支持原配，因為他一看到別人甜蜜就牙疼，還是小商、小夏這種相處模式比較合他胃口，而且家暴過多事後比較容易拆散。

他嘆息著拍拍商碧落的肩，用口形無聲地表達：別太在意，至少你對她來說是特別的。

什麼意思？

口形繼續：她揍你揍得特別狠。

「……」他真的不想要這種特別好嗎？

在兩個男人無聲交流的時刻，夏黃泉轉換話題，以期從目前的尷尬局面中解脫出來。

「說起來，你為什麼會在S大？軍隊為什麼找你？」

「藉口是回來參加母校百年慶典。」

「藉口？」

「嗯。」蘇玨點了點頭，「雖然是機密，因為是黃泉，沒有關係。」一邊說著他一邊拿出手機，輸入繁雜的密碼解鎖後，打開了某封郵件畫面，將手機遞給了夏黃泉。

她接過來一看，上面赫然寫著：從A國帶回了一些有趣的東西，願意來看看嗎？

這封電子郵件的附檔是一張圖片。

夏黃泉漆黑的眼眸在看清楚圖片的瞬間驀然放大：「這個是……」明顯是喪屍的圖片吧？！但是，發信日期明明……

「注意到了嗎？沒錯，日期是在一切的發源地——A國病毒爆發之前。」蘇玨點了點頭，「我因為參與某個機密項目，已經很長時間沒有收發電子郵件了，等我看到時，南方已經開始出現感染者，事後我才知道消息被強行壓了下來。」說到這，他的臉上露出一絲怒意，「如果不是那樣，情況也許不會像現在這麼嚴重，如果我能早點……」

「不是你的錯，誰也料不到的。」夏黃泉抿了抿唇，「而且現在可不是懺悔的時候。」

「……嗯，妳說的沒錯。」蘇玨笑了笑，接著說，「看到郵件時，因為病毒事件我被蒙在鼓裡，當時的確沒有百分百相信，但在我的印象中，他並不是會惡作劇的傢伙，所以我立刻聯絡了他。然而不管是郵件還是電話，都沒有得到任何回應，那時我心中已經有不祥的預感，剛好手上的研究項目已經告一段落，於是馬上趕了回來，以參加母校慶典為由，想要得到他所說的從那個國家帶回來的第一手資料，但是……」

「沒有找到他？」

「沒錯，因為太久沒有聯繫，我不確定他的住所有沒有換，去聯絡簿上的地址找過，卻沒有找到人，就在這時候病毒大規模爆發了。在找到資料前，我無論如何都不能離開，所以立即向上級報告了這件事。」

「原來如此。」

經過他的解釋，夏黃泉大致明白了，但是……

「你有其他方法找到他嗎？」

蘇玨搖頭：「我只能肯定他在S市建立了實驗室，而本人應該沒有離開。」

「要發動軍隊搜索嗎？」

「除此之外沒有更好的方法了。」

「也是。」夏黃泉點頭表示同意，突然想起了一件事，「等等，軍隊是去S大找你，你在找不到人的情況下，不好好回到那裡，跑出來做什麼？」

「……」蘇玨怔住，而後默默扭過頭去。

黃泉妹子瞇眼，果然很可疑。

「到底是怎麼回事？」

「那個……」蘇玨在妹子探究的目光下堅持沒多久就繳械投降，小心地湊到她耳邊輕聲說道，「其實……我迷路了……」

Ch.14 叔叔你好叔叔再見

迷路了迷路了迷路了居然迷路了？！開什麼玩笑啊喂！

「……」夏黃泉強行抑制住吐血的慾望，「那你之前怎麼去找人的？！」

「搭計程車。」

「那之後……」好吧，病毒爆發大家都急著回家或者逃跑，肯定攔不到計程車了，所以，這傢伙在病毒爆發後就一直在這座城市中來回飄蕩嗎？居然還能跑回S大附近，不得不說真是運氣好到了極點，她嘆口氣，「算了，人沒事就好。」他之所以被系統定為目標，八成就是因為那份資料，所以那份資料絕對是真貨，拿到它說不定真能解決末世的危機，總之不管怎樣，這傢伙能活下來真是太好了。

蘇玨怔了怔，從女孩耳邊挪開頭，動作時眼鏡順著鼻梁滑落，褐色的眼眸閃爍著粼粼波光：「黃泉……」

「……」這感動的聲音是怎樣啊？她明明還沒有使用煽情技能好嗎？！

就在夏黃泉伸手想將對方腦袋推開前，耳邊突然不斷傳來這樣的聲音——

「咳！」

「咳咳！」

「咳咳咳！」

夏黃泉萬分無語：「有話直說！」

「到了！」

她連忙扭頭，果然S大已經到了，說話的時候車子開得特別快嗎？

眼看後座兩人分別從兩邊下車，言必行咧嘴一笑，朝商碧落豎大拇指：「不要太感謝我。」而後一把幫他拉開車門，看著夏黃泉出現在車門邊，他又接著說，「沒有打不敗的小三，只有不努力的老二，加油！」

「什麼小二小三的？」這句話被夏黃泉聽到了，她一邊將商碧落拎出來掛到背上，一邊問道。

「沒，什麼都沒有！」

奇奇怪怪的……算了，現在不是管這個的時候。

為了節省時間，言必行直接將車開進大學內與軍隊會合。

「蘇上校！」

「確定是本人沒錯嗎？」

「沒錯。」

蘇玨扭過頭對夏黃泉微笑：「黃泉，在這裡稍等我一下好嗎？」

「嗯。」

三人注視著蘇玨的背影，言必行最先不甘寂寞地戳了戳夏黃泉的手臂：「那哥們居然是上校，成年了沒啊？嘖，萬惡的官僚主義！」

「……他成年很久了。」夏黃泉瞥了他一眼，「雖然看起來年輕，但其實比我們所有人都要大。」

「真的假的？」

「騙你又沒好處。」言必行感慨搖頭：「果然，男人永遠不能用臉來推斷，尤其是像我這樣的好男人。」

「最後一句就免了吧。」

「不，那才是重點啊！」

商碧落低下頭注視著兩個又開始賣蠢的笨蛋，開口說：「接下來要搜索實驗室吧。」

「恐怕是。」夏黃泉點了點頭，「不過這麼大一個城市，應該是很困……」話音未落，她愣在了原地，沒錯！傳說中的小箭頭再次出現了，直覺告訴她，這次它指向的應該是實驗室的方向。

「怎麼了？」

「……沒什麼。」有線索當然是好事！但問題是該如何把這個線索告訴其他人呢？明明之前她完全不知道這件事情，現在卻突然說知道實驗室在哪裡，不引人懷疑才怪吧。

商碧落的眼神閃了閃，突然低下頭，湊到夏黃泉耳邊輕聲問道：「實驗室在哪裡？」

「就在……」夏黃泉猛然回過神，伸出手狠狠地扼住頸邊某人的脖子，咬牙道，「你是欠揍嗎？！」

青年無視脖項上的禁錮，低聲笑了起來：「妳果然知道些什麼。」

「……」這傢伙到底是怎麼……

「喂，你們在玩什麼？」一旁的言小哥終於注意到兩人之間異常的氣場，「窒息 Play？別這樣，雖然容易達到高潮找尋極致快感，但很容易出人命的！年輕人別隨隨便便玩這麼大啊！」

「……你想太多了！」夏黃泉一把鬆開掐住某人的手，扭過頭對言必行說，「你該上廁所了！」

「蛤？」言必行愣了下，而後擺擺手，「不，我一點都不想……」

「你絕對要上廁所了！」拔刀！

「是的大王，我都快尿褲子了！」深諳「識時務者為俊傑」這個道理的言必行火速溜走。

夏黃泉注視著他的背影走遠，而後一把扯開車門，將商碧落丟進後座，隨即自己也坐了進去，一把捏住他的下巴，逼問道，「你都知道些什麼？怎麼知道的？」

「表情。」其實商碧落所瞭解的並沒有夏黃泉想像的那麼詳細，畢竟系統這種東西，不親身接觸很難會相信吧；說穿了，他其實只是看透了她的情緒變化而已，雖然這傢伙一直努力維持冷艷高貴的臉孔，但是，「發呆、驚訝和掙扎的時候看起來格外……」

「你敢說出『蠢』字我現在就弄死你！」

「……」妳自己已經說出來了好嗎？

所以，這混蛋其實只是看穿了她的表情並從中推論出訊息嗎？嘖，真是討厭的男人，和背後靈一樣，現在看來，她堪稱激動的表現反而露出馬腳了，該怎麼辦才好？

「要殺我滅口嗎？」

夏黃泉愣了一下，而後鬆開手，拍了拍商BOSS的臉頰，冷笑道：「別用你自己的卑鄙思維來推測我的行動。」要真做出這種事，她就沒有資格和立場鄙視這傢伙了。

「哦？」商碧落挑眉。

「就算是你這種混蛋，我也不會隨隨便便就殺掉的。」

「呵，那妳打算怎麼做呢？」

「把你丟到喪屍堆裡去。」

「……」

「開玩笑的。」夏黃泉靠到位置上坐好，「既然你這麼好奇，說給你聽也無所謂，其實，我有超能力。」

「……」

「就是那個，小說中電視中經常看到的預言師，沒錯，其實我就是那樣一個神祕的人。」夏黃泉一邊說一邊點頭，「所以，一切都是神的旨意啊旨意。」

商碧落抽了抽嘴角：「妳以為我會信？」

夏黃泉看向他，聳了聳肩：「你真是一個可恥的男人，連淑女說出的話都忍心懷疑。」沒錯，剛才她靈機一動，突然想通了，雖然商碧落這混蛋敏銳地察覺到些什麼，但又有什麼關係呢？他能告訴誰？誰又會相信他？他和她一樣，在這個世界都是孤身一人，只要看好他，不讓這混蛋偷偷溜走，就沒有什麼需要擔心的！

青年的嘴角勾起一抹笑，他聲線溫柔地問：「抱歉，能告訴我淑女在哪裡嗎……呃！」

夏黃泉收回搗在他腹部的手，輕輕一推，商BOSS便被她推翻在座位上，她輕輕地吹了吹拳頭，同樣微笑著，聲線柔和地回應：「淑女正在用輕柔的小手和你打招呼哦。」

「怎麼樣？看到淑女了嗎？」她一邊說著一邊俯下身，單手撐在商碧落頭側，另一手在他的臉頰上戳了戳，「再告訴你一個祕密好了，其實呢，我一直帶著你也是因為預言哦。」

「預言？」商碧落深吸了兩口氣，緩解了疼痛後，瞇眼反問道。

「嗯嗯。」夏黃泉點頭，「我看到你會深深地愛上我，一直愛到不可自拔死去活來的地步，然後再悲劇地被我一腳踹開。因為實在是太可憐了，可憐到連我都忍不住同情的地步，所以才一直帶著你。」說到這裡，她嘆了口氣，「這就是你以前追問我的時候，我沒有說實話的原因，這怎麼說得出口呢……」她連連搖頭。

話音消散後，兩人間陷入了短暫的沉默。

最先打破沉默的人是商碧落，他突然伸出手，撫上夏黃泉肌膚細膩的臉孔：「我會愛上妳？」

夏黃泉在他接觸到自己的瞬間起了一身雞皮疙瘩，下意識地想要拍開，又突然想到這樣做好像就輸了，於是硬著頭皮點頭道：「沒錯。」

「我會愛妳愛到不可自拔死去活來？」

「沒錯。」

「呵呵……」

「你笑什麼？不相信？」

「不，恰恰相反。」商碧落彎起眼眸，如此說道，「我非常期待這一天的降臨。」

如果它真的會來臨。

「……」這傢伙，真是一點都不好玩！

夏黃泉輕哼了一聲，耳邊突然傳來了腳步聲，是言必行回來了嗎？不，感覺不像，她連忙想起身，卻悲劇地發現自脖項間滑落的髮絲不小心纏在商碧落胸前的鈕扣，她才剛解開，車門已經被扯開，大量的光線突如其來地照射進來，就在她下意識瞇眼時，一個聲音傳進來。

「黃泉，妳在……你們在做什麼？！」

「……」這種捉姦在床的節奏是怎樣啊？！

商碧落說的沒有錯，心中淚如雨下的夏黃泉，臉上正掛著看似冷艷高貴其實有點，咳，那什麼的表情，他沒有開口，只仰著頭，似笑非笑地注視著她。

「……哈哈。」夏黃泉乾笑了兩聲，撐著椅背坐直身體，「其實，我只是在……」

「啊！抱歉！其實我什麼都沒看到！」言必行不知從哪裡冒了出來，一把捂住眼睛，痛不欲生地搖頭道，「真是的，你們也太黏了，大白天的怎麼可以老做這種事呢？」

「……」誰做那種事了啊喂！而且那個特意加重音的「老」字是怎麼回事？一種深深的猥瑣感瀰漫其中。

「蘇上校，抱歉，他們兩個總是這樣，哈哈哈，我有時候也覺得自己就是個電燈泡，你覺得呢？」

「……」蘇玨沒有開口。

「……」夏黃泉扶額，此時此刻，她已經深深地意識到了豬隊友的危害性。

蘇玨依舊一言不發，只彎下腰，一把抓住夏黃泉的手腕：「跟我來。」

夏黃泉就這麼老老實實地被拖走了，並不是不能反抗，只是覺得那樣做會很尷尬，雖然她真的很無辜。

言必行靠著車子，注視兩人離去的背影，嘿嘿一笑：「做得好！」說罷點了點頭，「果然完美地貫徹了我的方針啊！」

「方針？」

「哎呀，裝什麼傻……」言必行拍了拍坐起來的商碧落的肩頭，「就是那個嘛，沒有打不敗的小三，只有不努力的老二。」

「……」商碧落略一挑眉，想起剛才的事情，嘴角緩緩勾起一抹笑。

「你、你怎麼了？」言必行跳起來猛搓手臂，「你這個超級鬼畜的笑臉是怎麼回事？被妹子玩壞了嗎？！」

商碧落扭頭注視著他，沒有說話，臉上的表情看起來親和又無辜：「你說什麼？」

「……不，沒什麼。」看似和平時沒什麼兩樣的笑容卻讓言必行情不自禁地打了個寒顫，他突然意識到，自己一直以來似乎弄錯了什麼。

❖

不遠的另一邊，夏黃泉的處境並不比商碧落好上多少，雖然蘇玨沒有對她發脾氣，只是拖著她一言不發地往前走，但這渾身上下隱約散發出的怒氣是怎麼回事？好像她做了什麼了不得的錯事，嫉妒？吃醋？怎麼可能！根據加載的背景，「她」和蘇玨相處的年紀是五歲到十五歲，更何況對方還比她大十一歲，根本不可能萌發愛情這種玩意兒，除非他有戀童癖，更何況他們現在是分別三年後的首次會面。等等，莫非他是……

正疑惑時，身前的男子突然定住身形，深吸了幾口氣後，轉過身說：「黃泉，等眼前的事結束後，我覺得我們需要談一談。」

「……嗯。」這種肅穆的語氣，所以，這傢伙真是把自己當成她爹了？救命，年紀也就算了，對著這張嫩臉她真心喊不出「爸」好嗎？！

大概是夏黃泉認罪態度良好的緣故，蘇玨眨了眨眼眸，臉上重新掛起笑容：「那，就這麼約定了。」

「好。」夏黃泉點了點頭，趁機說道，「尋找實驗室，能讓我們幫忙嗎？」

「太危險了。」蘇玨皺眉，「妳還是好好地待……」

「別小看人，我可是很強的。」夏黃泉從對方手中掙脫手腕，撫摸著腰間的武士刀，認真地道，「我絕對能幫上你的忙。」

「……好吧。」蘇玨嘆了口氣，「反正我如果不答應，妳也一定會偷偷跑去吧？」

「哈哈哈……」回應他的是一陣乾笑。

「但是，我希望妳對我保證一件事。」蘇玨雙手搭上她的肩，褐色的眼眸中滿是認真的神采，「資料固然重要，但妳的生命對我來說也是很重要的，所以，一定不要逞強，明白嗎？」

夏黃泉怔了怔，就算這份關懷是源於虛假的記憶，但被人關心的感覺絕對不壞，她勾起嘴角，用力點頭：「嗯，還有……謝謝。」

「傻瓜，」蘇玨揉了揉女孩觸感極好的腦袋，「和我需要道什麼謝呢。」而後從衣服口袋中拿出了一把信號槍遞到她面前，「遇到危險時，就用這個通知我。」

——多慈祥的語氣啊，雖然臉嫩了點，但蘇玨不管怎麼看都是很合格的長輩啊，比起「阿玨」他其實更想聽自己喊他別的稱呼吧？雖然「爸」什麼的不可能叫出口，但叔叔之類的，偶爾喊一次還是沒問題的。

夏黃泉於是點頭接過槍：「我記住了，蘇叔叔，你也要小心點。」

說罷，她不好意思地轉身去找另外兩人，所以完全沒有注意到，她身後的某人背景是一片萬里烏雲，晴空霹靂。

蘇叔叔……蘇叔叔……蘇叔叔……蘇叔叔……蘇叔叔……

以至於，若干分鐘後，那一聲聲的「蘇上校」終於將蘇玨從漆黑的噩夢中喚醒時，他的第一句話就是：「你看我老嗎？」

「……」某士兵擦了擦額頭的汗，心想男人都不喜歡別人說自己「嘴上無毛，辦事不牢」，於是回答道，「蘇上校，你看起來非常成熟。」

「……」Orz。

「……」他說錯什麼了？為什麼蘇上校看起來比剛才還要絕望了？

當然，夏黃泉不可能預料到自己的話有這麼大的威力，她正一門心思地想拿到資料，而首先要做的就是——

「言小哥，地圖能給我看一下嗎？」

「沒問題！」

言必行將地圖遞到女孩手上，興致勃勃地湊了過去：「妳要做什麼？」

夏黃泉沉默片刻後，嘆了口氣：「本來，這是一個祕密，但是，我覺得現在可以告訴你。」多虧商碧落的「提醒」，她意識到，以後她恐怕還要和這兩個人相處挺長一段時間，就算她刻意隱藏，有些事情遲早會暴露的，不如趁這個機會自己先揭露，如此想著的她突然伸出手，扯下左眼上的眼罩，將琥珀色的「黃泉之眼」展露在言必行的面前。

商碧落微眯起眼，雖然第一次看到它時，他看似不動聲色，其實心中還是在意的，那隻眼眸自然地散發出不祥，被那深紅色的瞳孔注視時就像被毒蛇盯上的獵物，讓人渾身不舒服，和她本人給人的感覺完全不同，卻又在某一點上微妙地契合了。

矛盾又統一。

「這是……」言必行和他的小夥伴（並沒有！）驚呆了！

「這眼睛叫做『黃泉之眼』。」十分熱愛偵探小說和電視的夏黃泉雖然自己沒那智商，卻也清楚地記得——所謂的說謊，就是要真話和假話摻雜在一起說，事實上她現在正這麼做，「以失去左眼為代價獲得的，用它，我可以看到某種東西。」

「……某種東西？」

「嗯。」夏黃泉的眼眸掃過周圍那些倒在地上死氣盡散的喪屍，又看向不遠處的士兵們，他們身上的顏色濃淡不一，有些人，就快要死了……她抿了抿唇，「簡而言之，我可以看到其他人看不到的東西，」抬起頭注視著天上的小箭頭，「而這種東西，有時可以成為指引行動的提示。」

言必行摸下巴：「雖然不明白是什麼意思，但聽起來很厲害！」

「……喂！」夏黃泉晃了晃手中的地圖，「總之，我現在就用給你看！」一邊說著，一邊將手中的圖紙高舉到天上，一副「發功」的高深模樣。

商碧落饒有興趣地注視著她的動作。從剛才她的語調和表情判斷，她說的每一句話都是真的，但綜合在一起總給人一種虛假和違和感，是在關鍵處隱瞞了？還是用真話構建了一個謊言呢？

他對此愈來愈有興趣了。

「我知道了！」

「這樣就知道了？」

「不然呢？」夏黃泉無言地注視著言必行，那副慾求不滿的模樣是怎麼回事？

「這也太敷衍了。」言必行抗議，「至少來個招牌動作，或者來句口號啊！比如『賜給我力量吧眼睛！』或者『咿……呀！』之類的。」

「……你夠了！」那俗氣到了極點的口號是怎麼回事？電視看多了吧喂！夏黃泉扶額，「總而言之，我已經知道接下來要去的方向了，言小哥，開車！」

「瞭解！」

夏黃泉則直接打開副駕駛座的位置坐了上去。

言必行一愣，而後用非常羞澀的語氣道：「哎呀，妹子，妳終於發現了我的美好嗎？」

「……」夏黃泉默默走下車，跑到後座打開車門提出商碧落朝副駕駛座一丟，「最能發現你美好的是他，我的眼光其實很正常。」

「……」言必行淚流滿面，所以他是被鄙視了還是被鄙視了還是被鄙視了？

商碧落默默地拍了拍言必行的肩頭，就在對方受寵若驚地回望時，他挑眉一笑：「沒有不努力的小三？」

「……誤會，其實這真的是誤會。喂，別那麼對我笑，我害怕到手抖開不了車啊！」

夏黃泉坐在後座，托腮看著兩人的互動，突然覺得，有兩個豬隊友也許是不錯的事，雖然煩人了點。

Ch.15 搶怪是不可以的

順著夏黃泉指引的方向，車輛飛快地駛出大學校園，拐了幾條街後，朝不知名的方向奔去，與之前順暢的道路不同，沒被軍隊清理過的街道佈滿了覓食的喪屍。

言必行一邊穩穩地握住方向盤，一邊輕嘖出聲：「這種小型轎車撞喪屍就是沒卡車爽！」話音剛落，幾個喪屍又重重地砸在前擋風玻璃上，濺出一堆腥臭的血液後紛紛滑落，只餘下其中一隻暫時還橫在車前蓋上，死氣沉沉的猙獰臉孔，眼睛部位已經全數潰爛，空洞的窟窿隔著透明的屏障與車中人對視著，讓人不寒而慄。

「擦！嚇死人了！」言必行猛地轉動了下方向盤，藉著轉彎的動作將喪屍甩了下去。

「接下來左拐！」

「明白！哇！好多喪屍，開轎車絕對撞不過去。」

「我來！」

夏黃泉一邊說著一邊打開外側的車門，翻身上了車頂，敏捷地跳到車前蓋上，開車的言必行極有默契地配合著，略微放慢車速穩定車身，只見視線中的女子毫無一絲猶豫和害怕地持續揮動著長刀，因為動作太過快速，此起彼伏的刀影連綿成一片耀眼的刀光，美麗卻又致命，每一次閃爍，都帶走無數喪屍的生命——如果他們現在存在的方式可以稱為活著。

言必行注視著不斷砸落在地的喪屍頭顱和他們接連倒下的身體，情不自禁地吹了聲口哨：「酷！」而後羨慕嫉妒恨地道，「這麼極品的妹子你是怎麼泡到手的？是兄弟就傳授點經驗！」

商碧落扭頭看他：「你想知道？」

「當然！」言必行嘴上不知何時又叼起一根香菸，「見到妹子後我才知道──刀光劍影這個詞不是傳說，不和這種妹子來一發的人生是不完美的。」

「其實……」

「嗯嗯。」

「我們……」

話音未落，一把刀突然刺入玻璃狠狠插入了兩人之間，言必行猛地抬頭，就見夏黃泉正扭頭對他冷笑：「東西可以亂吃，話不可以亂說哦。」說罷，一把拔回刀，轉過身指了指自己的耳朵，「當心點，我的聽覺可是很靈敏的。」

「……看出來了。」言必行口中的香菸劇烈地抖著，他擦了擦額頭上的冷汗，「果然還是算了，我可沒阿商你那種百虐不殘的體質。」

「……」

❖

約莫半小時後，三人停在了某座十來層的商廈前。

言必行跳下車，仰頭張望著明顯矗立於人煙阜盛之地的大樓：「實驗室什麼的，一般不都要避人耳目嗎？怎麼會建在這裡？」

「話雖如此……」但箭頭所指示的方向的確在大樓內沒錯。

「最危險的地方也就是最安全的地方。」商碧落挪到車門邊，「不管怎樣，既然到了這裡，總要進去看看。」

夏黃泉一把提起他：「難得你說了句有建設性的話。」

因為門口的喪屍都被夏黃泉清理乾淨了，三人順利地走到大廈門口，其上掛著的金色銘牌刻著在這棟十五層大廈裡所有公司的名稱，但是，並沒有哪一家公司的名稱看起來和實驗有關的。

「公司很多啊，是哪家？」

「進去才知道。」

「嘖嘖，裡面的喪屍兄弟可真不少。」言必行一邊說著一邊推開門，手中將近一公尺的鋼棍快速刺向聞聲嗅味而來的喪屍，尖銳的頂端只一擊便輕易捅破了喪屍的頭顱，手腕輕攪後他快速抽回鋼棍，又一個乾淨俐落的橫掃，這隻以人肉為食的怪物便永遠失去了行動力。

夏黃泉亦拔刀出鞘，對需要死氣的她來說，這裡簡直是最佳的加油站。她動作敏捷地將繞到言必行背後的兩隻喪屍斷頸後，說：「其實這裡我一個人可以搞定，你……」

「妹子，妳這麼說可不對！」言必行開口抱怨，手上動作卻是不停，「像我這種瀟灑的男人，自尊心可是很強的！」說話間，他突然快速將手中的鋼棍刺向夏黃泉的頸部。

夏黃泉勾起嘴角，毫不閃躲：「是嗎？那就讓我好好看看你的自尊心。」

「那妳可要瞪大眼睛了！」話音剛落，鋼棍刺破腐肉，準確地插入夏黃泉身後正在接近的喪屍眼眶中，言必行咧嘴一笑，正準備使勁破壞他的大腦，只聽見砰地一聲輕響。

商碧落動作瀟灑地吹了吹手中的槍管，微笑著看向他：「不用客氣。」

「……不帶你這樣搶怪的啊！」

「抱歉，一時順手而已。」

「雖然我是個寬大的男人，但也不會輕易原諒你，除非你也讓我搶一次怪。」

「喂！你們兩個給我認真點！」

就這樣，在三人的通力合作（？）下，大廳的喪屍很快被清理一空，三人走到電梯前，意外地發現它居然還可以使用。言必行按開電梯，他們的運氣不錯，電梯裡並沒有喪屍。

「幾樓？」

「等等……」夏黃泉進入電梯，注視著面前突然轉向的箭頭，視線漸漸下移，「下面？」

「下面？」言必行再次確認了樓層按鈕，搖頭道，「沒有地下樓層。」

「被隱藏的樓層嗎？」商碧落微笑了起來，「這可真是有趣。」

「現在的問題是，該如何下去呢？」言必行摸下巴。

夏黃泉挽起袖子：「我直接對著地面劈如何？把整個一樓的地面都劈一遍總能……」

「……妹子，別這樣。」言必行摀臉，「妳這麼漢子會讓我對自己的性別產生疑問。」

「……」夏黃泉無語凝噎。

「不行。」

「蛤？」

果斷否決夏黃泉提議的商碧落低頭瞥了她一眼：「妳不會忘記地下是實驗室了吧？」

「……啊！哈哈哈，當然沒忘記，其實剛才我是開玩笑的！」夏黃泉心虛扭頭。

「開玩笑啊……」言必行促狹地笑了起來。

夏黃泉默默握拳。

「對！我也覺得妳肯定是開玩笑的！」

「好了，現在不是離題的時候，實驗室的入口究竟在哪裡呢？」夏黃泉用手肘戳了戳商碧落，「給你三秒鐘，三二一，好，想到沒？」

「想到了。」

「……」正準備說出「要你何用」的黃泉妹子默默地將話嚥了回去，轉而問道，「在哪裡？」

「實驗室的人員每天都要出入，妳覺得怎樣才能避開這座大廈其他人的耳目？」

「唔，祕密通道？」

「位置呢？」

「這個嘛……」夏黃泉努力想了想，突然靈光一閃，「廁所如何？比如說，裡面的一個隔間建造了祕密電梯。怎麼樣，對不對？」

「……」

「說話啊！」她不滿地將商碧落從背後拎到身前晃了晃。

青年目光複雜地看了她一眼，答道：「很符合妳智商的想法。」

被鄙視了！被鄙視了！她居然被這混蛋鄙視了！可惡！！！

「冷靜！淡定！」也許是她身上散發出的氣場太可怕，言必行火速救場，「其實，還有更簡單的方法。」

「更簡單的……啊！」

「想到了？」

「直接從一樓下去，對不對？」

言必行熱烈鼓掌：「不愧是妹子，真厲害。」

夏黃泉默默將商碧落扔回背上，這種遲來的捧場她真的一點都不想要。不過，在一樓其他地方安設祕密通道，哪怕地點再隱祕也有可能被發現，最簡單的方法就是——租下一樓的某個區域，以普通職員的身分來到「公司」，而後再從公司內部的祕密通道進入地下實驗室。

事實證明，他們的判斷並沒有錯，在進入一樓後，一直向下的小箭頭默默飄了起來，重新指引了方向，在它的帶領下，三人走進了某個堆積著雜物的房間，雖然看似很雜亂，但地面並沒有多少灰塵，可見經常有人在這裡進出。夏黃泉觀察片刻後，終於在某個櫥櫃的內部找到實驗室的入口。

但是，就在此時，新的疑惑又浮現在夏黃泉的心中——

「只是一個實驗室而已，有必要藏得這麼深嗎？」

「為了隱藏病毒？」言必行提出了一個理由。

「是嗎？」夏黃泉歪了歪頭，組織語言說出心中的疑惑，「總覺得有哪裡不對勁，根據郵件的內容，病毒是近期才從A國帶回的，但這個實驗室怎麼看都不像是最近成立的，甚至可能比大廈建成還要早，也就是說，在得到病毒之前它就已經是現在這樣了，不覺得很奇怪嗎？」

「聽妳這麼一說，的確……」言必行抬頭看向商碧落，「阿商，你覺得呢？」

「的確有不和諧感。」

「怎麼說？」夏黃泉將他從背上摘下，放到一旁的廢舊椅子上，低頭問道。

「首先，如果這個實驗室隸屬國家，那麼軍隊必然知曉地址，但他們並不知情，也就是說，這個實驗室是私人建立的。私人建立，隱藏很深，你們會想到什麼？」

言必行打了個響指：「非法研究？」

「沒錯，」商碧落果斷地下了結論，「這是最合理的判斷了。」他接著說道，「其次，既然實驗室的掌控者有這麼大的財力物力，我想應該很輕易就能查到蘇玨是軍方的人，那麼，為什麼要特意邀請他來這裡？不怕暴露一切？」

「逆向思考如何？」言必行提出了另一個可能性，「如果對方根本沒打算讓蘇玨離開呢？比如這樣，」言必行分析道，「蘇玨是被關於病毒的郵件吸引來，應該也是研究相關方面的吧？再看他的軍銜，想必在這方面也是出類拔萃的研究者。」

「什麼意思？」每當這種時候，夏黃泉就覺得自己很可憐。

「就是說，他是人才啊！私人實驗室想要吸收這樣的人才是很正常的事情，尤其在弄到新型病毒的時候。」言必行從口袋中摸出一根香菸，點燃，接著說，「所以才利用朋友的郵件將他騙來，或者說朋友根本就是主謀。」

「這似乎說得通。」夏黃泉緩緩地點了點頭。

「對吧！」

「但是，我總覺得還有哪裡不對……該怎麼說呢？就像是為了吃蜂蜜結果卻和狗熊打了起來……」

言必行被菸嗆到：「那是什麼亂七八糟的比喻啊？」

商碧落突然輕笑出聲。

「喂，你笑什麼啊？」覺得自己似乎又被鄙視的夏黃泉很不爽。

「沒什麼。」商碧落搖搖頭，「只是覺得，傳說中的野獸直覺也許真的存在也說不定。」

「……請叫它大預言術，謝謝！」

「再說……」

「還有？」夏黃泉疑惑。

商碧落似笑非笑地瞥了她一眼，智商上的優越感展露無遺：「再說，蘇玨既然是軍方重點保護的研究人員，且不說可能有人跟蹤保護，他一旦失蹤，想必會引起極大的騷動，這些人冒的風險未免也太大了。」商碧落說到這裡，微微一笑，「也就是所謂的搶蜂蜜不成反被狗熊揍啊。」

「喂，你說狗熊的時候敢不看著我嗎？！」夏黃泉看著他那副聖父笑臉，突然覺得牙和手都癢得厲害。

調節氣氛能力MAX的言必行適時地跳了出來：「的確如此，如果他們的老巢不在這裡就算了，等蘇玨一來，套上麻袋暴打到暈再直接運走，問題是總部就在這座城市啊，這夥人膽子也太大了吧？」

「還有……」

「還有！」夏黃泉扶額，「你的思維到底是有多複雜啊？我的腦袋都要繞暈了……」簡直是生命不能承受之重好嗎？！

商碧落嘆了口氣：「算了，也不指望妳能理解。」其實還有很多問題，比方如果目標真的是蘇玨，在他來到S市後到本市病毒爆發之前，期間有一段不短的時間，那段時間裡他為什麼沒有被抓；再比如為什麼他們可以順利到達實驗室入口，是此處已經被放棄，還是出了意外；放棄精心構建的實驗室也太大手筆了，而意外——病毒是從南方開始傳播的，知曉詳細訊息的他們應該事先已經做好了防範……

諸如此類，不勝枚舉。

但是，這些疑問和他們其實並沒有多大關係，事實已經造成，追究原因毫無必要，最重要的只有一點——那份資料是否還在。在這末世，那可以說是了不得的籌碼，善加利用，輕易就能攀登上常人難以企及的地位，問題是……

他扭頭看向一旁的女孩，只見她興沖沖地拉開門，從口袋中拿出了信號槍：「我現在就去放信號通知他們找到實驗室了！你們自己小心點！」

果然……

大公無私？不，只是單細胞到什麼都沒想吧。

「阿商，」言必行左右張望了下，突然一把勾住身旁青年的脖子，「趁妹子不在，你老實說，她到底是什麼人？」

「你認為呢？」

「唔。」言必行吐出菸頭，用腳碾滅它，「難道是傳說中的龍組？還是七號女特務？」

「……」商碧落突然覺得一陣無力，在這樣的隊伍中維持智商真不是一件容易的事。

「別這樣嘛。」言必行的手又緊了緊，臉孔湊近到青年耳邊低聲說道，「我保證不會說出去的！而且……你看我有沒有加入的資質？」

「咔嚓！」

就在這時，門應聲而開。

放完信號回來的夏黃泉呆呆地看著勾肩搭背臉孔湊得分外近的兩個男人，從她的角度看，他們簡直像在……她突然覺得自己十分能理解之前蘇珏的心情，沉默片刻後，她默默地關上門：「不好意思，打擾了。」

——突然覺得之前和商碧落預言什麼「你會愛上我」的自己，簡直像個蠢貨。

——雖然早知道他討厭女人，但沒想到會發展到這一步。

——果然性別相同才是真愛嗎？

「……」

「……」

言必行也呆滯了，他扭過頭問：「兄弟，她是不是誤會了什麼？」

商碧落努力地克制拔槍的衝動：「在說這個之前，能先放開我嗎？」

「啊，抱歉……等等！妹子，妳誤會了！其實我的性取向真的是異性啊啊啊！」

最終，夏黃泉被言必行拖了回來，但三人間的氣場突然變得超・奇怪。

商碧落抬頭注視著無論如何都不肯和他有目光接觸的夏黃泉，感慨良多，一方面，他終於能讓她逃避自己，另一方面，理由實在是坑人至極！

言必行看看左邊，又看看右邊，無聲地溜了出去，將房間留給了這對「情侶」，被當成男小三的直男傷不起啊傷不起！

屋子裡，瞬間更加安靜，氣場也愈加詭異。

夏黃泉左右張望了下，她本來想跟著言小哥離開的，但那混蛋居然把門給鎖上了，雖然以她的力氣，踹飛門什麼的易如反掌，但總覺得會更加尷尬啊。

青年靜坐在原處，饒有興趣地注視著女孩的一舉一動，因為她不肯看他，他的視線反而更可以肆無忌憚。與第一次相遇時有些許不同，現在的女孩上身穿著格子襯衫，外罩一件寬鬆的亞麻色針織毛衣，下身則是緊身牛仔褲和高筒皮靴，記得終於換下那身漆黑衣服時，她還嘟囔著「太好了，幸好不用穿一輩子！」之類奇奇怪怪的話，不過，現在這身比起之前的確要有活力多了。

但是，也有不變的，比如左眼上的漆黑眼罩以及高高束起的長馬尾……髮質很好，這點每一天他都能切身覺察到。

除了左眼，怎麼看都只是普通的大學女生，情緒也外顯得厲害，卻又偏偏隱藏著不少祕密，而且，最為重要的是……

夏黃泉在青年毫不隱藏的視線掃射下終於炸毛了，回轉過身指著他吼道：「不許再這麼看我！和變態跟蹤癡漢一樣，太噁心了！」

這樣的語言打擊對久經考驗的商碧落而言實在不算什麼，他只是微笑著調整了坐姿，問道：「反正閒著也是閒著，談談如何？」

「……」怎麼一個個都要和她談談？不過說話總比一直被盯到毛骨悚然強。夏黃泉嘆了口氣，走到商碧落面前，環抱手臂靠牆而立，「你想談什麼？詩詞歌賦還是人生哲學？」

「都可以，」商碧落淡定地回答，「但是，妳確定真的要談這個嗎？」

夏黃泉抽了抽眼角，所以，她又被鄙視了？好吧，其實她真的不想談這些。

「接下來，妳想怎麼做？」

青年的問話讓她愣住了，下意識地反問：「什麼？」

「在這樣一個世界，妳以後想過怎樣的生活？」商碧落指尖敲擊著身下的椅凳，「妳追求的到底是什麼？」

「嘖，這是什麼亂七八糟的問題啊。」夏黃泉輕哼了一聲，直接走到商碧落面前，俯身與他對視，「你們這種文藝青年真是太討厭了。就算現在想好又如何，就像沒人知道病毒會爆發一樣，誰知道以後會發生什麼事，所以……」

「所以？」青年挑眉。

「所以，拼命活下去就已經不容易了，哪有閒暇去想這些有的沒的。」夏黃泉直起身子，伸手拍了拍商碧落的腦袋，「但有一點我可以斷言，那就是，你這混蛋別想從我的手裡逃脫，就算死，我也要帶著你一起。」隨身配件什麼的，必須牢牢收好，萬一這傢伙在她看不到的地方被弄死了，她的希望可就全沒了。

「是嗎？」商碧落垂首，片刻後突然笑出聲來。

「你笑什麼？」

「不，沒什麼。」

「哼，古古怪怪的混蛋。」正抱怨間，她的另一隻手突然被握住，她大驚，低下頭目瞪口呆地注視著青年近乎突兀的動作，「你、你做什麼？」腦袋抽了嗎？討厭女人就別隨便摸女人啊！還是說……他根本已經把她當男人看了？一股悲涼感突如其來……

「妳能看見未來不是嗎？」商碧落的手握緊，不讓掌中的獵物逃脫。

「……是又如何？」

商碧落抬起眼眸，探究地注視著女孩露出的右眼：「那麼，在那未來中，我做過這樣的事情嗎？」

「……」這種鬼問題，讓人怎麼回答啊喂！

「沒有嗎？」青年歪頭，語調疑惑地問，「妳不是說我愛妳愛到死去活來嗎？喜歡一個人，想觸碰她是很自然的事情吧？還是說……」說話間，他緩緩抬起了手。

夏黃泉驚愕地發現，這傢伙居然抓起她的手往唇邊湊，開什麼玩笑！雞皮疙瘩要起來了好嗎？！她連忙一把抽回手，還是晚了一步，那雙淡色的薄唇已然擦過手背的肌膚，知覺在那一個瞬間被放大了──微涼、柔軟、細膩……她在想些什麼啊？！

回過神的女孩將手背在身後大力地用衣服擦了擦，彷彿要擦去剛才那段記憶，慌張過度的她甚至一時間忘記揍對方，臉上並努力維持著鄙視的神色：「閉嘴！你都已經變成同志了還說什麼有的沒的？！」

商碧落聳聳肩，毫不在意地回道：「時間會證明一切的。」

「沒人叫你證明好嗎？！」

因為剛才的事情和背脊突然發涼而有些氣急敗壞的女孩並沒有注意到，青年眼眸中閃過的一絲神色，或者女孩就算看到了也無法理解，因為，他終於確定了一件事情——他並不討厭與她接觸。

被動就算了，主動地握手、撫摸臉孔以及親吻，也沒有絲毫的不適感。

商碧落不認為自己的心理問題換了一個世界就會被治癒，事實上，這些天其他女性靠近時，他依舊會感覺不舒服，果然……她是特別的。

那麼，造就這份特別的原因是什麼呢？

預言？那種荒謬的東西他怎麼可能會相信……唔！

深思中的青年一手摀住腹部，熟悉的痛感再次襲來。從驚訝中回過神的女孩終於開啟遲來的報復，她一邊將拳頭捏得嘎吱作響，一邊陰沉地問道：「說吧，你想幾成死？！」

Ch.16 你是我的朋友

當然，夏黃泉壓根兒不需要答案，就算他回答「零」，她也不會對這個沒節操的混蛋手下留情。

於是，當言必行猥瑣兮兮地再次回到屋裡，看到的就是這樣的情形——女孩曲膝抱刀靜坐著，面色不豫，而青年則橫躺在她身旁的桌上，一隻手置於腹部，另一隻手臂橫在眼前，薄唇微啟，劇烈地喘息著——這個情形略詭異吧？雖然他也腦補了一些這樣那樣的情節，但和現實一對比，總覺得有哪裡不對。

「回來了？」夏黃泉在對方開門的瞬間便捕捉到聲音，等了半天都沒聽見他走進來，一扭頭就看到一張呆滯的蠢臉，她突然感覺到強烈的智商上的優越感，表情愈加冷豔高貴了起來，「怎麼了？露出那副表情。」

「……」言必行確定了，事情的原委大概是這樣的——妹子的體力太好，而阿商的體力太差——話說他才出去二十分鐘不到吧？對男人來說，這可真是個悲劇。

因為慾求不滿而暴躁什麼的，身為男性，他萬分理解夏黃泉此刻的感受，但同時更覺得有哪裡不對。

算了，還是給阿商留點面子吧——如此思考的言必行又掛起笑容：「有人到了。」

「很有效率嘛！」

「路上的喪屍都被我們清得差不多，能不快嗎？」言必行聳聳肩，「不過只來了一小部分人。」

「啊！」夏黃泉突然想起，蘇玨給她信號槍的時候，是說「遇到危險時，就用這個通知我」，結果她才出來不到一個小時就發射信號了，真難為他能立刻趕過來，他到底是認為她找到實驗室了？還是遇到了危險呢？

下一秒她決定不再去想，扭頭朝兩個男人說道：「我去接應他們。」說罷，開門就走了出去。

言小哥注視著夏妹子的背影，待屋裡恢復沉寂後，才尷尬地輕咳了一聲，湊到商BOSS身邊，側身問道：「能起得來嗎？」

商碧落移開眼眸上的手臂，無聲地看了他一眼後，撐著桌面坐了起來。

言必行望天，在這種事關男人尊嚴的時候，千萬不能幫忙！不然會打擊人的！但是……最終，他還是情不自禁地轉過身拍了拍青年的肩頭，感慨萬千地說：「遇上這種各方面都……咳，強的妹子，你也不容易啊。」

商碧落嘴角勾起一抹微笑，從肩頭扯下對方的手：「抱歉，我不是同志。」

「……」但是看著青年聖父般的笑容，言必行很識時務地將一切不滿嚥了下去，轉過頭時淚流滿面——為什麼每個人都愛欺負他？不能這樣的！

而此時的夏黃泉已經走到大廳，與蘇玨等人會合了。

因為「記憶」的緣故，對夏黃泉十分瞭解的蘇玨姑且不說，跟在他身邊的許安陽則是暗自吃驚。對於分散隊伍來救人，其他人都不樂意，畢竟尋找實驗室才是重中之重，如果蘇上校所報告的訊息是真的，那麼付出怎樣的代價都是值得的。

但蘇玨堅持，聲稱若是沒有小隊，他就自己來。

他們當然不可能讓他一個人冒險，而許安陽還欠夏黃泉他們一個人情，又對其觀感不錯，便自請跟隨，卻怎麼也沒想到——路上的喪屍被清理得乾乾淨淨，不僅是路上，連大廈大廳裡也是如此。

當兵多年，他自信眼力不錯，毫無疑問，無論是路上還是這裡，大部分被殺死的喪屍都出自同一人的手法，而這個人用的是——長刀。

許安陽的目光落在靜靜走來的女孩腰間的武士刀上，會是她嗎？理智告訴他答案很明顯，但感情上他又接受不了——一名普通女孩竟然能強到這個地步！

「黃泉。」蘇玨一見到夏黃泉便衝了上去，雙手抓住她的肩頭，上上下下仔細查看了一遍後，才舒了口氣，「太好了，妳沒事。」

「……嗯。」

夏黃泉不知道該說什麼好，覺得有點囧有點暖同時又有點羞愧。就在此時，她看到了站在蘇玨身後的熟悉男性，連忙藉打招呼擺脫尷尬：「許營長，又見面了。」

「是啊，又見面了。」許安陽朝她點點頭，剛毅的臉孔上浮起一絲笑意。

「你們認識？」蘇玨好奇地問道。

「之前有一面之緣。」夏黃泉一邊說著，一邊指向一樓，「先不說這個，我們找到實驗室了。」

「真的？」饒是許安陽也不禁有些吃驚，雖然一路上的情形都昭顯這件事了，但當它真的成為現實，反倒給人一種虛幻感。

不僅是他，身後保持沉默的士兵們雖然訓練有素地沒有發出任何聲響，臉上和眼中都浮現驚愕的神色。

最為淡定的反倒是蘇玨，他燦爛地笑了，連連點頭：「我就知道，黃泉果然很厲害。」

被直接稱讚的夏黃泉反而有些不好意思，她輕咳了聲，轉身帶路：「這邊。」

在她的帶領下，一行人很快到達了雜物間，商碧落依舊坐在桌上，而言必行則靠在牆邊，一見他們，舉起手歡快地打了個招呼：「喲！」

可惜沒人搭理他。

蘇玨、夏黃泉和許安陽路過被忽視的言小哥，來到了通道前，鐵質的櫥櫃無聲地訴說沉重，想必沒有人會輕易移動它，而在那一面壁上，用來偽裝的表皮被撕下，露出了靜待輸入密碼的電子鎖。

「這麼祕密的地方，你們是怎麼找到的？」許安陽驚訝地問，起碼他壓根兒沒料到實驗室會建在這種地方。

「呃……他要上廁所，所以我帶他來！」夏黃泉手指商碧落。

「我有朋友在這裡上班。」言必行舉手。

「……」

「……」

兩人面面相覷了片刻，突然再次異口同聲。

「我帶他來上廁所！」言必行手指商碧落。

「他有朋友在這裡上班！」夏黃泉舉手。

「……」

「……」

再次面面相覷的兩人心中同時淚流滿面——大哥（妹子），敢默契點嗎？！

蘇玨看了眼夏黃泉，張口想要打圓場，許安陽卻搶先開口：「你朋友叫什麼名字？」

「徐明。」

開口的人是商碧落，幾乎話音剛落，所有人的目光都落在了他的身上。

「徐明？」許安陽緩緩重複著他說的名字。

「沒錯，」商碧落答道，從他嘴裡吐出來的話是那樣平緩而淡定，似乎那是不容置疑的事實，「進公司左轉第二個辦公桌，就是他的位置。」

「他人呢？」

「已經變成喪屍了，在我們來之前。」商碧落的聲音低沉了下去，一邊說著，他一邊用眼角餘光瞥了言必行一眼，對方立刻會意地單手摀住了臉，另一隻手撐在牆上，腦袋低垂，渾身上下瀰漫著「我失去了朋友我很悲傷你們都不要打擾我」的氣場。

「……」

「之後我們無意間找到了實驗室。」

不過片刻，一名方才離去的士兵走了回來，在門口處無聲地點頭，表示商碧落提供的訊息是真的，至於那個名叫徐明的男人和言必行認不認識，在城市崩潰本人死去的現在完全不可考。

無法讓人相信，卻又找不到證據揭破謊言。

或者說，這種時候是真是假不重要，許安陽無聲地嘆了口氣，他並不是迂腐的人，對方三人中僅一名女性就擁有那樣強大的武力值，在這樣的世界只要不死，無疑會混得風生水起，況且他們並沒有妨礙國家利益，甚至很重視，所以他沒有必要得罪人。

他點了點頭，轉而問蘇玨：「蘇上校，你知道密碼嗎？」這是以行動告訴他人，這件事就這麼過去了。

夏黃泉和言必行同時扭頭，朝商碧落豎起大拇指，在注意到對方不約而同的動作後，夏妹子和言小哥用另一隻手擊掌。

商碧落默默扭頭——簡直蠢到讓人無法直視。

「不，他並沒有告訴我……」蘇玨頗為遺憾地搖了搖頭。

許安陽嘆了口氣，因為是出來「救人」的，所以並沒有解碼人員隨行，蘇玨不知道就只能回去請人了。

此時，一個聲音說道：「可以讓我試試嗎？」

商碧落今天的存在感真是爆棚了，屢屢被人圍觀，在其他人或驚愕或懷疑或審視的目光中，他神色淡然，手指輕敲著身下的桌子。

這傢伙……怪不得前幾天他跟人換了部筆記型電腦來回擺弄，原來是在測試。在那本年代被設定為二〇三×年的小說中，他雖然表面上是花店老闆，但其實是個頂尖駭客，成功地侵入了各種國家或私人訊息網路，查看隱私訊息找出他人的弱點，或加以利用，或牽線搭橋，或玩樂興致地公開，總而言之，用盡一切手段誘人墮落，而後站在絕對安全的位置遠遠旁觀以滿足自己的惡趣味。

既然商碧落敢開口，無疑是有十成的把握，畢竟他擁有領先這個世界二十多年的駭客水準。

比誰都瞭解他的夏黃泉心中暗嘆，這混蛋八成是故意的，最容易猜到的目的是向軍方展露自己的價值，其他的就不是她能想到的了，但是——

「讓他試試吧。」這是目前最有利的選擇了。

商碧落手指微頓，目光落在女孩身上，與其他人不同，那隻漆黑眼眸中寫滿了肯定，彷彿全身心地信任他絕不會失敗。

——是什麼讓她對他有這樣的信心呢?還是僅僅只是直覺？

如此想著的他沒有意識到，自己的嘴角微勾起了一抹笑。

將這個笑容當成了挑釁的夏黃泉同樣微笑以對——他的目的是什麼都沒用，商碧落這混蛋，就算是死，也別想從她身邊逃掉！

就在兩人用微笑和眼神互相廝殺（?）的時刻，言必行在一旁默默地望了望天——在這種時候都不忘眉來眼去是怎樣？!當他這種單身漢不存在嗎?燒死！當眾秀恩愛的都應該拖出去處以火刑！!!

也許是他的怨念感天動地，終於有人出來輕咳了一聲。

蘇玨點頭道：「既然黃泉這麼說，就讓他試試吧。」

「嗯。」夏黃泉一邊應道，一邊慣性地回轉過身提起商碧落往櫥櫃那兒一丟，「哦，對了，筆電還在車裡。」

幾乎所有人都眼神抽搐地注視著這位當眾把成年男子丟來丟去的「軟妹子」（起碼表面上的確如此），幾欲吐血，這人真的是女人嗎?!完全是女漢子好嗎?!絕對有十八塊腹肌!!!

當然，也有幾個人維持淡定。

其一是商碧落，連嬰兒車都坐過的他表示：這算什麼？

——這人自帶「厚臉皮」技能。

其二是蘇玨，他此刻所想的是：好久不見，黃泉真是愈來愈有精神了，真好。

——這人自帶「選擇性眼瞎」技能。

其三……

「我去拿筆電！」言必行同情萬分地看了眼被當眾亂丟的商碧落，果斷逃竄了。

——這人自帶「很識相」技能。

既然已經暴露出不一般的武力值，夏黃泉也就懶得隱藏力氣了，或者說她已經被兩個不良隊友影響了，意識到——在這樣的世界，也許武力才是最重要的決定因素。

很快，言必行將筆電拿過來，因為這座大廈有自備緊急電源的關係，暫時不用擔心用電問題。

拿到筆電的商碧落，只見他修長的手指在電子鎖下方觸碰了片刻，便將銀色的金屬外殼摘下，將筆電的數據線與之連接，盤腿坐在櫥櫃前的青年，神情是與以往任何時候都不同的專注，指尖快速而準確地敲打著膝上筆電的鍵盤，動作間，筆電螢幕上快速地滑過大量數據，直讓圍觀者眼花瞭亂，但操控這一切的人眼睛卻眨都不眨，漆黑如墨的眼眸中倒映著資訊流，似沉思又似早已做出了判斷。

夏黃泉有些意外地看著以前從未見過的青年的姿態，有一瞬間覺得他不那麼討厭，但同時又想起這麼好的天賦被他浪費在犯罪上……就在此時，她感覺肩頭搭上了一隻手，轉過身只見言必行一臉怪笑地朝她悄聲地說：「妹子，都說認真的男人最迷人，妳覺得呢？」

「我支持多元成家。」夏黃泉默默地扯下那隻手。

「……」言必行默默嘔血，該說這兩人真不愧是兩口子啊？不能這樣組團誤會他的啊，再這樣他可真翻臉了啊！

大概是被商碧落所感染，所有人不約而同地保持沉默，直到他的指速漸漸緩下，無名指敲下決定性的一鍵，在那聲細微的輕響後，他停下了動作：「可以了。」

許安陽下意識地看向手錶，隨即愕然——居然才過了五分鐘，如果不是對方的語氣太過肯定，他會以為對方是在開玩笑，即使不懂駭客技術，但沒吃過豬肉也見過豬走路，如此隱祕的實驗室，密碼怎麼會這樣簡單就被破解？

「我來！」

「我來輸入密碼！」

夏黃泉和言必行同時湊了上去——這種情況雖然在電影中經常看到，能親身體驗卻是第一次，這兩人興致勃勃。

「……」

「……」

對視中。

三秒鐘後，言必行淚流滿面地退散了，男子漢的尊嚴在武力的威脅下消散無蹤……

夏黃泉深吸了口氣，努力維護自己冷艷高貴的氣場，認真地記下那些字母和數字後，她快速而準確地按了下去，只聽得「滴滴滴」十幾聲，密碼終於輸入完畢，她心滿意足地點了點頭，而後……而後，門怎麼還不開？

難、難道記錯了？

救命！這個連密碼都讓人記錯的世界已經沒有存在的必要了！

靜坐在地上的商碧落無語扶額，低聲地說：「妳忘記按確認了。」這個蠢蛋為什麼放棄治療？

「咦？啊！」夏黃泉連忙按下「確認」。

這次，門終於開了，夏黃泉露出一個笑容。

下一秒，她就和商碧落一起掉了下去。

櫥櫃的底部就是一部活動電梯。

「啊！」短促的輕呼一聲，夏黃泉下意識地彎腰，回過神時，她已經穩穩地將某人公主抱在懷裡，動作要多熟練有多熟練，姿勢要多標準有多標準。

「……」

「……」

最先回過神的夏黃泉左右張望了片刻，如同科幻小說中經常描述的場景，寬敞的通道中，天花板、牆壁、地板以及盡頭那扇密封著的大門皆由銀色的不明材質構建，隨著商碧落在短時間內再解除了一道密碼，籠罩著神祕面紗的實驗室大門正式開啟。然而，出現在眾人面前的，卻是令人驚愕的一幕。

門裡還有什麼？

門！

這並非冷笑話，而是真正出現在眾人眼前的情景。

在那扇矗立著的不明材質的透明大門後，喪屍來來回回地遊蕩著。

夏黃泉將手搭在刀鞘上，身體早已調整到出手的最佳姿勢和狀態，也許她自己都不知曉，此刻的她身上散發的氣勢，如同準備獵食的猛獸般，讓人為之一凜。

門看起來很厚，透明度近似玻璃，但明顯比玻璃要硬上許多，也許是特殊材質的鋼化玻璃？與之前那扇不同，它的正中央並沒有縫隙，一整塊地直豎在那裡，阻隔了一切。

「那是什麼？」

就在此時，有人發現，大門上面，似乎貼著東西。

走近後才發現，那是一張從裡側貼好的寫滿了文字的紙張，最上面寫著——致老友蘇玨。

毫無疑問，這是一封特定寫給蘇玨的信，為什麼會貼在這裡呢？

心存疑惑的夏黃泉看起了信的內容。

致老友蘇玨：

來到這裡的人希望是你，如果不是，只能說是命運的捉弄。那麼，看信人，如果有一天你遇到我的老友，請將這段話轉達給他。雖然知曉一切後，他可能以認識我為恥，但我依舊希望有人能記住我，別讓我在這裡寂靜無聲地腐爛。

言歸正傳，蘇玨，如果來人真的是你，那麼你應該已經留意到我在母校慶典影片中留給你的訊息，沒錯，就像大學時我們常玩的那樣，將影片放慢再切割，而後在其中置入想要傳達的訊息。請原諒我無法光明正大地邀請你來這裡，事實上，如果不是情況嚴重到這個地步，我甚至希望一生都不再與你相見。

我承認，我嫉妒你。

事到如今，恐怕你已經知曉，這是一個非法實驗室——用各種不正當的手段祕密帶進屍體、新生兒，甚至各種年齡層的成人，而後在他們身上進行祕密實驗的地方。直到今天我也說不清，自己到底是怎樣墮落到現在這個地步。

「怎麼會……」蘇玨喃喃低語，「司翊……怎麼會做這樣的事情……」

也許此刻的你會覺得不可置信，但我的雙手的確已經沾滿了洗不乾淨的血腥。也許是從你被軍方吸收，而我卻得不到認可的那天起，我開始嫉妒你，同時，想要追上你，再將你狠狠拋在身後，站到最頂端後驕傲地告訴所有人——在這個領域，我司翊才是最優秀的研究者。

一念成魔，我就……不小心說多了，想必你也不願意再聽到這些。

總而言之，最初的確是不打算和你再見的，直到組織的人從A國弄到了那種病毒。沒錯，就是我發給你的圖片所展示的那樣，會將人變成喪屍。最可怕的是，這種病毒可以透過空氣傳播，雖然距離有限，用高溫亦可殺死，但曾和我一起看過相關書籍和電視的你肯定清楚，它有著多麼巨大的危害性。

這也是我放下這道真空隔離門的原因，只有如此，這罪惡的源泉才不會擴散出去。

就在這時，夏黃泉突然看到，在門的那邊，一隻穿著白大褂的喪屍從房間中搖搖晃晃地遊蕩出來，他渾身已盡數腐爛，泛著青黑的色澤，雙眼泛白無神，也許他曾經是人，但如今已完全是喪失理智的野獸了。

我的好友，此刻，你做為人類站在那邊，而我做為喪屍位於這邊，只要想起來，我就情不自禁地笑出眼淚，這可能是我這輩子創造出的最好笑也是最後的冷笑話了。

「司翊……司翊！司翊！！！」

蘇玨終於注意到那隻剛才走出來的喪屍，如夏黃泉所猜想的一樣，正是司翊。

然而，早已失去了意識的喪屍如何能回應曾經是同類的召喚呢？阻隔了空氣和聲音的大門冰冷地橫亙在兩位好友之間，任憑蘇玨聲嘶力竭，任憑他用力敲打，最終，那隻喪屍踏著緩慢而怪異的步調，消失在視線的盡頭。

「司翊……」

蘇玨的手無力地搭在門上，另一手緩緩抓緊胸口的衣衫，他垂下頭，闔上眼眸，彷彿沉浸在痛楚之中，又似乎是在整理情緒。有一瞬間，夏黃泉以為青年不想再看下去，但終究……他還是繼續往下看信。

組織的人瘋了，他們不僅沒有意識到它的危害，反而想要利用它站到權力的頂峰，前提條件是，開發出這種病毒的疫苗。我可以想像，如果那一日真正到來，這個世界將變成真正的人間地獄。這群權慾攻心的傢伙想以千萬生命的鮮血鑄就黑暗的王座，我雖然絕不能再算是一個好人，卻也不想看到世界變成那種絕望的模樣。

所以，我用「想開發疫苗，蘇玨是不可或缺的人才」為由，說服組織給你發了郵件，抱歉，我找不到更好的方法，為防背叛，我的一切都被嚴密地監控著，連母校影片都是好不容易才瞞過的。

我知道，還在參與研究項目的你不會立即收信，等看到時，大概會以母校慶典為由趕到這裡。看，分隔多年，我還是這麼瞭解你，因為你實在是一個單純到容易看透的人，也許正因為擁有這樣的性格，才讓你遠遠地走在我前方。可惜你卻從來都不瞭解我，或者連我自己都不瞭解自己。

這封信之後的內容很簡單，發出電子郵件後，司翊便以「開發有重大進展」為由將組織的人都引了過來，而後放下這道密封門，釋放出病毒，將所有人變成了喪屍。

除了同歸於盡之外，他想不到其他方法——既能向國家提出示警，又能保護蘇玨不受傷害。

可惜，他的計劃在A國病毒洩露後，終究成了一場空，甚至S大的慶典終究都沒有召開，蘇玨自然更不可能看到司翊留下的訊息，如果不是夏黃泉得到的來自系統的提示，不知要耗費多久才能找到這個實驗室。

信的最後，寫道——

> 下這個決定時，我正坐在公園裡，雛菊花盛放，讓我想起了從前讀過的課文，還記得嗎？它寫道——對另外一些人來說，這樣一個事實使他們終生難忘：在德國人撤退時炸毀的比克瑙毒氣室和焚屍爐廢墟上，雛菊花在怒放。
>
> 我不希望這個世界變成另一個奧斯維辛，也不希望雛菊花只能在廢墟上綻放。
>
> 如果可以，我的老友，我的摯友，也是我唯一的朋友，蘇玨，請讓它永遠盛放在最合適的季節，在溫暖的陽光下，在和煦的微風中，在孩子的笑聲裡。
>
> 這是我做為一個人（事實上我也不知道自己還能不能自稱為人），最後的願望。
>
> 我將它託付給你。

最終，關於病毒的所有資料和司翊做的後續研究，在他所留訊息的提示下被找到了，所有人的情緒卻都很低迷，誰也沒想到，事情的原委是這樣。

其中，最傷心的人，毫無疑問是蘇玨。

夏黃泉注視著他孤獨一人離去的身形，猶豫了片刻。

「想什麼呢？」言必行推了她的後背一下。

「啊？」

「這種時候，就算是朋友也會去攙對方一把吧，何況你們還是青梅竹馬。」言必行嘴上的香菸靜靜燃燒著，他緩緩吐出一口白煙，瞥了夏黃泉一眼，「妳不是那麼無情的人吧？」

「……怎麼可能是！」

夏黃泉瞪了他一眼後，快速地朝蘇玨追過去，言必行一臉欣慰地注視著她的背影——做人生導師的感覺就是好，可惜沒得到感激的香吻一枚。如此想著的他得意地轉過頭，正對上一個如春風般溫暖的微笑，但是……為什麼他感覺自己正身處寒冬呢？

言必行淚流滿面地背過身，朝女孩離去的方向悲傷地伸出了小手手——妹子，妳還是回來吧，我一個人承受不來……

Ch.17 要來個抱抱嗎

此時的夏黃泉，腦中絲毫沒有接收到來自言必行的怨念電波，她的全部注意力都放在尋找蘇玨上，很快，她在一樓大廳的沙發找到了他。

青年低垂著頭靜坐，夏黃泉雖然看不清楚他的表情，但也猜測到，畢竟，失去了朋友啊……她想了想，還是走到對方的身後，總覺得這種時候還是站在這種位置比較合適，與此同時，她悲劇地發現，自己完全不知道該說什麼。因為接受了那段虛假的記憶，她多多少少受到影響，她是真的關心身前的青年；但同時因為這段記憶來得太過突然，她實在沒辦法很好地處理它。

所以，現在究竟該做什麼？

（你沒事吧？——簡直是廢話！）

（你還好吧？——同上！）

（你要哭的話肩膀借你。——總覺得哪裡有微妙的不對！）

（男人哭吧哭吧不是罪……——自拍腦袋！）

真是……夏黃泉煩惱地塌下肩頭，再多的喪屍都沒讓她覺得如此糾結過。

「我和他在大學相識，因為有共同的興趣愛好，關係很要好。」

最先開口的人，是蘇玨。

他的聲音聽起來平緩而低沉，如同寧靜的湖面，卻隱藏著巨大的波瀾。

夏黃泉抬起手，停頓了片刻後，將其輕輕地搭上青年的肩頭，感覺沒有引發對方反感後，鬆了口氣。現在的她已經知道，也許對方需要的只是一個安靜的傾聽者，於是她放輕呼吸，默默地聽青年述說關於朋友的記憶，雖然是凌亂的碎片，卻也彌足珍貴。

蘇玨說著說著，突然問了一個問題。

「妳知道，他的願望是什麼嗎？」

他原本接連不斷地說話，此時停頓了，似乎是單純在回憶，又似乎是在等待著夏黃泉的回答。

夏黃泉歪頭思考了片刻，小心翼翼地開口：「站到最頂端？」

「……不，不是的。」蘇玨搖頭，動作時柔軟而微捲的髮絲擦過夏黃泉的手背，「他的願望是——希望人類能夠在他的手中遠離病痛。」

「……」

「很好笑，對不對？」

「與其說是好笑……」夏黃泉斟酌著用語，「不如說有點天真，雖然我不懂那些高深的東西，但是……」這種事情，是現有科技所達不到的吧？想不到那個男人居然曾經有這樣的夢想，真的令人吃驚，但同時，「夢想這種東西，只想不做叫願望，想並且為之付出行動就是理想，我覺得，肯為理想而奮鬥的人都是很偉大的人，沒有誰有資格嘲笑他。當然，負面理想就……」比如毀滅世界、在全世界建立後宮什麼的，還是算了！

「他對我說，要持之以恆地研究人體的祕密，然後總有一天他會克服所有疾病，將人類從戴了幾十上百萬年的枷鎖中解放出來，獲得真正的自由。」

「那一刻的他，說著這樣與科學完全不相符的無知言論，卻耀眼極了。」

「我一直……」蘇玨伸出手，握住肩頭上的那隻手，「一直把他當成前進的目標。」手握緊，「那時候聽說他找到了合適的實驗室，我真的很開心，想著有一天，也許有一天能再在一起快樂地做研究，但是……我沒有想到……」

「究竟什麼時候他走上了歧途呢？而我，做為朋友卻只關注研究而沒有及時注意到他，簡直……」

蘇玨沉默了，從他的話和緊握的手，夏黃泉感覺到濃濃的愧疚和自責，此刻的青年在她眼中與不安的小動物微妙地重合，她下意識地伸出另一隻手，放到青年柔軟而微捲的髮絲上，順了順毛。

「……黃泉？」

夏黃泉的手一頓，心中淚流滿面，手賤沒辦法，怎麼就順手了呢？但是，這時候應該說些什麼吧？但想不到該說什麼怎麼辦？最終，她決定實話實話：「……我不知道該說什麼。」收回手撓了撓臉頰，「雖然安慰的話有很多，但我覺得都不是你想聽的。」

蘇玨愣了一瞬，隨即笑出聲來。

夏黃泉望天，被嘲笑了嗎？算了……偶爾被嘲笑一次也沒什麼，誰叫她是好人呢。

「謝謝妳，黃泉，我覺得好多了。」

「……」嘲笑她居然有這樣的療效嗎？莫非她天生仇恨臉？

——算了……反正結果好就成了，其他的無所謂啦。

「不必向我道謝，其實我什麼都沒做。」夏黃泉頓了頓，思考了片刻後，終究還是說出口，「我覺得，他走上那條路和你沒有直接關係，上課時不是教過嗎？『內因是決定性的，外因透過內因起作用』什麼的。雖然你也有錯，但我覺得你絕對不是罪魁禍首。而且，現在也不是反省的時候吧？」

「他留下書信給你，是想阻止末世的來到，可惜造化弄人，既然如此，你難道不更應該完成他的遺願，拼命研究出疫苗，讓這個世界恢復正常嗎？反正我不會說……」第一次覺得自己嘴笨的夏黃泉糾結極了，早知道就把個人屬性裡的嘴砲技能MAX了啊！（根本沒有這種！）也不至於現在這麼糾結，「總、總之，現在浪費時間消沉就是最大的犯罪！」

蘇玨突然彎下腰，用另一隻手摀住嘴，最初只是輕咳，到最後變成了笑聲。

「黃泉……妳勸人的技巧還是那麼差……」他顫抖著肩頭說道。

「……」夏黃泉抽了抽眼角，一把抽回被對方握住的手，「還真是不好意思啊！」就讓這混蛋笑死吧！剛才還亂擔心一把的她簡直像蠢蛋一樣，啊，好累……

「生氣了？」疑惑的語氣。

「沒有！」

「生氣了。」換成肯定的語氣。

「都說了沒．有！」

「黃泉，妳並不是什麼都沒做，」蘇玨站起來，轉身面對著夏黃泉，微笑著說，「妳做的比妳所想的還要多得多。」

「就算你這麼說……」

「為了表達對妳的感激，」蘇玨歪頭，展開雙臂，「要抱一下嗎？」

「敬謝不敏！」

丟下這句話，夏黃泉轉身走人，性格和長相與真實年齡完全不相符的青年跟在她身後，嘀嘀咕咕著「小時候明明經常求我抱抱」之類的話。

——根本沒有那種事好嗎？！

——別把假事當真啊笨蛋！

——嘖，她身邊的蠢貨怎麼就那麼多呢？

如此想著的夏黃泉才走了沒多遠，就看到言必行一臉諂媚地迎了上來，熱情地握住她的小手手，涕淚橫流地說道：「妹子，妳總算回來了，我可想死妳了……」

「……我們多久沒見了？」

「不到三十分鐘！」

「……」她終於忍不住出手將對方拍飛，所以，那種廢話究竟有什麼意義啊？

剛從冷暴力中解脫又慘遭熱暴力的言必行無語凝噎，他這是招誰惹誰了？雖然名義上只有三十分鐘，但和阿商在一起簡直是度秒如年啊！這麼一換算他們至少有一千八百年沒見面了，感動一下實在太正常了，哎，怎麼就沒人理解他呢？

就在此時，夏黃泉注意到：「怎麼好像少了一些人？」

「他們去搜索這座樓中其餘的倖存者。」夏黃泉問得小聲，言必行同樣低聲地回答。保險起見，還留下了一大部分人員，如果出了意外，他們也會將珍貴的資料帶出去。

「其他的倖存者嗎？」夏黃泉愣了一瞬後點了點頭，「應該的。」不過，「這麼多樓，要一層層搜索嗎？」

言必行嘆了口氣，他覺得自己又找回了智商上的優越感：「妹子喲，這個世界上有種東西，叫紅外線探測儀啊。」說到這裡他驚訝地問，「妳該不會不知道那是什麼吧？」

「……我當然知道！」

沒吃過豬肉也見過豬走路呢，之前看電視劇聽說過這種東西，簡單來說，不同溫度的物體輻射不同，根據這個原理，紅外線探測儀可以識別視線看不到的東西，比如這座大廈中的活人，而喪屍則是沒有任何溫度的。

一個小時後，軍隊順利地帶著倖存者回來了，而後，所有人集體離開。

被救回的人乘坐軍隊的運輸車，而蘇玨則搭夏黃泉他們的車。行駛了一段距離後，她突然聽見了一陣的巨大聲響，驚訝地從回頭看，只見原本大廈所在位置的一樓燃起了熊熊的火光。

高溫可以殺死喪屍以及空氣中的病毒。

「他可能以認識我為恥，但我依舊希望有人能記住我，別讓我在這裡寂靜無聲地腐爛。」

她下意識扭轉頭看向身旁的青年，對方回以她一個微笑。

夏黃泉不知怎地就想起了一句話：塵歸塵，土歸土。讓往生者安寧，讓在世者重獲解脫。

——你的心願，已經很好地傳達到了朋友這裡。

——而他，也將背負著你的遺願繼續前行。

所以，在這能燃盡一切的烈火中，起碼在最後，以人類的身分安息吧。

阿門。

❖

之後的路途又恢復成先前的平靜，他們和沿途救出的民眾一起跟隨小隊有驚無險地與其他軍隊在預定地點會合。

能採取合流阻隔病毒的措施，與國家的現狀是分不開的。雖然這個名為炎黃的國家在人種、政體、法律等方面，都與夏黃泉從前世界的Z國很像，但也有許多不同：比如面積和人口，這國家只有Z國的十分之一；再比如地形，與Z國的大公雞不同，炎黃倒像是一隻頭北尾南的葫蘆；但又有一點相同，那就是政治中心，即首都燕京，同樣位在北方。

而葫蘆窄小的腰間，則有一條名為「帶河」的天然河流，發源自雪域高峰，自西向東滾滾而來，直入東海，一年四季皆聲勢浩大流水湍急，在這個國家的歷史裡，它曾多次造成水患，同樣，圍繞著這條河流也展開了非常多場著名的戰役——攻下帶河即得天下——一直有這樣的說法。而一旦失敗，只能分治南北。易守難攻，可以說是天然形成的戰略要塞。

「橋幾乎都被毀了。」這是成功渡河後，所有人員被軍隊要求原地休整並登記造冊時，言必行不知從哪裡探聽來的最新消息。

「那其他還未逃出的人怎麼辦？」夏黃泉皺眉問道。

言小哥聳聳肩，背靠在打開的卡車門上，吐出一個菸圈：「我說的是『幾乎』，還剩餘下一座橋，派重兵把守著。」想要把守這道天塹就要杜絕危險，這個道理大家都明白。

「這也沒辦法。」靜坐在駕駛座的商碧落顯然心情不錯，「各支軍隊為了在喪屍通過帶河進入北地前攔下他們，日夜兼程，根本不可能救出所有人，只能說我們運氣很好。」

「運氣好啊……」夏黃泉嘆了口氣，的確如此，但是……

「別想那麼多了！」言必行拍了拍車子，笑道，「終於到達安全的地方，怎麼著也要好好放鬆一下啊。」

「放鬆？」

「是啊！比如抽支菸喝口酒睡個妹……」餘下的話在夏黃泉的瞪視下默默地吞了回去，言必行丟下一句「我再去打聽其他消息，再見！」就如兔子般逃竄了。

夏黃泉對此十分無語，在注視他的背影時突然怔住，跟上次一樣，她覺得言必行的左腿有些不協調，錯覺嗎？

「放鬆啊……」夏黃泉再次嘆了口氣，趴在方向盤上，一路上打打喪屍跑跑路還覺得有事做，一閒下來，她倒怎不知道該做些什麼了，「喂！你有什麼提議嗎？」

商碧落愣了愣，隨即嘴角勾起一個笑容，回答道：「抽支菸喝口酒睡個妹子如何？」

「……」夏黃泉真可惜自己沒喝水，否則非噴對方滿臉不可！她坐直身體，湊近商碧落，瞇眼道：「睡誰？你嗎？」

商碧落歪歪頭，溫柔道：「我是男性。」

「沒關係，我一直把你當妹子看。」夏黃泉捏住他的臉，「看這小臉滑的，又白又嫩。」

「……」商碧落伸手握住對方放在自己臉頰上的手，扯落，「請別在我身上尋找妳丟失已久的東西。」

「喂！你這種像是在看鐵背大猩猩的眼神是怎麼回事？！」商BOSS你個混蛋，是不是覺得自己超級有女人味的？這有什麼好自豪啊？別輕易拋棄掉重要的東西好嗎？！

青年望天，目光悠遠：「我可什麼都沒說。」

「……」夏黃泉抽了抽眼角，安靜了片刻後，開口說道，「真是太天真了！」

「嗯？」

「以為不說我就不會出手嗎？揍你根本不需要理由！」陰暗臉伸拳！

幾分鐘後，夏黃泉神清氣爽地注視著無力地趴在方向盤上的商碧落，愉悅臉說道：「我知道了！放鬆最好的方式就是揍你！」

商碧落闔上雙眸，不再看那讓人糟心的傢伙。

「別裝死，我根本沒用全力好嗎？」夏黃泉伸手將商BOSS拎起來，晃了晃，快活地道，「從前看小說，人總形容主角變成了『破爛的布娃娃』，我一直覺得很假，現在看，這形容還挺實在。」

「……就這麼暴露自己的黑歷史沒問題嗎？」商碧落涼颼颼地說道。

「那有什麼，君子坦蛋蛋，不對，是坦蕩蕩。」女孩輕咳了幾聲，習慣什麼的太可怕了，用慣了錯字反而用不來對的了，下面是什麼？小人藏雞雞？總覺得哪裡有問題……

「……」商碧落覺得自己還是什麼都不說為好，向蠢蛋要求智商實在是太艱難了。

夏黃泉鬆開手，直接將商碧落按回趴倒的姿勢，而後她自己也趴倒在方向盤上，一個主動懶洋洋，一個被迫不能動——兩個傢伙如同大日頭下曝曬著的鹹魚，等待著別人給他們翻身。

這段日子以來，因為整日面臨喪屍的威脅，又要保護商碧落的安全，她的神經總是緊繃著，大概是因為此刻終於能放鬆了，夏黃泉漸漸有些犯睏，但也明白現在不是睡覺的最好時機，她打了個哈欠，將頭歪向商碧落的方向：「喂！」

青年挑眉，表達著無聲的疑問。

「你覺得我們會在這裡休整多久？」

「我說是永遠，妳信嗎？」

「……」夏黃泉肅容，坐直身體，「什麼意思？」憑直覺，她覺得商碧落說的不是假話。

商碧落依舊保持著原姿勢，手指輕敲著座位，款款而談：「再過不久，毀掉最後一座橋樑後，北方恐怕會組織一次對南方的轟炸。」

「你的意思是？」夏黃泉臉色驟變。

「沒錯。」商碧落點頭，「利用喪屍和病毒會毀於高溫的特性，對其進行致命一擊。」

「代價也太大了……」如果真是如此，喪屍固然會消滅，但同時南方也會變成一片焦土，況且，那裡肯定還有活著卻來不及趕到這裡的人類。

「時不待我，之前喪屍已經進化過一次，如果他們再次進化呢？」商碧落伸出手指向上方，搖頭道，「他們不願意賭，也賭不起。」

「……」夏黃泉默默地低下頭。沒錯，她比誰都清楚，之前只是初級進化，那意味著之後肯定還有……在這種前提下，所謂的轟炸政策真的會取得成效嗎？她非常懷疑。

「妳是不是知道些什麼？」這次問話的人，是商碧落。

夏黃泉瞪了他一眼：「現在是我在問你！接著說！」

商碧落本來就沒指望能從她嘴裡套出什麼，很自然地接著說道：「病毒爆發後，北方和南方的交通很快被全數中斷，也就是說，在那之後沒有任何一個南方人到達北方，與病毒近距離接觸過的人，要麼在江那邊，要麼就在這裡。」他微微一笑，「妳覺得，北方會讓我們這群『危險源』繼續接近嗎？」

「這種事情……」夏黃泉抿了抿唇，沒有直接回答他的問題，但是，直覺告訴她，商碧落的猜測並沒有錯。

「消息，恐怕這幾天就會出來吧。」

「你倒是一點都不緊張。」夏黃泉瞥了一眼神色淡然的青年。

青年微微挪動身體，單手托腮微笑道：「有妳在，我怕什麼？」商碧落已經發現，不管出於什麼原因，她對他的「安全」怪異地執著。雖然直到現在他都沒確定對方的武力值最強能到什麼地步，但只要她在，他的危險係數非常低，更何況……

「閉嘴！」

夏黃泉心中那叫一個糾結，這種「我會暖床求包養」的氣場是怎麼回事？讓她起了一身雞皮疙瘩好嗎？偏偏她還沒辦法反駁，不行，要這麼承認也太丟人了！

於是她毫不客氣地一把拎起商碧落，打開門往外晃蕩了兩下：「你信不信我現在就賣了你？信不信？！」

「什麼價錢？」就在此時，突然傳來一句問話。

「蛤？」夏黃泉被驚得手一鬆，指間拎著的「破爛的布娃娃」瞬間掉落在地上。

「哎呀，可真是個小美人，摔疼了沒有？」

「小、小美人？」救命！這到底是什麼情況啊？！

腦袋打結的夏黃泉立刻跳下車，一把提起地上的商碧落放回車上，而後轉頭朝聲音來源看去——好一番波濤洶湧！

做為一名性取向為男性的女性，夏黃泉當然不會愛上女人，在這種情況下，她的第一眼關注的居然是胸部，由此可見，對方的身材特點究竟有多突出，起碼也有D吧。隨即她意識到，這樣似乎不太禮貌，連忙將目光挪到對方的臉——這是一名二十四五歲的女性，臉孔很漂亮，屬於那種非常有侵略感的野性美，一頭波浪捲染成了紅色，身上穿著一套黑色低胸緊身皮衣，將前凸後翹的超S美好身材全數展露了出來。

「看夠了？」對方見夏黃泉似乎打量完了自己，挺了挺胸，又是一陣波濤滾滾，嘻嘻笑道，「那我們談談他的價錢吧？」

「……價、價錢？」

「是啊，妳不是要賣他嗎？」野性美女甩了甩長髮，朝夏黃泉拋了個媚眼，「不過買前能先試用嗎？萬一中看不中用，我不就吃虧了？」

「……」夏黃泉已經徹底被驚呆了，以至於完全沒有心情關注她的小夥伴有沒有驚呆，腦袋卡殼的她不知怎麼的，鬼使神差地就冒出了這麼一句。

「妳是要包時還是包夜？」

Ch.18 同那個居

話音剛落，她就想撞牆，而後只感覺背後傳來巨大的寒氣，源頭不用猜也知道。

「喲，妹子，上道呀。」D胸女笑得花枝亂顫，「那妳以過來人的經驗給姐介紹下，第一次試用包幾個小時合適？」

幾、幾小時……

夏黃泉扶額，是她太天真了？怎麼瞬間這個世界就變得超級不能理解了？還是說她已經打開了新世界的大門？

她背景的晴天霹靂也許令對方誤解了，D胸女臉色一變，不可置信道：「難道真的需要包夜？看起來是小白臉，沒想到這麼給力，真是人不可貌相。」

夏黃泉幾乎要吐血，平心而論，她相當想丟掉商碧落這混蛋，但已綁定成功拋棄不能啊，雖然原則上她只需要保證商碧落的生命安全，貞操節操什麼的不用負責，等等，前者就算了，後者他真的有嗎？不不，不是想這個的時候，萬一商BOSS被佔便宜一個想不開……她想像了下商碧落含淚抱著炸藥和自己同歸於盡的場景，被雷得打了個寒顫，最終還是決定——做人要厚道！

掙扎了片刻，她忍痛地開口：「大姐，我覺得妳可能誤會了……我剛才只是和他開玩笑，沒打算真賣他。」邊說著，她回頭朝身後的商碧落使了個眼色，「是吧？」

商碧落緩緩鬆開手，他是真心不想搭理夏黃泉，但如果此刻不表態，她一怒之下直接將他丟給對方——這種事情她絕對做得出來。那女人看似大大咧咧，但手上的老繭、身體的曲線等都透露出她是練家子，雖然不知道強弱，但他並不想以生命或者「別的」來衡量對方的武力值。

權衡利弊後，他含恨點頭。

可就在他點頭的瞬間，夏黃泉好死不死地來了一句：「他那裡都碎掉了，妳就算試用，他也無能為力啊。」

「……」

「！！！」

「！！！！」

「！！！！！」

夏黃泉對自己造成的效果很滿意，隨即大驚，等等，數目是不是不太對？

第一個對話框是商碧落無疑，第二個是D胸女，那麼第三個和第四個是誰？！

她僵硬地扭過頭，只見蘇玨和言必行居然站在不遠處，同時目瞪口呆地看著他們。

才對上她的目光，蘇玨尷尬地連連擺手：「抱歉，黃泉，商先生，我不是故意偷聽的，真的，我沒想到……真的很抱歉，今天的事情我會忘記的。」

剛才還有些失望的D胸女一見新來的兩位，眼睛頓時一亮，又朝夏黃泉拋了個媚眼：

「妹子，這兩位……」

還沒等她說完，言必行突然驚呼出聲：「不對啊！妹子，阿商那裡好好的啊！」

「……」×3。

萬綠叢中一點紅，萬點叢中一句話——說話的是不知名妹子：「你怎麼知道？」

「就衝著我和阿商的關係，能不知道嗎？」言必行回答得義正詞嚴。

「……」再次×3。

夏黃泉雖然聽這話似乎沒什麼問題，對方是商碧落的保姆嘛，知道這點不奇怪，但總覺得有哪裡不對。

蘇玨手撐住車壁，輕咳了一聲，可憐兮兮地看向女孩：「黃泉，我覺得頭有點暈，老幻聽……」

商碧落……還是忽視掉他吧！

「我說，你們是不是誤會了什麼？」言必行敏感地察覺到氣氛不太對勁，出聲解釋，「我天天上……」

話音未落，他的左眼已經被砸了一拳。

「混蛋！」D胸妹子大罵出聲。

言必行摀眼，驚訝道：「妹子，我們認識嗎？」

「不認識，但我鄙視你！」

「……為什麼啊？」他招誰惹誰了！

「最討厭你們這種明明資質優良卻總是自產自銷的男人了！」說完，她扭頭朝夏黃泉喊道，「妹子，聽大姐一句，跟著這些男人只能當砲灰，想通了來找我紅姐，姐帶妳混！」

說罷，她再次朝言必行怒哼了一聲，轉身就走。

這形勢發展實在太快，以至於夏黃泉到現在都沒弄清楚個所以然，她連忙跑到言必行的旁邊：「你沒事吧？」要不是她不小心招來那妹子，他也不會挨打，她需要負責任。

「沒事，」言必行注視D胸女離去的背影，聳起鼻尖嗅了嗅，回味無窮地搖頭嘆息道，「真香，真夠味，真想和她來一發。」

「……你色死算了！」踹！

「哎呀，妹子，我錯了，我錯了！其實在我心裡妳才是最美最香最夠味的，真的，我最想和妳來一發……啊！！！」

「閉嘴！」居然會為這種白癡擔心的她，真是蠢透了！

不管這件事在其他人心中究竟造成了怎樣的誤解，但暫時是告一段落了。而蘇玨的到來，則帶來了一個不太妙的消息——一切都被商碧落那烏鴉嘴說中了，原地休整變成了原地定居。這是從蘇玨口中得知的，如果不出意外，他們將永遠被留在這個地方。

蘇玨也是一樣，在那道「原地定居」的命令中，沒有人是例外，即使是重要的研究人員。

「不管怎樣，先定下來再談其他事情吧。」蘇玨一邊說著，一邊從口袋掏出一把鑰匙，放到夏黃泉的手上，「黃泉，妳收好。」

「這是？」夏黃泉握著鑰匙，好奇地問道。

「分發給我的房子，黃泉，你們也來一起住吧。」蘇玨認真地說，「放妳一個女孩子住在魚龍混雜的地方，我真的不放心。」

言必行嘴賤：「不，我覺得該不放心的是其他人才對，夜襲什麼的……啊！」

「閉嘴！」

於是，言小哥可悲地變成了熊貓眼。

❖

因為「上面有人」以及「做出重要貢獻」，蘇玨分配到的房子雖然坪數不大，但所在的住宅區無論地理位置、生活條件還是環境都相當不錯，附近居住的全是軍隊長官，裡外皆有兵力嚴密保護著，可以說是目前安全等級最高的地方了。

到達樓下後，以夏黃泉為主力，幾人將車上的物資全部搬到位於三樓的屋子，車輛鎖好後就停靠在樓下，反正有人看守很安全。原本住在這座城市的人早已盡數被遣散撤走，因為走得匆忙，原主人有很多東西來不及收拾，給夏黃泉他們提供了許多便利，起碼屋子很乾淨不需要費力打掃。

大致處理完一切後，幾人坐在客廳的沙發上。

商碧落攤開地圖，蘇玨端來一壺熱茶，夏黃泉從廚房找出茶杯，而言必行則從冰箱裡掏出幾種水果裝盤，順帶拿出兩顆雞蛋滾眼睛。

「生雞蛋也行？」夏黃泉好奇地問。

熊貓眼言必行兩手拿雞蛋不停地在眼睛上滾著：「精神，體會精神！」

「……」

「我先說吧。」路途中大部分時間和軍隊待在一起的蘇玨是最瞭解現狀的人，他在地圖上指了指：「這是我們現在所在的城市——W市，帶河附近的城市中，這是最近最大的一個，如果不出意外，這也將成為我們所有人日後的居住地。」

「所有人……」夏黃泉好奇地問道，「一共多少人？」

蘇玨端起茶壺，一邊在她面前的杯中倒入熱茶，一邊說道：「國家總人口一億，南北各半，經過粗略統計，因為空氣感染直接變成喪屍的機率是五成。」

「也就是說，挺過第一波感染的人大概有兩千五百萬？」

「是的。」蘇玨點了點頭。

「但跟來的人肯定沒這麼多吧？」言必行懶洋洋地靠在沙發上，一手滾著雞蛋，另一手拿起蘋果啃了一口，「起碼就我看到的情況，肯定沒這麼多人。」

「沒錯，」蘇玨輕嘆了口氣，接著說道，「兩千五百萬人中，有些被咬傷變成喪屍，有些已經死去，有些則沒有跟隨軍隊，情況各式各樣，最終成功渡河的，只有五分之一。」

氣氛一時間低迷了下來，五分之一聽起來不少，但如果替換成人命呢？數據只損失了五分之四，但換算過來就是失去了整整兩千萬條人命，聽到這消息，如何輕鬆得起來？

最先打破沉寂的人是商碧落：「平民五百萬，軍隊呢？」夏黃泉陰暗地懷疑這傢伙壓根兒沒心沒肺，剛才保持沉默只是怕不合群被她揍。

「所有軍隊都在第一波感染中遭受損失，合流後經過統計，總人數在七十萬左右。」

五百萬平民加上七十萬軍隊，這只在地圖上佔據了一小點的城市，以後居然要住五百七十萬人嗎？夏黃泉注視著地圖，覺得不可思議。

「最近還是閉門不出吧。」言必行將果核精準地丟入垃圾桶，「世界即將大亂啊。」

「鎮壓暴動，七十萬人足夠了。」商碧落微笑著說道。

「暴動……」蘇玨不忍地閉上眼。

「嘖，都別這麼陰沉了，不是什麼都還沒發生嗎？」言必行跳起身，語調活潑地說，「也許情況不會那麼糟糕，比起那個，我們現在還有更重要的事情要做。」

壓根兒就沒陰沉的商碧落饒有興趣地問道：「什麼？」

「分房啊！」言必行彈了個響指，「我們四個人，這屋子是三房一廳，得分分吧？」

「這麼說的確……」夏黃泉想了想，「房子是蘇玨的，我覺得他應該得一間房，同意的舉手，不同意的揍死！」說罷，她毅然舉起了手。

「……」本來不想參與這種幼稚遊戲的商BOSS，默默地舉起了手。

「妹子，不能這麼賴皮的啊！」話雖如此，言必行依舊舉起了手。

「三票通過！」夏黃泉拍板。

蘇玨笑出了聲：「黃泉是唯一的女孩，我覺得她應該單獨一間，同意的舉手，不同意……可以和黃泉協商。」

毫無疑問，三票通過。

至於剩下的……不需要分了，言必行和商碧落妥妥地成為了同居者。

言小哥摸了摸下巴：「結合之前那大姐的話，我總覺得有哪裡不對勁，你們覺得呢？」

蘇玨臉上異樣的神色一閃而過；夏黃泉默默望天——不關她的事。

但是，真的不關她的事嗎？

【隨身物品不可長時間離開身邊。】

「……」這是要怎樣啊！她可以說不嗎？可以嗎？！在路上時怎麼就沒聽說有這種要求？因為他們都睡同一輛車上嗎？開什麼玩笑！

【隨身物品不可長時間離開身邊，否則生命值將逐步下降。】

「……」她可以去死一死嗎？可以嗎？！

也許是她的臉色和渾身散發出的氣場太過可怕的緣故，其他三人側目。

「怎麼了？」

「妹子，妳怎麼了？」

「黃泉，妳不舒服？」

夏黃泉默默地嚥下一口熱血，顫抖著伸出手，指向商碧落，斬釘截鐵地吼道：「我要和他一起睡！」

一言既出。

只聽得咔嚓一聲。

滿座重聞皆掩泣，座中泣下誰最多？蘇玨小哥青衫濕……總覺得哪裡有微妙的不對！

蘇玨的反彈最為厲害，夏黃泉才一吼完，他立刻拍著桌子站了起來：「絕對不行！」

撇開偽記憶不談，第一次在現實中見到蘇玨如此嚴肅的夏黃泉，縮了縮脖子，很心虛。

其實她本人也不情願啊，問題是……萬一她睡著睡著，第二天早上起來一看，躺在牆角兔窩裡（？）的商碧落已經掛點，她就永遠回不了家──這悲劇得也太冤了吧！

為了達成偉大的目標，她掙扎著說道：「我、我必須和他睡！」說完，她的手一指商碧落，「說！你和不和我睡？！」雖然面對蘇玨有些怯場，但欺負這混蛋是完全沒問題的。

又是一聲咔嚓。

夏黃泉這才注意到，言必行一前一後捏碎了手中的兩顆生雞蛋，蛋清蛋黃糊了滿眼，滴滴答答地往下流，他卻堅持著看熱鬧，死活不肯去洗臉──她覺得自己快被這蠢蛋打敗了。

與他剛好相反，當事者商碧落倒是一臉淡定地回答道：「好。」

「……」夏黃泉頓時更糾結了，不答應她糾結，掙扎著答應她糾結，這麼爽快地答應她還是糾結。女人果然很難懂，她自己都快不理解自己了。

「我反對！」蘇玨那張沒多少公信力的嫩臉，此刻的表情居然頗有幾分威嚴，他一邊說著，一邊伸手扯住夏黃泉的手腕，「我們單獨談談。」

於是，夏黃泉被關進了小黑屋，不對，是某間臥室。

❖

蘇玨一手關上門，回頭說道：「坐。」

「不……我還是站著吧。」夏黃泉望天，對於這個發自內心關心她的傢伙，她真心不知道該怎麼做才好，只能爭取「認罪」態度好點了，問題是……她真的有罪嗎？

「之前我說過要和妳談談，可惜一直沒找到機會，趁現在好好聊一聊吧。」蘇玨嘆了口氣，斂去臉上嚴肅的神色，坐到凳子上，「黃泉，妳還太年輕，閱歷也太少。」

「……嗯。」

「妳的未來還很長……」

「婚前，咳，那種行為會導致……」

「懷孕的話……」

「各種疾病……」

接下來，夏黃泉聽了整整三個小時的生理知識講座，到最後，她覺得自己這輩子都不想嫁人了，連怎麼生孩子他都能說得那麼詳細，聽得她下意識就摀住肚子，到現在都覺得腹部一抽一抽的……真是人不可貌相，這人如果去全國開講座，國家下一代該是多麼幸福……所以別再刺激她了好嗎？！

她無力地坐在地板上，心中淚流那個滿面，又不知過了多久，一雙手突然搭上她的肩頭，夏黃泉下意識抬頭，正對蘇玨的目光，他剛才講到激動處摘去了眼鏡插在西裝口袋，如玻璃珠一般清澈的褐色眼眸閃爍著柔和的色彩，他認真地說：「黃泉，我希望妳再考慮一下。」

「我……」夏黃泉神情飄忽了一瞬，而後堅定了起來，似乎下了決定。

蘇玨鼓勵地點頭。

「我還是要和他睡。」不睡會死人的好嗎？！她根本沒拒絕的權利啊喂！

「……」蘇玨扶額，低聲呢喃，「熊孩子……」

「什麼？」夏黃泉一時間覺得自己聽錯了。

「沒什麼。」蘇玨深吸了口氣，微笑著說道，「黃泉，我們繼續談談吧。」

「住口！」女孩伸手就堵住青年的嘴，「你都說那麼久了，換我說可以嗎？我就說一句！」

「……妳說。」

「我和他根本不是你想的那種關係啊！」

「……啊？」蘇玨愣住，女孩說這話時直視著他的眼睛，沒有一絲猶豫或者逃避，她並非從不撒謊，但這件事，他相信她是誠實的。他覺得很欣慰，那他辛苦了三個小時究竟為了什麼啊？拉著她說了那麼多尷尬的話，黃泉一定會討厭他的，一定會討厭他的……

被討厭……被討厭……被討厭……被討厭……

夏黃泉注視著明顯陷入陰暗低潮期的青年，手忙腳亂地安慰著：「淡定，淡定……」

「既然如此，妳為什麼那麼堅持？」

「……我有必須要這麼做的理由。」夏黃泉只能這麼說，她完全無法解釋也不能解釋。

「不能說？」

「……嗯。」

蘇玨嘆了口氣：「我知道了。」

「哎?」夏黃泉被對方語氣中的妥協意味驚到,「你……」

「我相信妳。」蘇玨眨了眨眼,給了她一個非常純粹的笑容,「妳說有不得已的理由,那理由就一定存在。」

「……」

「怎麼了?」

「不,只是沒想到……」這個人會答應地這麼爽快,所以她之前遭受的三小時折磨到底是為了什麼啊?!

蘇玨將手搭在她頭上,輕輕揉了揉:「我只是擔心妳因為一時衝動,以後受到傷害。」具體原因卻沒有細說,因為他不願背後道人長短,然而,那個自稱「商碧落」的男人,的確太過危險了。

「安心啦!」夏黃泉跳起身,握起拳頭,「就算傷害,也是我傷害別人才對。」

「……」到底是該欣慰還是該悲哀呢?明明小時候是那麼可愛的一團,現在雖然也很可愛,但是……

夏黃泉自以為一切都OK,沒想到,蘇玨最後居然來了個轉折:「不過……」

❖

與此同時,早已洗乾淨臉的言必行正以一個標準的狗爬式趴在門口,拼命地將耳朵往門上貼:「到底在做什麼呢?這門隔音效果也太強了吧?」說完,又掏了掏底部的門縫,搖搖頭,「太細了,這縫隙實在是太細了。」百般糾結後,他扭頭問坐在沙發上老神在在的商碧落,「我說,你就一點也不擔心?你女人和別的男人單獨相處三小時了啊!」

自從弄到輪椅後,「黑歷史」的嬰兒車就被商碧落無情地拋棄了,他翻著之前從書房找到的書，抬眸瞥了言必行一眼：「這句話，你問了我三十多次了。」

「可你一次都沒回答我啊！真是皇帝不急太監……呸！」言必行連連打嘴，「真晦氣，我才不是太監呢。」

「需要急嗎？」

「怎麼不需要？」言必行跳起來，來回地轉起圈圈，「孤男寡女，乾柴烈火，天雷勾動地火，瞬間日月無光天崩地裂山無陵天地合才敢與君絕……好像哪裡不對，反正就這個意思啦！」

「他們如果真要做什麼，也早就開始了吧？」商碧落修長的手指把玩著書籍下方的紅色緞帶，頭也不抬地回答道。

「那倒是……」

「如果黃泉真的想做些什麼，你能阻止？」

「這個……」言必行瞬間覺得自己的男性自尊受到了極大的傷害，他摀住胸口，非常有良心地實話實說，「咳，我覺得，對一個人來說，生命是很重要的。」

「那你還糾結什麼？」

言必行正想點頭，突然又覺得不對：「不是，你就一點都不擔心嗎？」他就想不明白，這小子怎麼就一點都不擔心。

他的堅持終於撬開了商BOSS的嘴，或者說，商碧落終於被他煩到沒辦法了，吐出一句：「她不會做你想的那種事情。」

言必行被他一句話哽住，半晌後，他仰天咆哮：「所以我最討厭你們這種有妹子就炫耀的傢伙了！」伸手怒指，「我詛咒你雙人行變三人行！」

話音剛落，緊閉著的房門突然打開。

言小哥被驚得一哆嗦，連忙回頭搓手諂媚地笑道：「哎呀，妹子，妳辛苦了。」賊眼上下打量了一番，又嗅了嗅鼻子，嗯，似乎是沒什麼詭異的味道，很好！

「……你傻了？」夏黃泉看著對方那兩隻圓滾滾的熊貓眼和奇奇怪怪的表情，忍不住就笑了出來。

「沒……咳，你們商量得怎麼樣了？」言必行很八卦地問道。

夏黃泉看言小哥那八卦樣就情不自禁地想刺激他一下，於是聳聳肩，指了指商碧落，又朝蘇玨挑了挑下巴，故作輕描淡寫地說：「我們三個一起睡。」

「……」

言必行如遭雷劈，片刻後，如喪考妣地撲到商碧落的身邊，淒聲哀嚎道：「阿商，我對不起你！」烏鴉嘴什麼的真是太可惡了，但是……他抹了把臉，火速回頭，「反正你們都三個人了，就再帶我一個吧，4P、3P其實沒區別的。」節操是什麼？他不知道啊！

「……你想太多了。」蘇玨扶額，這都是些什麼人，快把黃泉帶壞了。

「你這混蛋想什麼呢！」踹！

其實，言必行真心想太多了。

三房一廳中，有兩間房的牆壁是相連的，夏黃泉直接對牆壁砍了幾刀就打通了，因為不是承重牆所以沒有危險。夏黃泉和商碧落在這一頭，她從物資中找到了一個小型的折疊鋼絲床，睡起來剛剛好；蘇玨則安置在另一邊的房間。這樣的行為並沒有遭到系統警告，她鬆了一口氣。雖然睡覺時附近有男人挺奇怪的，但在路上奔波那麼多天，這種事她早已習慣，與那時相比，睡在床上簡直是夢一般的生活，實在沒什麼好抱怨的。

蘇玨對此也比較滿意。

商碧落？誰理他！隨身配件無人權！

言必行倒是一直提出抗議：「反對！反對歧視！」因為剩下那間被改造成書房的房間並不與其他兩間連通，而是在走道對面，對此，他非常不滿。

夏黃泉被他煩得受不了：「那裡有電腦有書還有床，哪裡不好了？」因為這個城市並未被喪屍攻擊，一切水、電、網路都正常運作，只是關鍵部門都被軍方接手了。

「沒有妹子。」

「是嗎？」夏黃泉拔刀，陰暗臉道，「想要妹子是吧？我讓你變成妹子好不好啊？」

「……」不能這樣欺負人的啊！

Ch. 19 月光下的他和她

可惜，言必行的陰暗詛咒在第一天就化成泡影了，分房當晚，蘇玨因為某些事臨時被軍隊接走，被打通了的偌大房間，還是只剩下夏黃泉和商碧落兩個人。對此黃泉妹子表示很淡定，因為她覺得，就算把她和那混蛋扒光衣服關同一間房，也八成什麼事都沒有，當然，她不會為了證明這點就真扒衣服的。

言小哥倒是想來湊熱鬧，結果反而被一腳踹飛。

本著謙讓弱小的原則，夏黃泉是最後一個沐浴的，她以前真心不知道，原來想洗多久就洗多久是這麼快樂的一件事。回到房裡，商碧落正靠在床上看書，也許是因為穿著的緣故，此刻的青年看起來非常無害，纖細的身材在寬大的睡衣下略顯瘦弱，精緻側臉在燈光的照射下給人近乎透明的錯覺，與漆黑髮絲形成鮮明的對比，他的頭髮還有些濡濕，雖然不再滴水，睡衣上卻尚存些許水跡，領口第一粒鈕扣解開，修長的脖項下形狀漂亮的鎖骨若隱若現。

夏黃泉由衷地感慨：這傢伙，估計只有臉能看這個優點吧？

看著看著她情不自禁地產生了一種壓抑不住的衝動——好想揍他！

這詭異的思維模式是怎麼回事？她深深地憂鬱了。

正在她糾結的時候，商碧落也注意到女孩的歸來，他將目光從書籍上挪開，落在她身上——因為剛洗完澡，女孩沒有戴眼罩，頭髮並不像以往那樣束起，而是盡數披散下來，長度幾乎到腰，因為被毛巾粗魯地擦乾，看起來有些毛糙，罪魁禍首的毛巾被始作俑者鬆垮垮地搭在肩膀上。

睡衣和他身上穿的一樣，是從超市隨手順走的最普通樣式，此刻一看，除了男女之別外，款式和圖案都相似。女孩包裹在睡衣裡的身軀很是瘦小，完全看不出那小小的身子裡蘊藏著那樣巨大的力量。

臉孔看似冷艷高貴，其實泛著一股傻氣，很顯然——她又在發呆了。但是……也許是熱水的作用，她白皙的臉孔泛著健康的紅暈，不僅是臉孔，連小巧的腳丫子也是，貝殼般的指甲上透著淡淡的粉色。

「看什麼看？沒見過美女嗎？！」

商碧落挑眉一笑：「美女在哪兒……」

話音未落，就被一條滿是濕氣的毛巾砸中了臉，還有配音——「閉嘴！」

他才剛把那條毛巾從臉上扯落，就被一腳踹翻，女孩不知何時跳上床，剛才被視線掃到的腳丫子此刻正踩在他的胸口上，她彎下腰俯視他，陰暗臉問道：「我再給你一個機會，說，美女在哪兒？」

「好吧，在這兒。」商碧落扭頭。

「喂！」夏黃泉不滿地挪了挪腳丫子，「你那種敷衍的語氣是怎麼回事？給我認真點，不然揍你信不信？！」

商碧落的表情瞬間變得很懇切，他深深注視著夏黃泉，問：「妳真的希望我認真嗎？」

「當、當然！」

「我覺得，」至少這一刻，商碧落的語調非常認真，他說，「妳想被稱為美女，還需要再長大一點。」

「……」夏黃泉大怒，「馬屁都不會拍，留你何用？早知道還不如賣了你！」

等等！一提到賣他，她瞬間想起紅姐，一想起對方，就又想起那波瀾壯闊的胸部，長、長大？這混蛋難道是在諷刺她？！

混蛋！！！

夏黃泉爆炸了，她收回腳丫子、提起拳頭就朝對方的腹部砸去。說時遲那時快，商碧落眼疾手快地拿過一旁的書攔住，只聽得「砰！」的一聲，足足有磚頭厚的書，居然被生生地砸出了一個拳頭大小的窟窿。

「……」

「……」

商碧落和他的小夥伴都驚呆了！

夏黃泉和她的小夥伴也驚呆了！

反應過來的夏黃泉連忙丟開掛在手上的書，跪下身掀起商碧落的睡衣就往他肚子上摸摸抓抓撓撓，在確定只是有點瘀青沒有傷到骨頭和內臟後，她長長地舒了口氣，擦了一把嚇出的冷汗，卻正對上對方的目光，她略心虛地說道：「囉、囉嗦！如果你不刺激我，我會這樣嗎？都是你的錯！」

「……」他到底做了什麼？

隨便腦補什麼的傷不起啊！傷女人自尊就是作死啊！商BOSS真應該為自己和紅姐點蠟燭！

「妳是美女。」這次，他要多誠懇，有多誠懇。

「……」這種話，現在聽起來反而更諷刺了好嗎？

腦電波沒和蠢蛋對頻的青年，再一次悲劇了，只見女孩靈活地翻身上馬，騎在他肚皮上拿起毛巾蒙住臉就是一陣當頭痛毆，就在此時，門口突然傳來一個聲音，夏黃泉下意識地住手，扭頭，發現言必行正一手摀住腦袋，很明顯，他剛才撞到門了。

言必行沒有開口，只是摀住腦袋默默地退散了，背影看起來非常孤單。

就在夏黃泉心中不知為何湧起這樣的感覺時，他突然又跑了回來，高高地舉起手中的繩索，興奮地叫道：「妹子，既然蒙了眼，需要我幫妳綁住他不？我會很多花樣哦！」

「走開啦！！！」她提起手邊的書就砸了過去。

——真是的，為什麼她認識的男人都這麼混蛋啊！

夏黃泉憂鬱了，她非常渣地從蹂躪完畢的青年身上爬下來，抓起毛巾靈活地跳到了另一邊的小床上，隨便擦了擦頭髮就心滿意足地入睡——揍完人渾身上下每一個毛孔都散發著愉悅什麼的……不要太快活啊喂！

事實證明，言必行從前說過的話其實很正確，和她一起住，危險的反而是別人。

❖

第二天清早，蘇玨回來了，雖然臉上掛著一夜未睡的疲累神態，卻硬撐著沒去休息，其他人都知道，他八成有話要說，於是馬虎地用過早飯後，四人齊聚，言必行不知從哪裡拿出油性筆和紙張畫起了簡易地圖：「畫圖講解吧。」

「好醜！」夏黃泉注視著桌上那只巨大的歪歪扭扭的葫蘆，由衷地感慨道。

「體會精神！」言必行不滿道，「顏色奇怪的葫蘆還能孵出葫蘆猴呢！」

「……」這什麼跟什麼嘛！

言必行接著畫出了幾條平行線，而後將筆遞到了蘇玨的面前：「交給你了。」

蘇玨點點頭，接過筆後快速地在平行線隔出的區域中，由南向北填上詞語：喪屍佔領地——帶河——軍隊防線——民眾定居地——二道防線——北地。

做完一切後，他的手輕點著「軍隊防線」，說道：「七十萬兵力的大部分都駐守在這裡，少部分則駐紮在這座城市中。」手指敲了敲象徵著「民眾定居地」的分區，並且接管了所有重要地區。」話音剛落，他的手放到「二道防線」上，「這裡則由北方的軍隊把守，是防止病毒侵入北地的有效防線，具體情況是……」說到這裡，他抿了抿唇，接下來的話難以出口。

「駐守士兵採取換防制，利用病毒空氣傳播的距離性，二十四小時監控有無人員非法侵入，一旦進入設定的危險距離，警告無果，立即射殺。」說話的人是商碧落。

蘇玨驚訝地看向他：「你怎麼會知道？」

「不用猜，這傢伙八成又入侵了什麼不該進的網站。」夏黃泉瞥了他一眼，「我說的沒錯吧？」

青年但笑不語。

「簡單來說，就是不讓病毒有任何一絲到達北方的可能嗎？」言必行輕嘖了一聲，「防守得還真嚴密，但既然如此，看來我們是留定了。」他一邊說著，一邊懶洋洋地靠躺到沙發上打了個哈欠，「五百七十萬人，就這樣被丟在這裡，上頭可真是大手筆。」

商碧落勾起嘴角：「斷尾求生，不過如此。」

「與其說是斷尾，倒不如說是被拋棄的垃圾。」

❖

言必行的烏鴉嘴又一次得到了印證，消息才一傳出，就有人諷刺似地為他們居住的這座城市取了個新名字——「廢城」。

廢棄之城，廢品之城。

這裡住滿了被丟棄的人。

然而，這還不是最糟糕的情況。

隨著消息傳開，城中的氣氛變得緊張而危險。

對於留下來這件事，夏黃泉其實無所謂，因為小箭頭所指的地方就在這裡，意味著她哪裡也不用去，然而她也知道，並不是每個人都跟她一樣——或許商碧落也是個例外，因為他和她一樣，並不屬於這個世界。

但是，依舊有很多人想要離開這裡，原因各式各樣——有的是家人、朋友都在北地；有的人認為這裡不夠安全；還有一些人有特殊原因，比如原本是官員。這些人或單挑或聚集，在這些天裡掀起了或大或小的反抗浪潮，但都被軍隊強行鎮壓了下去。但是這樣所獲得的只是表面上的平靜，私底下民怨一天天積壓著，當這些憤怒無法正常發洩時，便自然而然地落到了身旁人的身上。

W市的秩序，徹底亂了。

W市民怨沸騰，軍隊雖然努力維持表面的平靜，但對民眾私下鬥毆卻不干涉，因為他們很清楚——這些人需要發洩。這麼做固然暫時緩解了軍民之間的矛盾，卻又使得城市的秩序一天比一天惡化，強者在弱者身上肆意宣洩內心的苦悶和憤怒，弱者則去找更弱者，就像大魚吃小魚、小魚吃蝦米。但是，蝦米就真的該被動地承接那些本不應該由牠們承受的一切嗎？

夏黃泉覺得，這樣是不對的。

【解決W市危機。】

這是她得到的新指令，對於這個看起來非常困難的目標，她其實很願意去做，只是一時間真的不知道該怎麼做才好。她向來不是藏得住事情的人，心裡有事，立刻表現在臉上。這樣的變化，自然瞞不過有心人的眼睛。

「妹子，吃顆梨。」

「……嗯，謝謝。」夏黃泉接過後咬了一口，嚼了幾下吞掉。

「妹子，妳別嚇我！」言小哥衝過來，雙手搭在女孩肩頭激動地搖晃著，「妳到底怎麼了啊？生理期還是更年期？」

「……蛤？」黃泉妹子愣了愣，隨即安慰對方，「你想太多了，我沒事。」

言必行看著夏黃泉那一臉呆樣，頓時更加糾結了：「沒事才怪，妳看看自己手上吃的到底是什麼？」

吃的？不是梨子嗎？夏黃泉看向手中，而後無語凝噎，居然是顆饅頭……能把饅頭當成梨子吃，怪不得言必行會發覺她不對勁。

「是啊，黃泉，妳究竟有什麼心事，不能說嗎？」蘇玨走過來，接過夏黃泉手中的饅頭放到一旁的桌上，如少年的臉孔上滿是關懷的神色。

「也不是，」夏黃泉撓了撓臉頰，「只是，我在想……」

「嗯？」

「在想……」

「妹子，妳想急死我嗎？！」

「在想城市的危機該怎樣才可以解決！」果然好丟人……說這種大話。

「……」

「……」

不遠處靜坐在輪椅上的商碧落手指一顫，抬起頭看向夏黃泉；她沒有注意到他的目光，只是覺得既然開口了，一口氣說完比較輕鬆。

「說實話，我覺得大家生氣是很正常的事，畢竟被迫留在這裡，有家不能回，有親人不能見，就好像被隔離的瘟疫病人一樣，而且，大家都是炎黃國的人，為什麼只有南方遭遇這種事，為什麼只有我們九死一生，為什麼北地人可以安安全全地坐在家裡看熱鬧……發這樣的牢騷，其實是很自然的事情吧？」

「這個當然……」

「但是，」夏黃泉抓抓頭髮，表情十分困擾地思考著，片刻後再次開口，「但是，換個角度思考，事情就不一樣了，比如……」她看向言必行，「打個比方吧，比如你和他……」手指商碧落，「之前進了精神病院，經過一段時間的治療後終於成功出院。」

「喂！為什麼我要進精神病院啊？」言必行不滿地道。

「都說了是比喻啊！」

「比喻而已，為什麼偏偏是我？」

夏黃泉拿起腰間的刀，狠狠拍在桌上。

「……對，沒錯！我其實就是精神病！我和阿商都是精神病！」言必行淚流滿面地接下了「精神病」的名頭，再一看商碧落，人家老神在在，顯然沒把這件事放在心上──真不知道是該佩服他還是該同情他！

「出院後，你們重新回到社會，但是，其他人都不願意接近你們，下意識地將你們隔離開來。」夏黃泉歪頭問道，「你們會不會覺得很委屈？明明都治好了為什麼還要遭受這樣的待遇。」

「……」言必行認真思考了片刻，「雖然我無法理解治癒出院的精神病人的思維，但覺得委屈很正常。」

「沒錯。」夏黃泉點頭，「我們換個角度，站在正常人的立場再看這件事，也不是不可理解吧？比如說……」夏黃泉抱拳輕咳了一聲，模擬起別人說話，「誰知道那傢伙會不會再犯病？！」

「再比如說……家裡還有小孩子，我可不想拿孩子的命去賭！」

「再再比如說……他自己說好了，誰知道是不是真的好了？」

「噗！」她說話時的模樣讓蘇玨情不自禁地笑了起來。

「不要笑啊！」夏黃泉不滿地捶桌子。

言必行不知何時悄悄湊到商碧落旁邊，耳語道：「要是我倆笑就已經被揍了，不公平啊不公平！」

「……」

「閉嘴！」耳朵靈敏的夏黃泉怎麼可能沒聽到，她瞪了言必行一眼，說道，「但是有這樣的想法，我覺得是非常正常的事，因為自己沒有親身得過病，因為不理解，所以下意識排斥恐懼甚至敵視。」

「妳的意思是，我們現在就是『精神病』？」商碧落反問。

「雖然肯定有差別，但的確和目前的情況很像，不是嗎？」夏黃泉轉頭看向蘇玨，「阿玨，你在病毒問題方面可說是權威，那麼我問你，我們沒有在第一波空氣感染中變成喪屍，之後就永遠不會嗎？比如病毒只是潛伏在我們體內，等待爆發；再比如我們的確不會變成喪屍，但接觸我們的普通民眾還是有可能被傳染；再比如病毒在結婚生子後會遺傳給下一代，而後發作……阿玨，你能確定這些都不會發生嗎？」

蘇玨認真地思考後，搖頭說道：「我不確定。所謂『第一波』的說法只是根據當前狀況推測出來的，並不像『高溫可以殺死病毒』以及『病毒在空氣中傳播是有距離性的』這兩條那麼確定，我們幸運地躲過空氣傳播後，身體是真的沒有被感染還是病毒只是潛伏在體內，還有待時間和實驗證明。」

「那麼，被扣留下來難道不是很正常的事嗎？」

政府考慮的永遠是全局，五百萬人的心情和五千萬人的安危，實在很好抉擇。換個角度想，只要北地能維持安全，就相當於W市有可依靠的大後方，並且實驗室也可以繼續研究，當未知變成已知，當不理解變成理解，現在的狀況無疑會迎刃而解。

這對雙方來說都是有利的，比起北方淪陷，整個國家陷入水深火熱，實在是要好上太多太多了。

細想的話，這淺顯的道理誰都能想通，然而——

彷彿知道了夏黃泉心中所想，商碧落很自然地接話：「但是，事情還是變成了現在這樣。並不是他們不懂，而是他們不願意懂。」

「我明白。」夏黃泉閉了閉眼，就像商碧落所暗示的，她也想起了王瑞夫婦——能夠理解是一回事，事情發生在自己身上又是另外一回事，為什麼不是別人而是自己，糾結委屈憤怒，而後遷怒，一切就自然而然地發生了。

從那件事以來，她其實已經覺悟，然而——

「我果然還是覺得，現在這樣是不對的。」

這場談話到這裡似乎告一段落，身為成年人，誰都知道想要解決現在的危機實在太過困難。也許這就是成長的代價，思想愈來愈複雜，考慮得愈來愈多，愈想完美地解決一切，行動時也就愈加瞻前顧後。有時候簡單的問題就這樣被複雜化，更何況，現在的問題本身也並不簡單。

但是，夏黃泉實在沒有太多的時間猶豫了。

【解決W市危機。】

——我知道了！

【解決W市危機。】

——都說了知道啊！

【解決W市危機。】

「……」夏黃泉忍無可忍地從被窩中坐起身——既然怎樣都想不出好主意，那就憑本能去做算了！反正再怎樣，情況也不會比現在更糟糕！

如此想著的她快速換穿衣服，正束髮間，突然聽到身後傳來了一聲幽幽的嗓音：「妳要出去？」

「……」夏黃泉手一抖，頭髮瞬間披散在肩上，她抑制住差點脫口而出的叫聲，同樣壓低聲音，惡狠狠地問道，「你還醒著？」等等，她剛才在換衣服……這混蛋！

她跳過去掐住商碧落的喉嚨，俯下身就罵：「無恥！」

「……燈是關著的。」

「……也是哦。」夏黃泉想了想，是這個道理，這混蛋頂多能聽到聲音，應該看不清。就在她鬆開手時，商碧落問道：「妳想到辦法了？」

「大概吧。」夏黃泉回答得沒什麼自信，「但比龜縮在這裡什麼都不做要強得多。」

商碧落輕笑了一聲，坐起身，漆黑的眼眸與女孩對視著：「知道嗎？我之前看到了一條有趣的訊息。」

「什麼？」

「等這裡的局面平息後，上面會派無人駕駛的車輛運來糧食及其他生活物資，之後城市的飲食將暫時採取配給制。」

「那又如何？」她覺得這是個好消息沒錯，但同時，並不覺得它哪裡有趣。

「不明白嗎？這是馴化的必須過程。」也許是視力太好，也許是臉孔靠得太近，夏黃泉清楚地看到商碧落的臉上浮起清淺而夾雜著些許諷刺的笑容，「將野獸困在籠子中，以暴力鎮壓牠的反抗，先讓牠知道痛，接著讓其陷入內鬥，損耗力量，最後讓其陷入極致的飢餓，再餵食些許食物，如此三番，野獸就會徹底被馴服，乖乖地待在籠子裡，做最聽話的家畜。」

「……」

「感想如何？」

「感想？」夏黃泉冷笑出聲，按住商碧落的腦袋，「你這人真是太陰暗了，要不是怕吵到阿玨，我真想再揍你一頓。」

「……」

「你期待我說什麼？哪裡都有大棒加紅蘿蔔？別開玩笑了！我們是人，不是動物。」

「這只是妳一廂情願的想法。」商碧落亦冷笑起來，毫不退讓地回答道，「只要等到那個時候，這個城市的危機自然會煙消雲散，不是嗎？」

「也許真的是這樣，也許我的想法的確天真又固執，但是，」夏黃泉站起身，低頭俯視著青年，原本躲在雲後的月不知何時走了出來，將清冷的光輝盡情拋灑在她滿是堅定神色的臉上，「如果不去做，我是無論如何都不會甘心的。」

「而且，如果事情真的像你所說的那樣發展，這個城市也許真的會重新恢復安定，但是，最根本的問題沒有完全解決，總有一天還會再次爆發，到那時候，我覺得這個城市的人們，將失去最重要的東西，雖然我不知道那是什麼，但我知道，那種東西一旦丟失就再也難以找回。」

話音落下，她嫌棄地鬆開手，沒有再看他，只是直接轉身，疾跑幾步後從三樓的窗口跳出去，漆黑的長髮隨著她的動作在月光下飄散，潔白的窗簾被那纖細身影帶起的夜風捲起，飄蕩了片刻後，漸漸歸於平靜。

商碧落面無表情地靜靜注視著窗口，唇角緊抿，並沒有掛著以往那種習慣性的微笑。

——為什麼可以固執到這個程度？天真可笑到了一定的地步，卻無論如何都說不通，就像她自己曾說過的，她就是她，不是任何人卻又難以改變。

——丟失最重要的東西？不過是無謂的自尊而已，對於那些沒有理智只會憑藉本能盡情發洩的野獸來說，比起它難道不是活下去更重要嗎？

——而且，誰都束手無策的狀況，她又能做些什麼呢？無法猜想，推測不出。

今晚的青年，難得地有些心浮氣躁，也許是因為他終於意識到，在自己的人生中出現了無論如何都無法掌握的事物。

他原本以為只要稍微費些時間和耐性，卻發現自己一直都在原地踏步。

這讓他，非常地不愉快。

Ch.20 你是狼來我是狽

夏黃泉當然無暇顧及商碧落心中的鬱悶，或者說，她此刻也很煩惱——剛剛只顧得狂霸酷帥跩，就那麼直接從窗口跳下來，在夜裡從三樓高跳下真的好嚇人啊啊啊救命！！！

好在月光在剛才就已然出現，憑藉良好的視力，在大樓外牆上連續借了幾次力後，夏黃泉靈巧地一個翻身，眼看著就要平穩落地，就在此時——

【請攜帶好隨身物品。】

「……」這坑人的節奏是怎麼回事！

心一亂，人一慌，動作自然就失去了平衡，於是原本一個瀟灑的單膝跪地慘烈地變成了就地一滾臉著地……夏黃泉掙扎著從地上爬起來，手一摸臉，瞬間淚流滿面，好傢伙，鼻血都摔出來了！

「什麼人？！」就在此時，在社區內巡邏的衛兵發現她了，一束燈光很快掃到她臉上。

咦？這聲音有些耳熟啊？

夏黃泉一手摀著鼻子一手擋著燈光轉過頭，就著光亮認出了來人：「路毅，是你啊？」

這位正是從前帶商碧落那混蛋上廁所的好心人！

「夏小姐，妳住這裡？」臉孔憨厚的小戰士見到熟人也很驚喜。

「嗯，是啊。」

「妳這是……」路毅見女孩跪坐在地上，連忙走過來，正好看到她糊得滿臉血，被嚇了一跳。

「這個啊……是這樣的，我剛才散步，結果不小心摔了一跤，你明白的！」

「……散步？」路毅看了看手錶，又看了看天上那再次躲入厚厚雲層後的月亮，真心不知道該怎麼回答。

夏黃泉知道自己的藉口糟透了，問題是，她也不能說她是從三樓跳下來的時候摔成大餅臉啊，於是轉移了話題：「對了，你怎麼會在這裡？」

「今天輪到我在這裡執勤啊。」

接下來兩人聊了一會兒，因為路毅還要巡邏，注視夏黃泉的背影消失在大樓走道中，他就轉身離開了。在那之後，躲在陰暗處的女孩偷偷地冒出頭來，長長地吁了口氣，好險好險——所以，做人呢，還是要走正道！

隨便將臉上的血擦擦乾淨，夏黃泉再次走了出去，就在此時，她再次得到了指令。

【請攜帶好隨身物品。】

果然，剛才不是幻覺。

但問題是！她為什麼非要帶著商碧落那混蛋不可啊！她是出去做正事，能別帶寵物逛大街嗎？！

【請攜帶好隨身物品。】

「……」好吧，你贏了。

夏黃泉磨磨牙，毅然地轉身爬上樓，好在鑰匙就在衣服口袋裡，否則她真要把其他幾個人都吵醒了。跳

悄無聲息地溜進屋時，她驚愕地發現商碧落居然沒睡，沒閉眼也就算了，還……她毫不客氣地瞪了他一眼，壓低聲音說道：「是我，槍口挪遠點！」

「……」商碧落默默地放下手中的槍，對她舉著也沒用，他深切懷疑像這樣的鐵背大猩猩早已刀槍不入，但是，她剛才不是一股熱血地出去了？怎麼又突然跑了回來？反悔了？不，不像……

正猶疑間，女孩已經跑到床邊，伸手就將他提了起來，陰暗臉威脅道：「你是自己換衣服還是要我幫你換？」

商碧落微微皺眉：「妳……」

話音未落，夏黃泉已經動作俐落地將他的睡褲扒了，又順著肚皮把上身的睡衣一捋，商碧落只覺得手被迫一抬，再回神時，身上悲劇地只剩下一件最小型衣物了。

「喲，不錯，除了腹部，原來這裡也有肌肉啊。」夏黃泉拍拍他的胸口，將一旁的衣物往他頭上一丟，「給你一分鐘，不然我就再親自動手。」

簡直是忍無可忍……還得再忍！

商碧落一言不發換好衣服，而後就被對方一手拎了起來，就在這時，對面房間的蘇玨突然發出了一絲響聲，從未半夜做壞事的夏黃泉一緊張，直接將青年公主抱就從窗口跳了出去，才一離開窗台她就後悔了，怎麼就沒記取教訓呢？人間正道是滄桑啊！

好在這次運氣不錯，沒有臉著地。她有些慶幸又有些遺憾，因為剛才暗自在心中發誓——這次要再摔，就拿BOSS當肉墊。

❖

「妳要去哪裡？」被她一陣小跑地帶出了社區，商BOSS終於忍不住問道。

「不知道。」

夏黃泉的回答讓他相當無語，她只是揹著他漫無目的地在大街小巷中亂竄著，時不時停下腳步閉上雙眸，似乎在傾聽什麼聲音。雖然時間已經是晚上十點，但城市依舊不算冷清，即使是在這樣的世界，依舊有所謂的夜生活，或者說，正因為在這樣的世界，才更加需要夜生活。

但這座城市的人們，已經無法在醉生夢死中獲得發洩，轉而將這份怒氣灌注於拳頭再狠狠地砸向他人，一個接一個，形成了悲劇的連鎖。

「有了！」

女孩猛地睜開雙眸，聲音中是掩飾不住的興奮，她說了聲「抱好」就快速地奔跑了起來，越過一條又一條幽深的巷道，肉體碰撞發出的打鬥聲也清晰地傳進商碧落的耳中——鬥毆現場？她來這裡做什麼？

還來不及問，夏黃泉已經將他放到一旁的垃圾桶上，抓起腰間未出鞘的長刀就衝進亂局。雙方的角力因為她這個第三方的介入而徹底混亂了起來，好一會兒工夫，人們才反應過來，這個突然跑來、見人就毆的女孩很明顯不是任何一方的幫手，於是紛紛暫且停下了手，問道：「什麼人？」

「女人。」夏黃泉甩甩頭髮，果然沒有束髮是一個巨大的錯誤，打起架來容易遮眼。

「……妳是哪條道上混的？」

「正道。」

「妳有什麼目的？」

「目的？」夏黃泉笑了起來，這笑容轉瞬即逝，而後她的臉孔漸漸冷凝下來，「不許你們打架算不算？」

「蛤？」

女孩右手緩緩拔出鞘中的長刀，刀身平移，畫出一條圓滿的弧線後，穩穩地直指著對面的眾人，她說：「從今天起，W市禁止私下鬥毆，想打架，只能來找我。」

對面一個裸著上身的男子噴笑了出來：「小妞，妳腦子不清醒吧？需要我幫妳治治嗎？哥哥我晚上有空得很……」

話音未落，原本距離他幾公尺遠的夏黃泉不知何時已出現在他身邊，手中的刀柄狠狠地磕在他的脖項上，眾人只聽見咔嚓一聲輕響，原本囂張笑著的男子瞬間倒地，濺起了滿地的塵土，女孩毫不客氣地伸出腿踩在他的背脊上，碾了碾，冷笑道：「還有誰想給我治病？」

剩餘的人左右看了看，目光交流間，原本敵對的雙方達成了共識，盡數揮舞起手中的武器，朝女孩衝了過去。

自尋死路。

——這是此時唯一清閒的圍觀者商碧落做出的評斷。

身下的垃圾桶很髒很臭讓他很不愉快，好在眼前的戲並不難看，因為他終於知道女孩所謂的「解決城市危機」的方法究竟是什麼了，真是異想天開到了極致，然而，唯一能將其付諸實踐的人，也許只有她也說不定。

青年眼神沉了沉，在黑暗中注視著人群裡的女孩。

夜色淒迷，小巷凌亂，手舉著武器的壯漢與揮舞著長刀的少女，近在咫尺的慘叫聲、肉體碰撞倒地聲與時不時飛濺而出的鮮血，一切宛如是一場鮮活的電影。月光無聲地映照在女孩手中明亮的刀尖上，長刀每一次舞動都泛起一抹清冷的波光，那動作宛若呼應著某種奇妙的韻律，舉手投足間滿是古樸而純粹的美感，她不像是在打鬥，反倒像在舉行某種神祕的儀式，而其他人，不過是她殺意下的祭品，僅此而已。

很快，現場只餘下唯一一個站著的人。

毫無疑問，是夏黃泉。

她挽了個漂亮的刀花，反手將武士刀插回鞘中，就在此時，一隻手突然抓住了她的腳踝，掙扎著的男子怒吼道：「妳居然殺光了我的兄弟，我和妳拼了……啊！」

夏黃泉將捶暈對方的凶器掛回腰間，嘆了口氣：「殺什麼殺，我是用刀背砍的。」隨便拿瓶紅花油推個幾天就能恢復，別把她說得那麼凶殘好嗎？！

「真坑人……」夏黃泉嘟囔著仰起脖子，摸著牆走回商碧落身邊。

什麼？飛濺而出的鮮血是從哪裡來的？是她的鼻血打架的時候不小心飆出來了好嗎！

青年看著她不斷抹著鼻子滿是鮮血的手背，無語地別過眼，片刻後復又扭了回來，遞出了一條手帕。

「沒毒吧？」

「不要算了。」

「敢收回去我揍死你。」

「……」

在經歷了幾次空抓後，夏黃泉順利地接過手帕摀住鼻子，她長長吁了口氣，也不管垃圾桶髒不髒，一屁股就坐到商碧落身邊，青年只覺得脖子一癢，原來是她的長髮掛了上來，女孩喘息間，髮絲微微挪動，他的手指微顫，終究是沒有動作。

夏黃泉因情勢所迫被動地仰著頭，目光追隨著頭頂的月光，靜靜地看了一會兒，她突然伸出手戳了戳青年：「我現在才發現，今晚的月亮很漂亮。」也許是月色的緣故，她突然覺得身邊的人也沒那麼討厭了，起碼正常聊個天還是能做到的。

商碧落抬起頭，注視了片刻：「我不覺得和昨天的有什麼區別。」

「嘖，你這個陰暗的男人，在你眼中世界漂亮過嗎？」

「呵呵……」

「再敢這麼笑我就揍你。」當她不知道他心裡在罵人嗎？

「剛才揍了那麼多人還不夠？」商碧落扭頭注視女孩揚起的側臉，「還打算揍多少個？」

「你知道了？」夏黃泉並不驚訝這傢伙知道自己的想法，「怎麼樣？這辦法不錯吧。」

青年淡色的唇中卻吐出了非常傷她自尊的話：「蠢透了。」

「……喂！」

「從危機四伏的南方逃生，卻被扣留。不安，恐懼，憤怒，這些負面情緒充斥了大部分人的心靈，當心靈無法包容承受這種情緒的時候，人們就需要發洩，而最好的管道莫過於酒、性以及暴力，也正因為如此，這座城市的秩序變得混亂。」商碧落淡淡地說道，「妳卻阻止他們。」

「W市禁止私下鬥毆，想打架，只能來找我。」

不允許鬥毆，不允許向其他人發洩，想要鬥毆，目標只能是她——她是想以一個人的身軀承受整座城市的負面情緒嗎？

「妳是想成為所有人的敵人嗎？」

夏黃泉只覺得膝蓋中了一箭：「全民公敵什麼的……」不至於吧？這說法太可怕了。

「仇人的仇人就是盟友。」等到被她揍過的人愈來愈多，「隨著妳的舉動，原本敵對的人們反而會摒棄前嫌聚集起來，齊心協力以妳為敵，這就是妳的目的嗎？」

「咦？我居然有這麼厲害嗎？」夏黃泉大驚。

「……」商碧落也覺得膝蓋中了一箭，這種費盡全力的一拳打中棉花的感覺是怎麼回事？

「但是，按照你的說法，只要我繼續揍下去，城市反而會變好，是這個意思吧？」夏黃泉瞬間來了精神，她低下頭一把扯掉臉上的手帕，漆黑的右眼閃閃發亮，「那麼，W市的危機就算解決了，對吧？」

青年只覺得一陣胃疼，他深吸了口氣，問道：「妳最初到底是怎麼想的？」

「我嗎？」女孩歪了歪頭，思考著回答道，「我就想，他們不是愛打架嗎？我就把所有鬧事的都打趴下，這樣他們就沒辦法打了不是嗎？」

「……」商碧落扶額，真心不知道該說什麼好，這就是所謂的野獸直覺嗎？但是，憑藉本能擊出的直球卻陰差陽錯地成為解決現狀的最好方法，而這個方法，除了她，還真沒人可以用。

但是——

「你還沒回答我的話！」

「雖然可以解決，但也很危險。」

「我不怕。」夏黃泉從垃圾桶上跳下來，朝前跳了幾步後，回眸很驕傲地回答，「別小看人，我可是很強的！」她又不是蠢貨，打不過可以跑嘛，然後再偷偷跑回去打，就算躲在暗處射彈弓，依照她的力氣也能一彈幹掉一個……如果她不小心猥瑣了，那一定是言必行傳染的！

女孩說話間，漆黑長髮在夜風的拉扯中左右舞動，在皎潔月光的照射下，可以清楚地看到，她小巧的臉孔還沾染著些許殷紅的血跡，嘴角的笑意卻很純粹。

也許是因為月光，商碧落在這一瞬間只覺得心中微微一動，有什麼彷彿悄然發生了變化，還未等他仔細查明那究竟是什麼，女孩不知何時又躥回了他身邊，一手拎起他，嚴肅臉說道：「所以，我們暫時私奔吧！」

「……理由？」

「你不是說很危險嗎？接下來還要打很多場架，阿玨和言小哥消息太靈通，回去也許會被他們扣押，所以在成功拉到所有人的仇恨前，我們不回去。」

「其實妳一個人就完全可以。」實在沒有必要帶著他不是嗎？

「說些什麼呢。」夏黃泉直接將他丟到了背上，頭也不回地說，「人家可不能沒有你啊！」不然系統提示吵都吵死人了好嗎？！她可不想再重複一次臉朝下落地的經歷，真是太可怕了。

商碧落自然不知道她心中所想，只是微微凝眉，感受著又一股突然襲來的奇怪感覺，因為費解而倍感煩擾。

❖

且不論第二天清晨發現兩人「私奔」的蘇玨和言必行是什麼心態，接下來的日子，夏黃泉縱橫於W市的每個角落，不分時間，不分地點，如同隱藏於茂密草叢中的獵食猛獸，無法輕易看到牠的身影，卻又會在關鍵時刻撲出，給予獵物致命一擊。

給她帶來困擾的不是打鬥，反而是居住問題。

到達W市後，軍隊除了控制所有重要設施外，還對本地原有的店鋪、超市或倉庫中的物資進行了整理，對到來群眾的日常用品採取按需求分配。雖然夏黃泉和商碧落知道之後北地會送來物資，但一般民眾並不知道。這種時候雖然每天領取物資麻煩又拮据，但這種做法至少可以保證最起碼的公平，說來好笑，一方面人們厭惡軍隊，一方面卻又信任依賴他們。

關於居住的問題，好在這個城市不小，容納五百多萬人綽綽有餘。除去蘇玨等人居住的特殊保護區域，整座城市被劃分為不少分區，同一城市來的人居住在同一區域中，最大限度地降低紛爭的可能；至於房屋分配，則採電腦抽籤制，一切隨機。

原居民撤走後留在房屋中的物資，軍隊分毫未動，運氣好的能得到一座寶庫，運氣差的就抽到一間空屋。雖然也有人抱怨，但還是一句話，這樣做保證了最起碼的公平，說到底，拼人品而已。

因為屋多人少，分配結束後，主動去佔位置更好的空房也是可以的，但需要向軍隊報備，因為在最後一座橋樑斷絕前，南地還有源源不斷的人潮湧入，萬一分配時前後兩批人恰好撞上，軍隊毫無疑問會維護後來者的利益，當然，民眾私下的交易是允許的，但是出現糾紛或強搶之類的行為時，軍隊會出面干預。

費盡波折後，夏黃泉終於在一條深幽小巷中找到了某間廢棄旅館，大概是因為太過偏僻、房屋太過破舊、衛生條件又太差，本來分配到這裡的人大部分都費了些力氣搬走，反正城中又不是沒有空房。雖然有諸多不滿意，但好在夠隱蔽，畢竟她正竭盡全力地朝目標努力著——當她自己都記不清到底毆打了多少人後，早已成功地轉成傳說中的隱藏職業「全民公敵」。

但是！

從沒人告訴過她！

還有人會胡編亂造！

夏黃泉氣鼓鼓地將商碧落甩到旅館的床上，自己也一屁股坐下，狠狠將腰間的武士刀拍到身側：「狼狽雙煞是什麼啊？是什麼啊？！」

與她的激動相比，商碧落表現得很淡定：「如果我沒記錯的話，應該是妳的新外號。」

「……什麼叫我，是我們，我們好嗎？！我一個人能叫雙煞嗎？！」夏黃泉轉過身惡狠狠地瞪著青年，「而且那說法也太離譜了吧！什麼我身高八公尺全身是毛有二十幾塊胸肌，那還是人類嗎？」那明明是金剛好嗎？！她可不想為了心愛的人在世界最高樓的樓頂上打・飛・機！

商碧落慢條斯理地脫下身上的外套，一邊動作一邊回答道：「那恐怕是第一次被妳揍的人傳出的謠言。」

「啊？為什麼？」

「四十多個成年男子被一個人打敗，如果再說出那個人是一位身材纖細的女性，丟臉的是他們自己。」

「所以他們就傳出了這樣的謠言嗎？」夏黃泉把拳頭捏得嘎吱作響，「他們最好祈禱別再碰上我！」

青年搖了搖頭：「未必如此，謠言總在流傳的過程中不斷擴大失真，也許最初他們只說對方是位身材健碩的男性，但之後被妳打過的人同樣不想丟人，於是真相經過無數張嘴的加工，自然而然就變成了現在這樣。」

夏黃泉摸下巴，點了點頭：「怪不得你也變成了賊眉鼠眼尖嘴猴腮禿頭八字鬍的猥瑣男，真是太正常了。」

「……」禿頭什麼的明明是她剛才加上去的吧？就她這樣，還有資格生別人的氣？！

「而且雙煞什麼的也太難聽了，至少來個雙俠吧！」

「不，我並不覺得有好聽多少。」商碧落說了句實話。

「閉嘴！」

青年鎮定地瞥了眼磨牙的女孩，開口說道：「但是，流言至少有一點是正確的。」

「哎？是什麼？」

「狼狽。」

「……」夏黃泉抽了抽眼角，「這壓根兒不是什麼好詞吧？雖然你用很適合，但我用怎麼都不對吧？」她覺得自己從裡到外都是個大好人，狼狽為奸什麼的怎麼可以用在她身上！

商碧落靜靜地看了她一眼，眼神中沒有露出多少鄙視的意味，因為被察覺了會被揍，他解釋道：「狼是現實存在的凶殘動物，而狽則是傳說中的一種大腦非常聰明的動物，長相似狼，然而前腿短後腿長，所以自己不能行走，只能趴在狼的身後藉助狼來行動。」

「……」還有這樣的說法嗎？

「狽無法單獨行動，所以牠負責給狼出謀劃策，也就是說，狼讓狽當牠的軍師，而狽則靠吃狼獵來的食物生存，也因此世上有了狼狽為奸的說法。」商碧落說到這裡，話音頓住，目光掃過自己的腿，眸色微沉，抬頭時眼中卻再尋不到一絲痕跡，「不覺得和我們很像嗎？」

「哪裡像了？」夏黃泉下意識反問道，「我這麼善良哪裡像狼了？」

「……」

「而且你怎麼可能是狽！」她抱胸鄙視臉看向青年，「你都說了牠大腦非常聰明，狼都要聽牠的，你這麼蠢怎麼可能是牠，而且我才不會聽你的，一看就沒好心！」

聽完這話，從來很淡定的商碧落真心不知道是該無語還是該欣慰抑或是任由其他情緒充斥心懷。

就在此時，女孩突然湊了過來，認真臉問道：「接下來我們該怎麼做？」

「……」不是說不會聽他的嗎？現在這是在做什麼？

商碧落深吸了口氣，抑制住某種強烈但很容易導致自身悲劇的衝動，盡量淡定地說道：「既然他們想要面子，那麼我們就將這層面子剝去。」

「具體怎麼做？」

青年沉默片刻後，嘴角驀地勾起一抹笑容：「真走出這一步，就再沒有回頭的機會了，不需要再考慮嗎？」

「別笑了！」夏黃泉皺眉搓了搓手臂，「害我起了一身的雞皮疙瘩。」她接著說，「開弓沒有回頭箭，我既然下了決定，就絕對不會半途而廢。」

商碧落從這斬釘截鐵的話中感受到了女孩的決心，微微頷首：「既然如此，那麼……」

說話間，他從口袋拿出了一支手機，其實用的最順手的還是他的筆電，可惜的是，倉促地被某人直接抱著離開，所以只能用替代品了。

夏黃泉大驚：「梨子8！你從哪裡弄到的？」

「前幾天，從別人的口袋。」

「喂！」夏黃泉怒道，「你趁火打劫？」

商碧落正準備回話，只聽得對方再次說道：「怎麼不幫我也摸一支？」

「……」

夏黃泉說完才反應過來，她扭頭輕咳了一聲：「我開玩笑的！」不不不，現在的問題不是這個，她轉過頭一臉正經地問道，「又沒辦法打電話，你弄手機幹什麼？」

因為這座城市的人們是主動撤走，所以各項設施保留得相對完整，依舊可以接聽廣播和看電視，然而卻不能打電話和上網，對外公佈的理由是通信故障，但誰都明白，這是為了防止流言向北地擴散引起民眾恐慌，簡單來說，這座城市困住的不僅是人，還有消息。

「上網。」

「可以上網了？」夏黃泉驚訝地問道，「什麼時候的事情？」

「今天凌晨，W市的居民可以聯網，但只能在官方認可的論壇與北地居民進行交流，且所有訊息發出前會被軍隊的程式過濾一遍。」

北地雖然依舊可以打電話或者上網，但國家也進行了管制，落實在網路上，即──除官方認可論壇外，不許在其他任何論壇、部落格、討論區等等，私下討論與喪屍危機有關的消息。如果是從前，有些人還可以用代理伺服器，但現在外國因為沒炎黃國這麼優良的地勢，早就亂成了一團，哪還有空管網路伺服器。

不管是北地還是W市的居民，都可以使用虛擬用戶名登錄官網，但註冊全部採取實名制，這也是要求人們要謹慎發言，腦子一頭熱地想要隨便散佈混淆視聽危言聳聽的消息，不僅發出的內容會被程式過濾阻攔，本人也隨時可能被送快遞查水表，一個不好還有爆破的危險。

要命還是要嘴賤，自己選一個吧！

「你消息還真靈通。」對此夏黃泉不意外，她好奇心爆棚地湊到商碧落身邊一看，發現這混蛋居然在發文，她瞇了瞇眼，一字一字地讀起了帖子的名字，「W市挑戰實錄，手下敗將持續更新中。蛤？！」還實錄，還持續更新，這傢伙還能更不靠譜點嗎？

事實證明，他還真能！

只見商碧落唰唰唰地快速貼了一大堆圖片上去，夏黃泉定神一看，主角居然都是她，而且拍得神勇無比，有她一拳頭砸飛人的，有她一腳踹飛人的，有她站在一堆倒地壯漢中背手望月的，總之，每一張照片在她光輝無比的同時都充斥了各種砲灰，最淒慘的那個小哥，在橫飛之際，鼻血倒流三千尺，扭曲的臉孔淒慘中又夾雜著些許哀怨，哀怨中又夾雜著些許痛苦，痛苦中又夾雜著些許解脫，解脫中又……總之，影帝般的神表情！

——這都能抓拍下來，這傢伙簡直冠希哥再世啊！

似乎還嫌這樣不夠讓人痛恨，商BOSS在最末又加上了一行大字：

——是男人就別光耍嘴皮子，不服來戰！

「我勒……你真是太能拉仇恨了。」夏黃泉喃喃自語，這帖子一發出去，蒼天啊……隨即她察覺到了一絲不對，「等等！為什麼只有我的照片，怎麼沒有你？！」只有她一個人揹黑鍋是不是過分了點？明明是雙煞，不對，雙俠啊！

話音剛落，卻見商碧落一臉無辜地看著她：「我在拍照。」

「也是哦。」夏黃泉點頭，隨即回答道，「好，待會兒我再出去揍上一波，然後把他們堆起來，你可以坐在他們身上，我幫你拍照。」說話的同時，她一把搶過青年手中的手機扔到一旁，將他的兩隻手擺成剪刀手的造型，一隻擋在眼睛上，一隻放在耳邊，連連點頭，「不錯不錯，這個造型就很犀利！就決定是這個了！」

「……」她絕對是故意的！

Ch.21 原來是動心

仗著力氣大的女孩又抓著商碧落的手擺弄了一些造型後，看對方頭上爆出的青筋，滿意地笑了——你不服氣來打我呀打我呀——不得不說，她對「全民公敵」這個角色真心太入戲了，拉仇恨的功力長得很快！

等她鬆開手，商碧落還沒來得及鬆口氣，就見對方突然舉起手機：「來，我們先預習！」

「……我拒……」

他一句話尚未說完，就看到夏黃泉突然瞪大了眼，口中發出了嘎嘰嘎嘰的磨牙聲，低吼出聲：「商碧落！這是怎麼回事？！」

「什麼？」哪怕挨揍在即，商BOSS至少臉上的表情還是很淡定的。

「發帖署名！」夏黃泉舉起手機拼命地戳著這混蛋用來發帖的名字——月夜雌獅，「這三俗無比毀三觀到了極致的名字是怎麼回事啊？！」帖子是用第一人稱發的好嗎？所以這成為了她的代號！

被抓包的BOSS鎮定無比地回答：「妳第一次動手是在一個月夜。」

「沒錯。」夏黃泉擠出一個微笑，點了點頭，而後猛地伸出拳頭，狠狠地將對方砸翻在床上，翻身騎上去就拎住他的衣領怒吼，「重點在後兩個字好嗎？別以為腦子稍微靈光點就可以轉換話題？！雌獅是什麼？是什麼？！」

青年因為被提著衣領來回晃動的關係，白皙的臉孔泛起淡淡的紅暈，說出的話倒是毫不畏死：「妳不覺得比狼要好聽嗎？」

夏黃泉手中的動作一頓：「好像是哦……不對！問題在於你為什麼說我是獅子啊！」

「河東獅吼。」

「蛤！！！」這混蛋是在找死嗎？！夏黃泉啪地一下鬆開他的衣領，眼眸瞇起，身上散發出陣陣寒氣，「你這……」

「咚咚咚！」

一陣突如其來的敲牆聲打斷了一切。

隔壁有人？夏黃泉警醒起來，剛才光顧著做別的，一時間沒有靜下心聽周圍的動靜，她決定將這個教訓記下，就在此時，對方再次敲起了牆，而後一個男聲說道：「敲牆的意思是讓你們小聲點，你們不用停下來，完全可以繼續的！」

繼續……繼續什麼？

夏黃泉疑惑地眨了眨眼眸，低下頭看向被自己騎著的青年，只見對方微微一怔，突然露出了某種詭異的神色，有了然也有尷尬，她頓時更加疑惑了……伸出手戳戳他的胸口，小聲問道：「那男人什麼意思？」一戳之下，居然發現對方的身體有些僵硬。

——這到底是怎麼了？

她正準備再次詢問，突然聽到了一陣奇怪的聲音，她歪了歪頭，閉上眼仔細地傾聽著——最初是女人的笑，而後是嘖嘖的水聲，然後是衣物摩擦的聲音，接著有人倒下，最後……

「嗯……啊……」

「！！！」夏黃泉猛地睜開眼眸，幾乎吐出一口血，所以，這一男一女來這裡是為了打野戰嗎？要不要這麼有閒情有創意？！

她騎著的這混蛋早就猜到了嗎？還裝高深不肯說，被鬱悶到的夏黃泉伸出手狠狠地敲了下身下青年的腦袋：「色鬼！鄙視你！」

「……」有時候，商碧落覺得自己還是不要這麼聰明比較好。

看情況，旅館的格局應該是某兩間相靠的房間床頭對床頭，所以夏黃泉可以很清楚地聽到隔壁的聲音愈來愈肆無忌憚，她不滿地舉起刀敲起牆壁：「小聲點！」

隔壁兩位聲音暫時停頓了片刻後，突然更加亢奮地咿咿呀呀起來。

「……太賤了！」夏黃泉狠狠地唾棄對方，翻身下馬，事到如今她也沒心情毆打BOSS了，她一臉陰暗地看向他，「為了感謝我的大恩大德，幫我出個主意讓他們安靜下來！」

商碧落眼眸中閃過一絲無奈：「妳確定？」

「當然！」夏黃泉的語調很肯定，態度很絕情，「我給你十秒鐘，不告訴我答案，我就去敲門說你想3P！」

青年不忍直視地閉了閉眼眸，臉上不自覺地露出了某種類似妥協的表情。

也許是因為對方距離太近而作賊心虛的緣故，女孩下意識就低下頭去，將耳朵湊到了對方嘴邊，悄聲問道：「是什麼？」

商碧落微微一怔，女孩的動作帶起了一絲微風，鬢角髮絲被拂動間，落在了他的鼻尖，有些發癢，他不自覺地吸了口氣，嗅到了一股淡淡的馨香，目光瞬間落到她小巧的耳朵上，耳廓的形狀很漂亮，自內而外透著淡淡的粉色，像它的主人一樣，盡情展露著令人羨慕的健康活力。

「喂！怎麼不說話？」

一聲不滿的抱怨將青年從短暫的愣怔中拉回來，他皺起眉，對於方才不受自己控制的行為有些不滿，但現在顯然不是糾結這些的時候，他斂去思緒，淡淡地說出了一句話：「……」

「你確定？」夏黃泉抬起頭坐直身體，完全沒注意到自己這麼做之後青年露出的異樣神色。

不過還是決定試試再說。

於是她深吸了口氣，突然雙手摀住耳朵，張開口「啊！！！」地尖叫出聲。

她這麼一做，還真有幾分河東獅吼的風範。

效果也是立竿見影。

才一放下手，她就聽到隔壁的男子高聲咒罵出聲，而後說了些什麼，接下來是一聲清脆的巴掌聲，響得夏黃泉都覺得自己的臉有點疼。

「你這個中看不中用的男人，誰還願意和你試試，給老娘滾！」

「噗！」夏黃泉摀住嘴，肩膀一聳一聳地笑了一會兒後，她終於意識到此刻並不是做這種事的時候，於是毅然下了床；與此同時，商碧落也重新穿好外套，她一把拎起他就放到背上，在隔壁男子來找麻煩前轉身從窗戶跳出了旅館，一邊跳還一邊忍不住鄙視商BOSS，「你真是壞到家了！」

「……」妳以為這都是因為誰啊？

青年沒有開口反駁，只是微垂下眼眸，靜靜地思考起來。

與此同時，發在論壇上的帖子，以肉眼可見的速度火了起來。

對於南地人來說，能夠上網與W市以外的人交流，哪怕僅僅只能登錄論壇，也無疑是一件值得欣喜的事情，所以從凌晨解禁起，各類帖子層出不窮，有內容很無聊的，比如——

（灌水）我胡漢三又回來了哈哈哈！
（八卦）北地的朋友們，大家好啊，快來膜拜大爺光輝的姿態！

當然，大多數人有更重要的事情要做——官方論壇分區不少，努力從各方面滿足人們的需要，比如官方公告啊尋親啊聊天灌水區啊等等……不少親人在尋親版找到了彼此，以私訊的方式順利地交流起來，當然，內容還是需要被監控的。聊到開心處，大家也跑到交流區去灌灌水，抒發內心的喜悅。

而W市居民的大批登錄也成功地吸引了所有北地居民的注意，或者說，他們根本被洗版了，因為有關病毒的消息很容易被程式過濾，不好交流，略感失望的人們很快將目光放到了另一個關於W市的消息上——那就是，城市中出現了兩個惡棍，一個身高八公尺全身是毛有二十幾塊胸肌，另一個則是賊眉鼠眼尖嘴猴腮八字鬍相當猥瑣。

他們潛伏在寂靜夜晚的每條大街小巷，趁人不備便衝出去毆打無辜市民，已經有不少人深受其害，為了表達自己的憤慨，這些人為他們取了個外號，叫做——狼狽雙煞！

並且號召全市人民，見他們一次揍他們一次。

當然，也有不少人對這個傳言不太相信，因為——現實中真的能找到長相那麼畸形的傢伙嗎？這不逗大爺玩嗎！但不少南方居民言之鑿鑿，甚至發出自己受傷的照片，再加上八卦黨的起哄，真相一時間撲朔迷離了起來。

就在此時，商碧落發出的這個帖子，簡直是黑夜中的一盞明燈，不僅有圖有真相，還瞬間將不少人的臉打得啪啪作響。

這一點，看帖子下的留言就知道：

１樓：不是說打人的是女金剛嗎？這個獨眼龍萌妹子是怎麼回事？
２樓：目測要火！
３樓：火速搬板凳坐下，瓜子、礦泉水，有沒有人要啊？
４樓：炒作？
５樓：１樓，我覺得Ｗ市的人應該沒這麼無聊。
６樓：１樓＋１！
……
１１樓：妹子霸氣威武！不服來戰什麼的，哥已經拜倒在妳的長筒靴下了，求踩！
１２樓：１樓是Ｍ，鑒定完畢。不過，妹子真心霸氣，不愧雌獅之名，頂！！！
……
４０樓：居然連一個女人都打不過，Ｗ市的男人還算男人嗎？
４１樓：贊同４１樓，一群孬種！還有臉來論壇上唧唧歪歪，簡直丟男人的臉！
……
７０樓：４０樓、４１樓注意態度，女人怎麼了？你們不也是女人生的？
……
１３０樓：７０樓女人就老老實實回家帶孩子，囉嗦些什麼呢？！
１３１樓：想死是不是？有種爆真名、地址，出來單挑！看姐不砍死你！！！
……
１５０樓：挑就挑，ｗｈｏ怕ｗｈｏ啊！
……
１８８樓：你們都歪樓了，現在的重點是真相，真相究竟是什麼？！

……

到這裡，樓總算暫時被歪了回來，下面一片「銅球」（同求），各種求真相，甚至有人去之前那些罵「狼狽雙煞」的帖子裡求，卻沒有得到任何回應。這是很正常的，商碧落發的就是真相，那些胡扯的人能說什麼？

不管怎樣，整座W市被毆的人們，臉都被打腫了，或者說，整座W市的男人甚至軍隊都躺槍了。

短短一小時的工夫，這帖子回覆就多到讓人翻頁翻到手軟，一條條訊息刷得比驗鈔機點錢都快，直讓人眼花繚亂，總之，炎黃人強大的樂觀性和圍觀性在這裡得到了充分的展現。

論壇管理人員自然注意到這件事，也向上級報告了，但上面顯然很滿意有這帖子將民眾的目光從病毒問題暫時移開，於是這帖子就這麼一路火下去，期間也曾歪樓無數次，但又無數次地被挽救了回來，時不時還有些神進展，弄出不少感人肺腑的恩怨情仇，比如某位仁兄用「獨眼霸氣妹子求嫁」的求婚帖子洗版結果被禁言，再比如那位求踩的兄弟在隔壁散佈SM迷片種子結果被查水表什麼的，再再比如之前吵架的那對男女發現自己居然是情侶於是果斷地分了什麼的……

當然，最歡樂的肯定是事不關己的北地人，而W市，一部分人歡樂著，一部分人苦惱著，更多人……主動扛起了刀槍棍棒到處尋找那對讓他們臉面丟盡的狗・男・女——在自己城市作威作福也就算了，居然還他媽的敢去論壇爆照，崇拜冠希哥上癮了是不是？！

還有極少數人，真心地覺得頭疼，比如說蘇玨和言必行。

雖然這些天他們早猜到夏黃泉和商碧落在做什麼，並且一直透過官方和私下管道尋找他們，卻沒想到這兩人的膽子居然會這麼肥，簡直是要紅遍全炎黃國啊！

蘇玨是在軍方監控的電腦中發現這件事的，看到照片的第一眼，他當場就把手中的杯子給打翻了，身體搖搖欲墜，整個人都不好了，還是身旁的許安陽扶了他一把，被私下拜託尋找夏黃泉的他，此刻對蘇玨充滿了深深的同情——帶著這麼能惹事的妹子，真心是太可憐了。

如果說這位是單純的擔憂，言小哥就是傳說中的痛並快樂著：一方面，他覺得妹子和阿商的行為很是霸氣側漏，另一方面，他對自己被這倆有異性沒人性的混蛋排除在外表現出強烈的憤慨，在這種情緒的支配下，他果斷出手了——

只見他先下載了一張夏黃泉的圖片，而後快速地調出電腦中的修圖軟體，再將女孩的腦袋和某隻大猩猩的身體榮耀合體！

「完美！簡直是神一般的作品！」

於是，搖著頭深深為自己的藝術感嘆的青年心滿意足地將這張名為「女金剛本體」的圖片發到了論壇上，而後端起一旁的茶杯抿了一口，心中很滿足……很快樂……很幸福……打擊報復什麼的，損人不利己什麼的，最棒了！

❖

做完一切後，言必行看了看時間，晃悠晃悠地繫上圍裙去廚房做飯，不滿歸不滿，平心而論，他雖然很相信夏黃泉的武力和阿商的腦子，但還是會有點擔心，真的只有一點點！

那兩混蛋真是坑人細無聲，蘇玨還好，來回都有軍方護送，他一個人這段時間八成是不能隨便出門了，否則隨時有被套麻袋毆打完再拍裸照發論壇的可能，為了自己那寶貴的貞操，他決定縮起脖子做人，一切低調。

忙碌了約半小時後，言必行剛將鍋中的菜倒入盤中，耳尖突然顫了顫，頭也不回地喊道：「給你們十五分鐘洗澡，逾時不候啊！」

「……」才剛小心翼翼打開門的夏黃泉頓住腳步，回來是商碧落的提議，直覺告訴她對方說的沒錯，而且內心深處她是很想回來的，雖然這裡並不是她真正的家。

十五分鐘後，夏黃泉準時來到了飯桌前，而商碧落已經坐在老位置上了，言必行將兩碗飯放到兩人面前，大手一揮：「吃吧！」

言必行這混蛋看似大大咧咧，手藝倒真不錯，堪稱四人之最。每逢他做飯，所有人都很幸福；每逢蘇玨做飯，所有人都很痛苦，不知道是出於什麼原理，除了與雞蛋相關的飲食，其他的他一概做不好；夏黃泉手藝平平，雖然沒什麼亮點但至少吃不死人；至於商碧落……壓根兒搆不到灶台的他常任洗碗大將軍一職，感謝屋主將一個洗碗槽建得比較低，讓BOSS君之前每天都能體會幾次刷碗的快感。

此時此刻，夏黃泉注視著桌上冒著熱氣的香噴噴的飯菜，心中感動得淚流滿面，雖然她根本不需要吃東西，但至少可以滿足一下舌頭，況且經過這些天的勞累，她的精力的確耗損不少，靠吃東西剛好可以補回，但……問題是……

「筷子呢？」

言必行冷笑了一聲：「狼狽雙煞本事那麼大，吃飯要什麼筷子呢？」

「……這有相關性嗎？」心虛的夏黃泉小心翼翼地反問。

「沒有嗎？」

「有嗎？」

「沒有嗎？」

「有嗎？」

「沒有嗎？」

「有……夠了啊！」夏黃泉剛想拍桌，手卻在空中頓住，默默地縮了回來，「好吧，好吧，我知道錯了。」

交鋒以來第一次佔據強勢地位的言必行在心中默默地豎起剪刀手，臉上卻依舊維持著酷哥狀態，繼續冷笑：「哪錯了？」

「出門該留張紙條？」

「……」重點是這個嗎？言必行忍無可忍地吼道，「這麼有意思的事情妳為什麼不找我？為什麼為什麼為什麼？」

夏黃泉伸手攔住對方愈靠愈近的頭：「大哥，很危險的！而且你的台詞好雷人……」跟電視劇男主似的，害她起了一身雞皮疙瘩。況且，她是出去打架又不是旅遊，本來連商碧落都沒想帶的，奈何……

「妳難道不覺得野狼三煞這個稱呼要更好聽嗎？」

「……完・全・不・覺・得！」黃泉妹子深切地覺得，言小哥的品味真是死得早，但她不能說這話打擊人啊，雖然出門前她是因為沒料到自己會出去那麼多天才沒留紙條，但畢竟讓蘇珏和言小哥擔心了，這事情說到底她真的有錯，所以她認罪態度非常良好，「下次我保證帶上你，成嗎？」

「真的？」言必行瞇起眼眸，不信任地反問。

「真的，如果我撒謊，就讓他一輩子吃飯沒筷子！」夏黃泉手指商碧落，真誠地發誓。

「……」言必行嘆了口氣，默默地從圍裙口袋拿出一雙筷子遞到商BOSS手中，「你辛苦了。」

商碧落接過筷子，淡定地回答道：「習慣就好。」

而後，兩人開始了一段男人間的眼神交流，內容只可意會不可言傳，所以夏黃泉完全沒明白，只是伸手從言小哥的口袋拿出了另一雙筷子，幸福地補起了精力——吃東西等於補充精力這個設定是很厚道的，萬一和某個喪屍遊戲一樣，ＯＯ××才可以補充，那是真坑人了。

「快點吃，多吃點。」

夏黃泉咬住筷子，眨了眨眼睛：「待會兒有什麼事嗎？」

言必行挾了一筷子雞蛋到她碗裡：「待會兒蘇小哥回來，妳以為自己還有機會吃飯？」

夏黃泉情不自禁地想起了之前那三個小時的地獄說教，痛不欲生地舉起了手，「我現在走來得及嗎？」話音未落，她突然感覺背後一陣冷風襲來，伴隨著噠噠噠的腳步聲。

言必行沉默片刻後，嘴角突然露出一個幸災樂禍的笑，伸出手賊賤賊賤地指了指她後面：「真遺憾，來不及了。」

「……其實，我也這麼覺得。」

就這樣，苦逼的夏黃泉再次被蘇玨小哥提溜走，心中知曉自己恐怕要被迫再接受一場教育教育再教育，罵又不能罵，打又打不得，摀住耳朵只能增加刑罰的長度——她的命真的好苦TAT。

當她被抓走時，言必行快活地笑出了聲：「看她那小臉白的，被嚇慘了！」

商碧落沒有理會他的話，只微微瞇眼，眼神落在蘇玨拎住女孩耳朵的那隻手上，覺得礙眼得厲害，耳邊突然傳來一句話：「成功再上一壘了？」

「什麼？」

面對商BOSS疑惑的目光，言必行笑得猥瑣之氣外露，他勾起小拇指比劃了下：「和我裝個什麼勁啊，真不夠意思。」

「……」商碧落頓了頓，開口問道，「為什麼你會這麼覺得？」

「眼神啊眼神。」言小哥從菸盒中掏出一支菸叼在嘴裡，點燃後深吸了一口，緩緩吐出一個漂亮的菸圈，才答道，「比起之前，佔有慾要強烈多了，是不是覺得別人摸你女人很礙眼？是不是特別想剁掉蘇小哥的手？所以，我非常有理由推測——你和妹子有了更加親密的進展。」說到這裡，他左右張望了下，悄悄湊過頭去，「沒想到你們之前居然是清白的，我還以為……嘿嘿嘿嘿嘿！」

青年沉默片刻後，嘴角緩緩勾起一抹笑容：「原來如此。」

言必行被嚇得縮回頭搓手臂，幾大口吸完口中的菸安靜地吃起了飯，別小看男人，男人也有直覺，嗯，他的直覺告訴自己，這種時候還是安靜點比較好。

商碧落只覺得一切豁然開朗，之前所有的反常在這一瞬間得到了答案——他動心了。不可否認，他對此有些驚訝，但也僅此而已。

根據定義，愛情是人與人之間強烈的依戀、親近、嚮往，以及無私專一並且無所不盡其心的情感。聽起來很美好動人，但如果就生理分析，愛情其實就是因為相關的人和事物促使腦裡產生大量多巴胺導致的結果，這種毫無存在必要的分泌物使得人們渴望與對方接觸、持續與對方交往並追求更密切的關係。

然而，這種因自身化學反應而採取的行為，一般只能持續一兩年，最多三四年。

商碧落修長的手指輕敲著輪椅的扶手，仔細剖析一切後，他認為有這樣的結果也不奇怪——來到這個陌生的世界，他所見到的第一個人是她；他唯一可以正常接觸的女性是她；

到現在為止和他相處時間最多的人，依然是她；一直以來雖然不太心甘情願但依舊保護他安全的人，仍然是她。實驗證明，危險環境下，男女因為朝不保夕的不安定感而萌發感情，甚至發生性關係並不是什麼偶然現象，不過是人體應對危機後的本能反應而已。

所以他會產生「動心」這種情緒，實在是太正常不過了，無須緊張也不必驚慌。

唯一需要在意的是，接下來該如何做——他不能任由也不能允許這種會很有大程度影響理智的情緒再繼續發展下去。

那麼，最好的辦法唯有……

❖

夏黃泉並不知道自己被「暗戀」了，或者說，就算知道她也不會相信，第一反應八成是「商碧落那混蛋又有什麼陰謀！」，當然現在處於水深火熱中的她，並無暇顧及這些事，蘇玨每當這時戰鬥力簡直爆表，讓人感慨不愧是搞研究的，說教起來一套一套，至少夏黃泉拿他毫無辦法，只能老老實實地聽教誨。

說教了大概四個小時後，蘇玨注視著雙眼有些呆滯的女孩，嘆了口氣，伸出手放在她的腦袋上揉了揉：「黃泉，別再做這種危險的事情了，我真的很擔心妳。」

「……」

「什麼？」

「我……」夏黃泉猶豫了片刻後，還是決定實話實說，「抱歉，我不能保證。」實話雖然傷人，但她覺得這種事說謊才更加不對。而後，她補救般地說道，「我有我必須要做的事情，但我保證，之後如果再做，會告訴你。」說罷，她抬起頭小心翼翼地看著蘇玨，相處的時間愈長，受記憶的影響也就愈明顯，「記憶」中的小時候，每當她做錯事，總愛這樣做，而蘇玨就一定會心軟妥協。

蘇玨沉默了片刻後，驀然收回放在她腦袋上的手：「黃泉，妳太狡猾了，從小到大都用這一招。」

「咳，招不在多，有用就行。」

「……」青年嘆了口氣，少年般的臉孔露出了無奈的神色，「好吧，妳又贏了。」

還沒等夏黃泉鬆口氣，他又說：「但是，記住妳的保證，否則我會考慮採取強制手段，我答應過叔叔阿姨會好好照顧妳，所以不管妳做什麼，在我心裡，安全都是第一位的。」

叔叔阿姨……

現在的夏黃泉不需要翻尋記憶也知道這是記憶中她的「父母」，雖然為了避免麻煩系統設定成早已領便當（死亡），她知道是假的，但蘇玨並不知道，心虛感再次湧上心頭，所以她老實地點頭：「好。」

「那麼，就這麼約定了。」蘇玨終於露出了她回來後的第一個笑容，伸出雙手給了女孩一個溫暖的擁抱，「我還沒說，恭喜我們的雌獅大人安全回家。」

「……你能不說那個詭異的稱呼嗎？！」

「那不是妳……」

就在此時，門突然開了。

夏黃泉下意識回頭，只見保持著推門姿勢的言必行，臉色詭異、很詭異、非常詭異，他默默地後退了兩步，回頭滿是同情地看了看某人，又回頭用一種看「女壯士」的目光注視著夏黃泉：「抱歉，我推錯門了。」

「……」請不要說出那種一看就很假的理由好嗎？！

Ch.22 後宮多了也煩人

夏黃泉眼中的鄙視太過明顯，言必行輕咳了聲，努力讓自己一本正經地說道：「其實，我就是想來通知蘇小哥，該去做晚飯了。」

「……不是才吃了午飯嗎？」

言必行抬起手看了看錶：「如果我沒記錯的話，那是四個多小時前。」

「……」所以阿玨你到底是有多能說？！

「我知道了。」蘇玨笑著點了點頭，「為了慶祝黃泉回來，晚上我……」

「算我求你，除了煎雞蛋煮雞蛋外，別的就算了！」言必行懇切地說道，「特殊時期，浪費可恥。」

「……」蘇玨的微笑僵在臉上，深知自己水準的他倒沒生氣，就是在考慮今天是不是再豁出性命嘗試一次——做個飯都要賭命真的沒問題嗎？

「沒事，我會幫你的。」言必行抓緊機會走進房裡，一把攬住蘇小哥的肩膀，將他連哄帶騙地拐走了，臨走前，他機靈地朝商碧落擠了擠眼，用口形說，「兄弟，不用謝！」

「真是……」夏黃泉嘆了口氣，走出門十分自然地推著商碧落的輪椅，往臥室的方向走去，「就算是實話也不能那麼明白地說出口啊。」

商碧落沒有開口，好在夏黃泉也沒想從他這裡得到回答，現在，她的關注點完全在那個帖子上，迫不及待地想知道進展。

直接將輪椅推到床邊，夏黃泉低頭問道：「筆電，你放哪裡了？」

「內側。」

「哦。」女孩聽完立刻踢掉拖鞋往大床上爬。中午洗完澡後，夏黃泉沒有穿襪子，好在她現在的體質媲美大猩猩，就算光著腳也不覺得冷，動作間，她一雙小巧的腳丫子展露在青年的面前，腳弓彎彎，十根腳指頭圓潤小巧，腳跟因為長期行走有薄薄的繭，卻更襯得腳心顏色粉嫩嫩。

瞬間，商碧落心念微動，在他反應過來前，手指已經悄然伸到女孩的腳旁，而後他猛然醒轉，連忙縮回了手，動作間卻不小心擦過了她的腳心。

「噗！哈哈……」夏黃泉幾乎是整個人軟趴了下去，當即就地一滾哈哈大笑了起來，翻動間，她上身的睡衣微微捲起，露出了一小截白花花的軟肚皮，看上去觸感極佳，片刻後，她勉強止住笑意，眼睛卻怒瞪向青年，「你這個……」

被自己的行為和女孩的反應驚到的商碧落，下意識地歪過頭接住毫不客氣踹過來的那隻腳，表情古怪地問道：「妳怕癢？」雖然怕癢很正常，但這特質在她身上……總覺得有強烈的違和感。

「誰怕癢啊！」死鴨子嘴硬說的就是她，「快鬆開，不然我揍死你信不信？！」

不對，要是平時她早就動手了，商碧落微挑起眉，反問道：「真的不怕？」

「那、那當然！」

「……」明顯是非常怕吧？這讓他哭笑不得，找了這麼久她的弱點，結果居然是這樣暴露在他眼前的？

每個人怕癢的部位不同，比如胳肢窩啊腰啊腳底啊，夏黃泉只有腳底是弱點，但彷彿其他部位的敏感度都轉移了過來，一旦被撓，她的反應是正常人的五六倍……分外悲催，好在沒人會無聊到大白天脫掉她的鞋子撓她腳底板，所以除了閨蜜好友，沒多少人知道這件事，結果竟然陰差陽錯地被商碧落發現了。

夏黃泉對此表示——相・當・憤・怒。

問題是，現在腳丫子還被對方抓著，只要他一撓，她幾乎是立刻喪失戰鬥力地任人宰割！等他鬆開就死定了！

猜到了她心中所想，青年淡定地說：「鬆開可以，但妳不可以事後報復。」

「……」夏黃泉沉默片刻後，咬牙道，「行，我保證不・動・手！」

「動腳也不行。」

「……好！」

難得在交鋒中獲得勝利的商碧落勾了勾嘴角，鬆開了手，掌心中滑膩如絲綢的觸感轉瞬即逝，他心中驀然升起一絲遺憾，又立刻被理智強行壓下。趁著青年短暫的晃神，夏黃泉果斷縮起腳丫子彈跳起身，整個人穩穩地站在了床上，也只有這種雙足踏實的姿勢才讓她有安全感，然而，此仇不報非君子！

她捏了捏拳頭，俯下身一把拎起商碧落的衣領：「既然你這麼想找死，我就成全你！」

「等等。」

「還有什麼遺言嗎？」

「妳忘記自己的承諾了嗎？」

「當然沒忘記。」夏黃泉微笑著鬆開手，緩緩說道：「但是，我可沒答應過……」

「不用頭！」

頭槌攻擊！

頭槌連擊！！

頭槌無限連擊！！！

——據說蠢貨不僅不會感冒，而且因為大腦比較少、骨頭比較多，腦袋特別硬。

所以，商碧落再次悲劇了。

終於洩慾，不對，是洩憤完畢的夏黃泉由衷感慨——不作死就不會死，怎麼有人總不明白呢？雖然她對此表示非常愉悅。

頭暈目眩地趴在床上的商碧落則再次確定了一件事，多巴胺的效果極為明顯，已經嚴重地影響到他的反應和判斷，沒有它就不會有剛才那件事，最為可怕的是，就算被揍了一頓，他內心的憤怒感情比起從前居然減輕了不少，他察覺到了濃濃的危機。

繼續這樣下去，事情會愈來愈棘手，事況會愈來愈嚴重。

當商碧落深思時，心滿意足的女孩已經將筆電打開。

下午在夏黃泉挨訓的時候，商碧落一直在關注著情勢，偶爾還插上一腳，使事情朝他所想的方向發展，但是，不得不提，不管是哪個世界的炎黃人，歪樓的功力都相當強大，自從某位仁兄發了「女金剛」的圖片後，那座樓就不可避免地神發展了，雖然也有繼續討論的，但更多人受圖片啟發，積極主動地開始了PS大業，一時間，各種頂著夏黃泉頭像的大猩猩啊肌肉漢啊超級賽亞人啊充斥了帖子。

甚至隔壁還有人專門開了個帖總結圖片。

雖然砲灰們也都中槍，但誰也沒夏黃泉這個主角躺槍厲害。

「這都是些什麼啊？！」身為當事者，夏黃泉不可避免地炸毛了。

商碧落回想起那些千奇百怪的圖片，一個微小的笑容不受控制地出現在嘴角：「鄉民的創造力是無窮的。」

「喂！」

夏黃泉愈翻帖子臉愈黑，都歪到西伯利亞去了好嗎？她虎著臉將筆電丟入商碧落懷中：「全部解決掉！」

「妳想怎麼解決？」商碧落攤了攤手，「幾乎大部分人都轉發過圖片。」真要解決不是不可以，但毫無疑問打擊面很廣。

「……那就把始作俑者解決掉！」夏黃泉磨了磨牙，那混蛋最好祈禱不要落在她手上，否則，哼！

「這沒有問題。」

夏黃泉盤腿坐在床上托腮看對面的青年動作，只見他修長的十指靈巧而快速地敲打著鍵盤，幾乎只能看到殘影，神態如同上一次她看過的一樣，難得的專注與認真，不過片刻，他停下動作點了點頭：「搞定了。」

女孩才一點頭，突然聽到對面房間傳來一聲淒慘絕倫的叫聲，她神色一凝，連忙跳下床、穿上拖鞋、拿起長刀，就快速地朝門口跑去：「怎麼了？出了什麼事？」

就看見言必行跑出書房，痛不欲生地喊道：「我的電腦被黑了！阿商快來救命！」

「……」

「……」

兩人面面相覷，氣氛一時之間沉寂了下來。

就在此時，言必行似乎意識到了，他後退了一小步，再一小步，突然討好地笑道：「那什麼，妹子，妳能當沒聽到嗎？」

夏黃泉皮笑肉不笑地回答道：「你覺得呢？」

「……救命啊啊！！！」

「給我站住！！！」

這年頭，作死的傢伙真是愈來愈多了！

於是家中再次出現了一隻表情淒慘的國寶，始作俑者裝作什麼都不知道，商碧落知道但他什麼也不說，蘇玨抽了抽嘴角，最終還是保持了沉默，或者說，他的關注點在另外一件事上。

「黃泉。」

「什麼？」

「接下來妳想怎麼做？」

「怎麼做啊……」夏黃泉用食指撓撓臉頰，困擾地思考了片刻，「等待吧。」直覺告訴她，很快事情就會有結果。

然而，現實並沒有給她太多時間，被惹惱的人終於主動出擊，彷彿在應對著「夏黃泉」的挑釁，論壇刷出了一個新帖子，標題是——

對某些無恥偷襲者的回應：妳想戰，那便戰！！！

樓主首先用憤怒的語氣描述了夏黃泉趁夜晚偷襲傷人的暴虐行為以及拍照來論壇炫耀的無恥行徑，緊接著用勵志的語氣表現了自己的不屈服與積極向上的群毆精神，最後如同小宇宙爆發一般，用鮮紅色的最大的字體打出了六個大字——妳想戰，那便戰！

緊接著再一行黑色正常字體——時間地點隨妳挑。

此帖的回覆熱度自然不用多說，不知多少鄉民連吃飯上廁所都要掐出時間蹲在電腦前圍觀。事到如今，夏黃泉覺得回到這裡真心是個正確的決定，因為這些人毫無疑問已經結盟，像先前那樣各個擊破已經不可能，徒留在外也沒多大用處。而且，她本來的目的也不是想為禍鄉里，她所謂的「解決W市危機」的目標其實已經實現了，原本是不安定因素的某些W市民眾，現在真的很團結，至少在結盟的現在不會再私下鬥毆。

【激戰！成為W市「無冕之王」！】

「……」這狗血到了極點的任務安排是怎麼回事？「無冕之王」頭銜什麼的她完全不想要好嗎？

但是，夏黃泉也清楚地知道，事情到了這一步，已經沒有後退的餘地了，或者說，這不是靠妥協就可以解決的問題，雖然「無冕之王」什麼的她才不在乎，但一旦認輸，自身受損也就罷了，她身邊的這些人都可能會遭受傷害。

她的自尊和直覺都告訴自己——除了一往直前，再無他法！

❖

所謂的「激戰」，說難聽點，就是一場違法行為的聚眾鬥毆，卻獲得了整個炎黃國的關注。人們因喪屍危機而充滿陰霾的心靈，在「八卦」中得到了短暫的解脫和愉悅，這是一些人所喜聞樂見的，所以，它被選擇性地無視了。

夏黃泉才對即將面臨的挑戰下定決心，接下來情勢的發展卻詭異了起來，簡單地說，論壇再次被洗版——被挑戰帖佔據。

足足翻了三四頁，全都是類似的帖子。剛開始夏黃泉非常詫異，怎麼會出現這麼多呢？其實從語氣就知道，最先發帖的人，代表的僅僅是被毆者，但現狀是，除了真被她揍過想報仇的，還有想維護男性尊嚴的、來刷存在感的、純粹湊熱鬧的，其中有真有假，你來一帖我來一帖，最後大家都激動了，好像誰成功毆打了「女金剛」就能站在世界之巔似的。

夏黃泉深深地覺察到「全民公敵」這個稱號的偉大之處，如果現在評選「打」動全國十大人物，她毫無疑問名列榜首。

問題在於！

她就一個人兩隻手！

卻有這麼多人想被她揍——分身乏術有沒有！

套用言必行的說法就是：沒想到這年頭的抖M這麼多，都被殘酷的現實玩壞了！

尚未諒解他的夏黃泉頂著一張冷艷高貴的臉孔，冷酷地戳著他的熊貓眼回應道：「你就是其中的代表人物。」

「……」該說言小哥不愧是厚臉皮之最，消沉了一秒鐘後，他果斷地勾住商碧落的脖子，「沒事，在我之前還有他呢！」

「在一起！」除此之外夏黃泉沒有其他話說。

「不行，兩個M在一起是沒有前途的。」湊近，猥瑣笑，「不然妹子我們倆湊合湊合？別捏拳頭！我錯了錯了……錯了還不行嗎？！」

其實煩惱的不僅是夏黃泉一人，發帖求毆的群眾們也很煩惱，僧多粥少啊。大多數人都知道，拍飛那隻河東獅是非常有面子的一件事，但他們總不能群毆吧？並不是不想，出去打架靠朋友，人力也是資源嘛！只是這件事已經獲得了極大的關注，他們要真大庭廣眾之下一堆男人去毆打一妹子，贏了勝之不武，面子裡子也全都丟光了，以後走到哪兒都抬不起頭來。

但話都放出去了，如果不打，一樣沒有面子。

一時之間，雙方陷入了膠著狀態，而此時，就展現出了鄉民的創造性，某位名人開帖：

既然如此，不如辦一次「W市第一武道會」，誰贏了誰就能和獨眼妹子PK，獲勝者可以取得龍珠召喚神龍！

這明顯脫線的言論一出，居然叫好聲無數，當然，說這話的人大多事不關己。殊不知發帖者們心中更彆扭了，這是怎麼回事？看，一群大老爺圍一圈打架分勝負，誰贏了誰才能和一妹子互毆，男性的尊嚴在哪裡？而且，被夏黃泉揍過的人都知道，那丫頭簡直不是人，誰單上都不是她的對手，他們深切懷疑「女金剛」其實就是她的本體。

對於這個坑人的事態發展，夏黃泉也是瞠目結舌。

說好的激戰呢？說好的無冕之王呢？她褲子都脫了結果等到的居然是這個？！

這時候，又有一位非常有創意的仁兄跳出來，提議學習皇帝採取翻牌制——簡單來說，想要和獨眼妹子打架的人，把自己的人數、所在地點、時間等相關訊息用私訊發給「月夜雌獅」，然後讓她自己挑，想睡誰，不對，是想揍誰就揍誰。

夏黃泉覺得自己快被世界的惡意玩哭了，所謂的「無冕之王」是指整座城市的人都變成三宮六院等她翻牌子嗎？哪怕神經再粗，她對這個神發展也快Hold不住了……求解脫！

最可惡的是，還真有不少人私訊商碧落註冊的帳號，其中居然還有人夾帶肌肉照，擺出各種銷魂的姿勢以展示自己的威武霸氣，言必行都快笑瘋了，蘇玨則臉黑黑地暗暗記住了這些人的ＩＤ。

【「無冕之王」之1ＶＮ開啟，目前完成度0／1000。】

「……」等等，後面的零她是不是弄錯了？其實是一百才對吧？那可怕的一千是從哪裡來的啊！！！一天打一回就等於她要打上一千天，整整三年，這不坑她嗎？！

一瞬間，她的神色變得很糾結，相當糾結。

在她身旁的商碧落敏銳地察覺到這一點，問道：「有事？」

夏黃泉深吸了口氣，盡量讓自己淡定地說道：「我在考慮今天該翻誰的牌子。」

「……」青年面無表情，默默捏緊輪椅的扶手。

「噗！」一旁的言必行非常不厚道地笑了出來，伸手指著某個擺著「阿諾」姿勢的肌肉漢，「他怎麼樣？看旁邊備註——二十四小時等候妳的到來。喲，地址就在他家，嘖嘖，肌肉好，姿勢好，態度也好，就讓他成為妳的第一次吧！」

夏黃泉頭上爆出了青筋，她一把捏住某人的耳朵：「讓你成為第一次好不好啊？！」

「牡丹花下死，做鬼也……」

「嗯？！」

「好吧，我又錯了！」

「真是的！」夏黃泉頗為無語地鬆開手，「再找幾個，我一個個打過去。」

言必行伸出拇指讚：「純爺們！」

「黃泉，妳確定要這麼做？」相對於言必行的興奮，蘇玨更多的是擔憂。

任務擺在那裡，已經不是想不想的問題了，她必須去做，毫無選擇。而且，當愈多人把目光和精力放在這件事，就無暇去關注其他，因為被扣留封閉而無所事事的居民，也的確需要一些熱鬧。

「放心吧，我會盡量小心的。」

「……問題不在這裡。」蘇玨嘆了口氣，這件事原則上軍方的確不會插手，以免激起民眾好不容易平靜的反抗心理，但他也不想看到從小帶大的女孩遭遇到危險，思考了片刻後，他說，「這樣吧，時間姑且不論，妳把地點固定如何？」這樣就算發生危險，至少他能及時救她。哪怕意外機率再小，有備無患。

「好。」夏黃泉沒有拒絕他的好心。

於是，地點被定在了W市豐觀路的露天停車場，它位於市區最大的超市旁邊，原本是最熱鬧的場所，然而隨著生活物資配給制實施，超市變得毫無用處，這裡也就冷清了。寬敞，清淨，目無雜物，便於圍觀，無論從哪方面看，都是很適合打架的地方。

多餘的事就免了，她直接讓商碧落發帖子，將地點PO出去，正常情況下每天都去，上午十點開始，一日最多只打十場，挑戰者可以是單人可以是團體，團體人數最多不超過十人。雖然就算再多場再多人她也能搞定，然而夏黃泉覺得現在這個強度就差不多了。

而且好人有好報，她終於得到了一個好消息。

【特殊事態下，可選擇是否攜帶隨身物品。】

於是商BOSS悲劇地被她丟在家裡。

第一天，她沒有遲到，停車場已經站滿人，才一靠近，她就聽到了陣陣巨大的喧譁聲。

「快看！獨眼妹子來了！」

「她就是狼？長得不像啊！」

「不是狼，是獅子，母獅子才對！」

「那也不像啊，母獅子毛少，你看她頭髮那麼長，明顯更像雄獅嘛！」

「……狽呢？她今天怎麼沒帶狽？」

夏黃泉當場想滅世的心都有了，但又想到臨出門前，商碧落對她說的話，大意是，第一場要給所有人來個下馬威。

她當時有些疑惑地問：「怎麼做效果最好？」

「妳不說話就可以了。」

「喂！」他的意思是她說話的時候就是蠢貨嗎？！這混蛋！！

「或者說，」青年微笑著再次提出意見，「就像第一次見面時，妳對我做的那樣。」

「……」這混蛋還真記仇，如此想著的夏黃泉走上前，伸出手輕佻地捏住他的下巴，回憶著重複了當初說過的話，「想要嗎？想要的話，就求我啊……像這樣？」

下一刻，商BOSS的臉色居然變得非常古怪，要不是急著出門，她真想逮住他逼問一番，不過憑直覺，肯定沒好事！

回憶完畢的夏黃泉發現，這些人議論歸議論，卻也都紛紛往旁邊靠攏，讓出了一條供單人通過的路。

經過時，因為一直努力對自己作心理建設，女孩的臉色如以往一般保持著冷艷高貴的鎮定神態，除了熟人以外，沒人能看出她內心的糾結。走到最中心，夏黃泉才發現，雖然外圍擠滿了人，裡面卻留著一個不小的圓形決鬥場地。

與此同時，對方十組人紛紛站了出來，因為想揍夏黃泉的人實在太多，他們內部決定採取抽籤制，而這次參與的都是單人，畢竟才第一天，誰也不好意思一上來就群毆。

夏黃泉板著臉，冷冷地問道：「誰先來？」

「我！」抽到一號籤的年輕男子站出來，他手中提著一支鋼棍，霸氣側漏地指向夏黃泉，「今天，我要一洗上次的恥辱，來吧！」說罷，朝女孩勾了勾手指頭。

夏黃泉愣住：「我揍過你？哪天的事？」回憶中……

「……」

見對方的臉色不太好看，她才意識到戳人傷疤不太好，於是道歉：「不好意思，最近打的人太多了，記不住。」

「……找死！！！」

夏黃泉看著雙手揮舞鋼棍就衝過來的青年，後知後覺地發現自己又不小心傷害了他脆弱的小心肝——看來商碧落說的沒錯，她還是別說話比較好。就在此時，青年的鋼棍已經自上而下朝她的面部砸落，夏黃泉腳尖微轉，靈活地一個側身，剛好躲過攻擊動作，而後伸出手，如同捏住小雞仔一般抓住了男子的後頸，狠狠壓下！

在場的人之聽見轟的一聲，再回過神時，只見女孩正單膝跪在地上，左手依舊扶在腰間不曾出鞘的長刀上，右手則按在男子的頭上，她緩緩鬆開手，青年卻一動不動，陷入昏迷中的他已經完全失去了戰鬥能力——一擊ＫＯ！！！

「下一個，是誰？」

Ch. 23 皇后娘娘需要安慰

商碧落靜靜地坐在輪椅上，膝上擺著一部筆電，從他發現自己有電腦天賦的那天起，便常年保持這樣的狀態，機器雖然冰冷死板沒有智慧，卻更不會背叛和欺騙。

而且，絕不會超出他的控制範圍。

一點都不像她。

青年總是掛著微笑的嘴角微抿成一直線，注視著螢幕上靈活閃躲著的少女，頭頂有衛星，城市的大街小巷佈滿監視攝影機，四通八達的線路連接進千家萬戶——科技愈發達人們就愈沒有隱私，無須出門，整座城市已然在他眼中。

比起他的世界，這裡的科技要落後得多，從前偶爾還能感覺到一絲挑戰性，現在則是半分都無。

無趣，然而……

青年的目光再次落到螢幕上。

真蠢。

一無所覺地說出挑釁的話。

但是，反擊的動作又是那麼乾淨俐落，不過片刻便一力破百巧地結束了一切，似乎牢牢地將他的告誡記在心中，她絲毫沒有停留地轉身離開。

那纖細的身形突然因為什麼而頓住。

商碧落的目光轉到某個青年身上，他似乎叫嚷了些什麼，而後女孩轉過身，注視了他片刻，嘴角微微勾起，露出了一隻小小的虎牙，她說：「好，我等你！」不需聽到聲音，只看口形他便明瞭。

說話間，她的眼眸閃閃發亮，泛著極易感染人的光澤，即使隔著一層冰涼的螢幕也依舊格外清晰。

青年閉了閉眼眸，不勝其擾地將手搭在自己的脈搏上，靜數了一分鐘後，很不快活地確定——跳動速度果然比正常狀態下要快。

他皺起眉頭，伸出手快速地敲擊了一下鍵盤，畫面瞬間從螢幕上消失，但心中的複雜情緒並未隨之消失。

——從來沒有一件事，讓他覺得比這個更煩惱。

不僅是他，轉變似乎悄然在每個人的身上發生著。

就像「你吃了嗎？」一樣，人們打招呼的時候總有習慣性的用語，所謂的口頭禪。最近W市某些人的口頭禪很奇怪，最初是「今天你去打妹子了嗎？」，而後變成了「今天你去被妹子打了嗎？」，由此可以看出，很多人已經從抖S快速地蛻化成了抖M，這進展真是可喜可賀……大概吧！

在虐與被虐的過程中，停車場慢慢變成了一個公共PK場地，不少人的武力值在被毆中不斷進步，偶爾他們也會切磋或真打，原因各式各樣，總而言之，雖然依舊有人私下鬥毆，但總體來說，地下鬥毆大部分都轉為了台面上。軍方對此內部意見曾經分歧，但討論後的結果是不干預，尤其經過分析，核心人物夏黃泉實在不是什麼野心人物，更何況她和蘇玨的關係密切——情勢穩定下來後，W市重建了實驗室，從民眾中招收了一批具有相關技術的人員，雖然中央同樣在研究，但沒有人會拒絕多一個方案。蘇玨身為實驗室首腦人物，地位更是水漲船高，雖然他本人並不在意，但也沒人想得罪他。

不知不覺間，W市形成了尚武的風氣，「不服？走，去PK場打一架！」、「得意什麼？有本事去和獨眼妹子幹上一架！」這樣的對話出現在人們口中的機率愈來愈高，但城市的秩序居然沒有變壞，不得不說是一個奇蹟。

其實細想也不奇怪，誰讓金字塔的頂端穩穩地站立著一隻雌性獅王呢？極致的暴力讓人們恐懼，極致的武力卻讓人們臣服。

不知不覺間已被冠上「獅王」之名的夏黃泉，任務獲得了飛速的進展，這一點讓她很開心，但同時，又有一件事讓她很是糟心。

直覺系的人可以憑本能走最優道路並且規避危險，所以他們活得比一般人要輕鬆得多，但偶爾這類人也會因身邊不能理解的事物感覺到困擾，比如夏黃泉就察覺到——商碧落好像不太對勁。

從第一天PK回來後，她就隱約地察覺到這一點，當時沒太在意，隨著時間流逝，情況居然愈來愈嚴重了，雖然他的一舉一動與之前相比似乎並沒有變化，但總覺得哪裡怪怪的。他有時候像是在刻意避開她，有時候又好像在觀察她，等她反應過來去探詢蹤跡，卻什麼都找不到。

如果他是女人，她肯定覺得商碧落是大姨媽來了，但他是男人啊，還能來大姨丈不成？而且一來也不會來這麼久啊，奇怪，真是太奇怪了。

蘇玨太忙，而且他和商碧落只是點頭之交，所以Pass。

那麼剩下的只有——

「來，言小哥，我們談談。」夏黃泉趁四下無人，朝言必行招了招手。

青年一個激靈，接著抱胸後縮：「妳要做什麼？我誓死不從啊！」

「……喂！」夏黃泉戳著自己的眼睛說道，「我雖然戴著眼罩卻沒有瞎眼好嗎？」

言必行吐血：「妹子……妳嘴巴愈來愈毒了。」

夏黃泉朝他翻了個白眼，三兩步走上前跳起身一把勾住他的脖子，壓低聲音問道：「你有沒有覺得他最近很古怪？」

話音剛落，就見言小哥朝她怪笑：「哪個他？」

肘擊！

「嘶……妳這麼暴力，他是怎麼受得了？」言必行悶哼了一聲，「所以他古怪也都是妳的錯。」

「蛤？關我什麼事？！」最近她每天忙著出去揍人，固定十場偶爾還加賽，精力都發洩光了，根本沒空揍他好嗎？！

言小哥頗為鄙視地看了她一眼：「整天出去亂搞，讓人家獨守空房，妳還有理了？」

「我……」夏黃泉扶額，毫無疑問，找這混蛋商量真是她做出的決定中最糟糕的，她還不如直接去問商碧落呢！

「妳偶爾也要搭理下人家嘛，握握小手、親親小嘴、咳咳咳咳什麼的……」

「閉嘴！」

讓某人像皮球一樣運動後，夏黃泉思考了片刻，直接踹開了書房的門，最近商碧落經常泡在裡面，如果不是言必行經常出門，她幾乎以為他們有姦情了。

不溫柔的聲響傳進書桌前青年的耳中，不用猜他也知道來者是誰，闔上筆電，抬眼問道：「有事？」

女孩快步地走到商碧落面前，瞇起雙眸上上下下地仔細打量了他一番後，目光與他相接，青年的臉上是一如既往的溫柔神色，眼神卻毫不閃躲。

兩人就以這樣的方式，無聲地廝殺了起來。

三十秒……

一分鐘……

兩分鐘……

「不行了！」夏黃泉揉眼，怒氣沖沖地控訴，「你簡直不是人，居然眼都不眨一下！」

不知多久沒做過這種幼稚舉動的商碧落眨了眨酸澀的眼眸，語氣淡定地回答道：「我正在眨。」

「……」夏黃泉的心頭騰地冒出一團火苗，抬起腳踩在輪椅的扶手上，「小子，你找揍嗎？！」

「走光了。」

「咦？！」夏黃泉連忙縮腿，後知後覺地想起，她今天穿的是褲子啊，走光個鬼啊喂！她下意識地握緊拳頭，而後動作突然頓住，差點又被這傢伙轉移話題了，她深吸了口氣，暫且壓抑住揍他的慾望，單刀直入，「你最近很奇怪。」

青年挑眉，不答反問：「哦？」

「現在是我問你！」夏黃泉翻身坐上桌子，企圖以高度給對方製造壓迫感。

很顯然，她失敗了，青年的回答居然是：「妳這麼聰明，不如猜猜看好了。」

「……」夏黃泉歪頭思考了片刻，皺眉道，「這對話略耳熟啊。」想啊想，想啊想，她終於想起，在最初遇到商碧落時，他們似乎進行過類似的對話，商碧落問她為什麼帶著自己，而她讓他猜猜看。

還記得那時BOSS君的回答是……對了！

前幾天才回憶過一次，現在居然又來，愛演是吧，愛情場景回顧是吧，誰怕誰啊？！

夏黃泉冷笑，一字一句地重複著青年那時的話：「難道你嘴硬心軟，其實很喜歡我？」

「……」商碧落有種挖坑把自己埋進去的錯覺，以至於完美的笑臉破裂了片刻，好在得意洋洋的女孩似乎沒注意到，他不知該鬆口氣還是該想些別的什麼。

夏黃泉真的挺得意的，因為她終於可以讓對方體會一下當時自己的憋屈感了，哼，真是「不是不報，時候未到」，活該！

愈想愈Happy的她開口繼續挑釁：「怎麼了？沒話說了？還是記性太差？」她俯下身湊近青年的臉孔，甚至伸出手拉住他的手指放到自己的下巴上，「你現在應該捏住它然後親我嘛……」

夏黃泉因為過於愉悅，嘴角情不自禁地勾起了一抹笑。

商碧落注視著她淡粉色的唇瓣，眸色瞬間深邃，手指不自覺地捏緊近在手邊的獵物。

女孩感受到力道，卻絲毫不緊張，只笑眯眯地注視著對方，因為在她的眼中，對方純屬硬著頭皮撐面子——一個對女性慣性厭惡的人能做什麼啊？還記得當時他的臉色好像隨時會吐出來一樣……

然而青年的動作卻徹底打破了她的認知。

只見他微微側首，下一秒，涼涼的淡色雙唇便印上了她的。

嗯……嗯？嗯！！！

被親了被親了被親了……！！！

商碧落商BOSS死混蛋……！！！

他怎麼會怎麼能怎麼敢……！！！

夏黃泉的腦中快速地刷屏，因為訊息量太多，一時間她的大腦ＣＰＵ佔用量過大，整個人都當機了……回過神時，青年已經微微後退，與她鼻尖對鼻尖，面無表情地說：「親好了，需要繼續重複妳之前說過的話嗎？」

「……」我靠！這混蛋居然可以這麼無恥？！

看出了她心中所想，商碧落再次啟唇，神色無波地吐出了一句更刺激人的話：「是啊，我愛死妳了，妳要不要現在……」

「閉嘴！」因為坐在桌上的姿勢，被刺激狠了的夏黃泉下意識地就一個膝頂，而後劈頭蓋臉地一頓爆捶，邊揍邊怒吼出聲：「閉嘴閉嘴閉嘴閉嘴閉嘴閉嘴閉嘴啊！！！」

手腕突然被抓住。

夏黃泉的手一顫，開始掙脫，卻在此時聽到青年的話，他說：「不是妳讓我做的嗎？」

「……」夏黃泉的動作頓住，好像還真是，但她是在開玩笑好嗎？！誰知道這個恐女症患者能真的下定決心親女人啊！這比潔癖患者跳糞坑還讓人覺得不可思議好嗎？等等……這什麼破比喻！呸呸呸，她才不是糞坑呢！

青年抬起頭，眼神銳利地注視著她，如同鷹隼逡巡自己的獵物，不放過她的任何一個動作表情，再次開口問道：「妳在生氣？」

不知為何，夏黃泉覺得商碧落的眼中包含著某種讓她害怕的情感，然而那感覺轉瞬即逝，快得如同錯覺。

她怔了片刻，反應過來後，猛地用另一隻沒被抓住的手背擦嘴唇，動作快速大力到幾乎將唇瓣擦破，好半天才停下動作：「我沒生氣！」雖然剛才是有些怒，但這事情說到底她也有錯，不作死就不會死，她不主動挑釁，他也不會因為要面子忍住噁心親她。

而且從前她也這麼做過，一比一，頂多算平手。

「哦？」

「總之！我們已經扯平了！」女孩一邊說著，一邊猛地抽回被緊握著的手臂，揉了揉後，跳下桌，頭也不回地離開，頗有幾分做錯了事落荒而逃的意味。

扯平？

商碧落漆黑的眼眸佈滿了深沉的陰霾，握住扶手的手指緩緩揑緊，泛起毫無血色的青白——她真的完全不在意，哪怕他刻意用完成任務般的語氣對她說話。下意識的反應往往最能體現出人們內心中潛藏的本能，一個女人如果在意一個男人，哪怕只有些許的愛慕之情，哪怕她本身沒有察覺到，也絕不會出現剛才那樣的反應。

她沒有生氣，甚至連些許的羞澀都沒有，頂多是覺得驚訝以及被冒犯，甚至可以輕而易舉地說出「扯平」這樣的話。

如何扯平？

毫無疑問，在這場悄無聲息難尋蹤跡的戰爭中，最先陷入困境的人是他。

他找尋著方法想要脫困而出，原以為隨著時間流逝會慢慢成功，她卻又跳出來挖出一個更大的坑，將他埋得更深，而後一臉無知地轉身離開。

先後姑且不論，居然只有他一個人陷落，這實在讓他難以忍受。

夏黃泉，妳未免太過輕鬆。

與此同時，灰溜溜走出房間的女孩抱著手臂打了個寒噤，剛才那一瞬間的寒意是怎麼回事？天冷了該加衣服了？算了，還是出去翻個牌，不不，是去打架熱熱身，在這段時間內，經過她的不懈努力，一千的任務已經完成了八百多，很快就能脫貧致富，完成任務。

然而就在此時，另一個震驚W市甚至全國的消息誕生了。

「政府將在明天對南地進行大規模轟炸。」

目的自然是消滅盤桓佔有炎黃國南部的喪屍，消息是從蘇玨的口中確認的，雖然早就知道會有這麼一天，夏黃泉乍聽到，心中依舊不是滋味。她尚且如此，更何況那些原本就居住在南地的人呢？

消息一出，頓時引起一片嘩然。

大概是知道這件事無法隱瞞，政府透過電視、廣播以及網路論壇的公告區，對這件事的原因和作用進行詳細的說明，至於滯留在南方的民眾，從一個禮拜以前，就再沒有人通過最後一座橋到達W市了，而衛星拍攝的照片也表明喪屍又有了新的動向，大批大批地向帶河附近靠攏，高層做出了判斷——不能再等也實在等不起。

對此消息，大部分人表示理解和支持，少部分觀望，自然也有反對者，但他們的聲音只如同巨浪中的幾朵浪花。

第二天正午十二點，轟炸開始了。

即使隔著寬闊的帶河什麼也看不清，仍有數不清的民眾自發在河邊聚集，遙望著遠方。

夏黃泉沒有去，不知為何，從聽到轟炸消息的那一刻起，她的心充滿不安。表面上，這的確是一勞永逸的好做法，雖然之後南地需要很長的時間才能恢復生機，但至少不需要以人命去滅殺喪屍。

但事情真的會這樣簡單嗎？

這種不安，在轟炸開始的那一秒，得到了證實。

【喪屍中級進化開始。】

咣噹！夏黃泉手中的杯子應聲而落，讓她驚訝的並不是進化這件事，而是它帶來更為深遠的影響——轟炸和高溫已經無法消滅喪屍，比起初級進化時只增加速度和嗅覺，所謂的「中級」無疑是質的突破，這究竟會為喪屍帶來怎樣強大的力量？

別擔心，天無絕人之路，夏黃泉深吸了口氣，做著心理建設，彎下腰想要拾起地上的玻璃碎片，而後看到了更令她震驚的一幕。

手指瞬間被玻璃劃破。

她卻無暇顧及這一點，連忙站身，跑到書房外，一把推開房門。

再次被以這種形式驚擾到的青年微微皺眉，抬起頭想要說些什麼，卻因她一瞬間蒼白的臉色而暫時失去了言語，目光轉而落在她滴血的指尖上。

「發生了什麼事？」

卻沒有得到回答，女孩的目光只是一眨不眨地投注在他身上，似乎看到了極致可怕的事物。

下一秒，商碧落強行將注意力轉移到筆電中不斷流過的訊息上。

沒有……

沒有……

還是沒有……

除了與轟炸有關的新聞，再沒什麼值得注意的，那麼，究竟是什麼讓她那麼恐懼？

疑惑間，夏黃泉已經走到他身邊，她的腳步有些飄忽，並不如以往那般堅定，商碧落轉過頭：「妳……」話音未落，那隻染血的手突然捏住他的下巴，女孩彷彿在確認什麼，認真而專注地注視著他，臉色卻絲毫沒有好轉，片刻後，她突然伸出手，一把扯下自己的眼罩，將它丟到一旁，再次看向他。

商碧落任由她動作，心中的疑惑卻愈加深了。

「怎麼會……」

她喃喃地低語打破了沉寂的氣氛，商碧落突然想到了什麼，試探地問：「妳是不是預言到什麼了？」雖然荒謬，但似乎只能朝這個方向想。

「……」夏黃泉鬆開手。

該怎麼向他說明呢？

剛才撿玻璃時，她發現自己身上的死氣顏色黑了許多，因為喪屍進化，W市變得危險，所以顏色變深，這並不是不可理解的事情，然而，為什麼？

為什麼商碧落身上的顏色會那麼深？

幾乎是她的雙倍，甚至離必死的程度只有一線之隔。

這究竟是因為什麼？

不，這種時候原因已經不重要，重要的是——她絕對不能讓他死！他一旦死去，她回家的希望也就隨之煙消雲散。

夏黃泉漸漸鎮定了下來，深吸了口氣後，她開口問道：「你能透過衛星看到南方現在的情況嗎？」

商碧落愣了一秒，而後頷首：「可以。」一邊說著，他的手一邊快速地敲擊鍵盤，不過片刻，無數幅小格子畫面出現在螢幕上，「具體位置？」

「帶河附近。」這裡是喪屍最密集的地方了。

一聲輕響，畫面放大。

這是Y市的景象，因為才被轟炸過一輪，畫面中白煙滾滾，飄向天際，即使隔著螢幕彷彿都能感覺到那一陣陣灼熱的空氣，繁華的城市化為廢墟，肥沃的土地變成焦土，到處都是不知名的碎片，也許來源是房屋也許來源是車輛也許來源是別的……

夏黃泉瞬間甚至產生了一股錯覺，這才是真正的末世。

焦土和廢墟上，有些奇怪的塵土，其中還夾雜著潔白的骨頭，像是喪屍被燃盡後留下的——明明轟炸有效果。那麼，喪屍進化從何而來？

她突然想到，剛才得到的訊息是「喪屍中級進化開始」，而非「喪屍已開始中級進化」，那麼，是現在還沒開始嗎？

「妳在找什麼？」

青年再次發問。

「沒什麼。」夏黃泉闔上眼，說出自己的決定，「從現在起，我一秒鐘都不會離開你。」

「……」商碧落的呼吸亂了一拍，但同時清醒地意識到她的話並沒有其他含義，「我認為並不需要。」

「需不需要你說了不算。」夏黃泉走到他身後，抱著刀靠牆坐下，「我說了才算！」

「……」

就這樣，她不小心又挖了一個大坑。

某人站在坑邊，跳還是不跳，這是個問題。但是……

商碧落嘴角緩緩勾起一抹冷笑。

如果非跳不可，也絕不能只是他一個人。

Ch. 24 到底誰是獵人

單方面下了決定後，夏黃泉就靠坐在牆邊，一動不動地盯著商碧落，彷彿能從他背上看出朵花來。

BOSS君內心強大，被這樣注視著居然巋然不動，繼續處理手頭的事物，告一段落後，他隨手切換畫面，突然開口說道：「黃泉。」

「幹嘛？」慣性發呆的夏黃泉回了一句，而後補充，「別叫得那麼親熱，我和你不熟，謝謝！」

「和我交往如何？」

「嗯……嗯？！」夏黃泉抱著刀的手一滑，武士刀瞬間倒在一邊，她卻無暇顧及，不可置信地揉了揉耳朵，再揉了揉耳朵，出現幻聽了？

死氣會影響聽力？

不然她怎麼會聽見詭異的話？

「妳沒聽錯。」商碧落自然意識到自己的話給女孩帶來了多大的震動，卻依舊淡然。

「等……等等……」夏黃泉跳起身，長刀隨著她的動作徹底掉落在地，「你剛才說什麼？能再說一遍嗎？」思來想去，她還是覺得聽錯了，也許他說的是「和我交尾」——呸！應該是「和我澆水」之類的吧，哈哈哈，怎麼想都不可能是和他……

「和我交往如何？」商碧落一邊說著，一邊回轉過輪椅，目光停留在女孩因為震驚而目瞪口呆的臉孔，心情莫名地好了起來，「還需要我再重複一次嗎？」

「！！！」好半天，夏黃泉才闔攏嘴找回聲音，「不需要……問題不在這裡吧！你在發什麼神經啊？！」

商碧落歪了歪頭，微笑起來：「我想我並沒有神經方面的疾病。」

「……那你在說些什麼莫名其妙的話啊？！」

「我是很真誠地在向妳請求交往。」商碧落骨節分明的雙手在膝上交叉，語氣聽起來很認真，「直接向妳求交配才屬於莫名其妙的範圍吧。」

「……喂！」注意節操好嗎？！夏黃泉對於這一個徹底丟棄下限的傢伙不知道該說什麼好，只能掙扎著將話題轉回來，「理由呢？」突然提出這種事，而且沒有開玩笑的成分，至少她感覺不到，事情到底是怎麼發展到這一步的，她完全沒找到任何徵兆好嗎？

「唔，」商碧落低下頭思考片刻，抬頭說道，「這麼說吧，我因為過去的遭遇，有比較嚴重的心理疾病，無法正常接觸女性，妳是唯一一個不讓我覺得反感的女性，這個理由對妳來說足夠嗎？」

「……幼時遭遇？」黃泉妹子這回是真的驚呆了，她做夢也沒想到商BOSS會主動拿自己的過去說事，這世界上沒人比看過書的她更瞭解他那簡直可以說是一灘狗血的遭遇……簡單來說，就長相、身材和頭腦，他是作者的親生孩子；就經歷而言……他是後媽養的無疑！

出生時母親就為了保住他犧牲了，所以之前夏黃泉才推測他對母愛型人妻比較有好感，之後的事情很多，比如原本疼他的小姨變繼母之後對他下毒手啊，幼稚園時被女性保姆綁架啊，小學時被父親的女仇家開車撞啊，中學時很尊重的一個女教師居然是變態，在被警察抓走之前正準備對他下手啊等等等等……之後還有很多，她看小說的時候懷疑作者將大宇宙的惡意全部堆積到了女性的身上，然後一股腦地丟給商碧落——他的腿也是在這一系列事件中變成現在這樣，所以他反感女性實在是太正常了。

但是！

他現在居然這麼說？

還問她理由是否足夠？

「你對觸碰不排斥是因為……」是因為系統設定吧？要是一互相接觸就噁心，她怎麼帶著他跑路，可是話不能直接說，夏黃泉猶豫了片刻，咬牙說道，「是因為你完全把我當男人了吧！」

此言既出，商碧落的神情瞬間微妙了，他眯起眼上下打量了夏黃泉一番，嘴角勾起，笑得挺可惡：「雖然身材差了些，但我還是分得清男女的。」

「……」找死！！！夏黃泉一個箭步衝上去拎住了這氣人混蛋的衣領，拼命搖晃：「你是想死還是想死還是想死？！早知道我就該把你賣掉的！」她又想起了D胸的紅姐，現在完全一副被踩中了痛腳的炸毛模樣。

被晃蕩的青年臉色雖然因她的動作有些蒼白，卻依舊淡定地撫上夏黃泉拎住自己衣領的手：「我個人認為我們很合適。」

「……」被他握住手，細小的雞皮疙瘩成群結隊地跳了出來，夏黃泉還是第一次與他接觸時有這種感覺，她如同被火燒了似地連忙甩開手，後退了兩步，「哪裡合適了？」

「也許妳沒注意到，」商碧落慢條斯理地理了理衣服，「妳幾乎不會主動接近其他人，除了我之外——雖然行動略微粗魯。」

「……那是因為你沒辦法反抗好嗎？」這只是在路上養成的習慣而已，不代表什麼。

「沒有人能在妳的手下反抗，而且妳不可否認，」商碧落手肘撐著輪椅，托腮笑了起來，「妳對我這麼做的時候，很有快感，不是嗎？」

「別隨便說出那麼變態的話好嗎？！」這種抖M到了極點的話是怎麼回事？很可怕好嗎？！她被嚇得以後都不敢揍他了啊喂！雖、雖然好像揍他是挺有快感，但她絕對不會承認的，「而且我覺得我們根本不是同一條路的人！」

「哦？那和誰是？」商碧落好整以暇地看著她，等她說出個名字來。

夏黃泉愣住，是啊，誰呢？這時候務必要找個替罪羔羊啊，回想在這個世界認識的男性，她悲哀地發現沒多少選擇的餘地，算來算去也就小貓三兩隻，那麼只有：「言．必．行！」反正他不在家，揹個黑鍋又不會死……大概吧！

「什麼事啊妹子？！」某人突然滾了進來。

「……」

「……」

「……是。」

言小哥左右張望了下：「才剛進門就聽見叫我，不是妳？」

「什麼事啊？」

「那個……」夏黃泉望天，覺得難以啟齒，但還是先解決商碧落這混蛋會比較好，於是終於擠出了一句話，「我覺得我們性格很合，你覺得呢？」

「必須……」言必行的大拇指翹起，而後突然對上某位青年如千年寒潭一般的目光，他硬生生地打了個激靈，默默將大拇指縮回去，「也許不太合……」

「嗯？」夏黃泉瞇眼。

「……」言小哥淚流滿面，簡直是冰火兩重天啊，玩什麼呢！小情侶吵架他當什麼砲灰啊，這種時候還是保命為先！於是這混蛋果斷地扶額，「哎呀哎呀，我的頭突然好痛，不行了不行了……」說完抱著頭就地一滾，滾著滾著，就滾遠了。

夏黃泉內心嘔了一口血，什麼人啊這是！

一扭頭，再次對上那興味盎然到可惡地步的目光，彷彿在問——妳還有什麼話好說？

還有……等等！

她一個激靈，剛才被弄懵了，理由不是有最基本最現成的嗎？何必想那麼多。終於領悟了的夏黃泉正色說道：「我拒絕。」

「理由？」

「交往這種事必須要有愛吧，你覺得我們之間有這種東西？」他要說有，她真要笑掉大牙了。

而後，她的大牙就真的掉了。

因為，商碧落說：「有。」

「蛤？」

青年斂起嘴角的微笑，俊美的臉上浮現近似虔誠的神色，目光接觸，夏黃泉一瞬間居然有對方的眼神真的很柔軟的錯覺，而後她聽到他說：「我喜歡妳。」

「……」夏黃泉愣住，完全不知道該說些什麼做些什麼，不知過了多久才清醒過來，臉有些熱，心跳有些加速，但她知道這只是「疑似被表白」後的本能反應，她其實真的沒想過要和他發展成那種關係。救命，要拒絕BOSS什麼的壓力好大！然而即便如此，她依舊吞了口唾沫，小心地開口，「對不……」

「這麼說就可以了吧？」她話音未落，商碧落已然表演了變臉絕技。才一秒鐘，之前的那張深情臉就變成了現在的二類面癱虛偽笑臉，就像是漫畫中星星眼到死魚眼的轉變啊！這混蛋男人也太善變了吧？以至於夏黃泉目瞪口呆，完全不知道該說什麼，只慶幸剛才的話沒說完，否則肯定會被嘲笑。

這個欺騙人感情的混蛋混蛋混蛋！

「總之妳考慮一下吧。」商碧落總結，「除了我，沒人能忍受妳那麼糟糕的性格了。」

夏黃泉的眼神死，這是什麼情況？她、她性格糟糕？！

「性格糟糕的到底是誰啊！」她脫口而出。

青年聖父一般的笑容展現出非凡的包容力，他柔聲道：「沒關係，妳再糟糕我也可以接受。」就在此時，他的目光掃過手錶，二類面癱笑臉再現，「時間到了，我還有事。」而後他轉身，居然真的開始工作了。

「！！！」我去！這傢伙不會真的有神經病吧？！

夏黃泉現在簡直糾結到極點，突然被要求交往什麼的，突然被表白什麼的，最可惡的是，她在他說「我喜歡你」時居然覺得他是認真的，但隨後那混蛋的表現又推翻了她的結論，還說她性格糟糕，而後又突然說那種煽情的話，那時候她居然又覺得他很真誠，緊接著又……又又又又又！無數個「又」煩死人了！

他……他到底是怎麼想的啊？

憑直覺生活的女孩第一次被自己賴以生存的直覺弄暈頭了。

透過電腦螢幕注視著夏黃泉瞬息萬變的神色，商碧落微微勾起嘴角，無法理解嗎？那就對了，「他喜歡她」可是最大的祕密和底牌，怎麼可能現在就完全攤開，但提前拿來做個幌子倒是不錯。

「從現在起，我一秒鐘都不會離開你。」

——這可是妳自己說的，就不要輕易反悔。

所以在之後的時間裡，每分每秒都思考吧——喜歡還是不喜歡，真心或是假意……

像她這種遲鈍的傢伙，隱祕的試探根本毫無用處，就算隱約察覺到什麼了，也會立刻將它歸入不想知道的事件而後置之腦後，如此一來，主動權就落入了她手中，對他來說成功率太低，也需要太多的耐心。耐心他並不缺，但卻沒有足夠的信心保證她會乖乖入套，很有可能他愈陷愈深，她卻嗅到了陷阱旁的陌生味道，轉身就跑，將他一個人留在深深的坑中。

所以倒不如完全挑明，從一開始就以自身為誘餌將她引到陷阱頂部的草墊上，哪怕她本來對他毫無感覺，哪怕她努力將剛才的一切當成玩笑，卻無法抑制自己下意識一遍又一遍地觀察他的神色，一次又一次地思考他的話，一點又一點地收集他的訊息，不知不覺，潛移默化……

商碧落嘴角的弧度加大，心中有些愉悅加得意的他突然視角左轉，緊接著腹部傳來一陣劇痛。他又被揍了。

誰讓我心煩我就讓誰肉痛——女孩的大腦結構其實很簡單。

而此刻肉痛的青年也再次確定了某件事——想圈養猛獸，就必須付出血與淚的代價。

注視著被自己揍成蝦米狀的某混球，夏黃泉靈機一動，頓悟了——這傢伙身上的死氣不會是這麼產生的吧？因為他嘴賤所以挨她揍，所以揍著揍著就死……怎麼可能？！

她心虛地低頭瞥了商碧落一眼，應該不至於……吧？不管怎麼說，她下手還是很有分寸的，莫非以後要盡量減少揍他的次數？可是這真的不由她作主啊，每次一看到他得意就情不自禁，咳，那個什麼。

想到此，她特意戳了戳某人的腦袋：「喂……還好嗎？」

青年緩緩坐直身體，眼神無奈地掃了她一眼：「勉強還活著。」

夏黃泉左看右看，還是不太放心，於是彎下腰，十分不把自己當外人地一把扯起了青年的上衣。

商碧落倒吸了口氣，不知道該說些什麼才好，反抗在暴力面前不過是輕微的掙扎，他只能眼睜睜看著女孩仔細看了看自己肚皮上的瘀青，摸了摸抓了抓又撓了撓，確定沒有別的問題，才鬆了一口氣地放下衣服——她能不能有點自覺？尤其是他們剛才還進行了那樣一番對話。

BOSS君的心中浮起強烈的挫敗感，即使明曉了自己心意的現在，偶爾他也想一把掐死她，比如此刻。

顯然已經不是第一次做這種事的夏黃泉臉不紅心不跳地對上青年的目光，不知為何突然有些尷尬，她輕咳一聲，強作鎮定地拍了一下桌子：「所以你以後別再挑釁我知道嗎？！」

而後她聽到青年涼颼颼地回：「當妳想打我的時候，任何舉動都會被理解成挑釁。」

「……」

商碧落看到女孩的神色從震驚到糾結再到如同下定決心，她說：「好吧，我以後……」

青年嘴角微勾起弧度。

「揍你的時候盡量每次換個地方！」

「……」弧度不見了。

夏黃泉很能體會BOSS此刻的糾結，因為她也很糾結，揍他已經成了生活必需品，怎麼戒？

商碧落半真半假地嘆了口氣：「這算是給我死前最後的溫柔嗎？」

夏黃泉臉色微變，驚訝地看向青年：「死？為什麼你覺得自己會死？」難道說他又背著她做了不好的事情，所以才導致了他的悲劇？

正疑惑間，青年的手指突然撫上她沒有戴眼罩的琥珀色眼睛：「妳說過，這隻眼睛能夠看到未來，突然說要一秒不離開我身邊，難道不是因為我處於危險之中？」

「……」還真是個敏感的男人。夏黃泉深吸了口氣，閉了閉雙眸，再次睜開時，摒除了一切不安與迷茫，她按住青年的腦袋，微湊過去堅定而認真地說，「不會讓你死的。」他是她回家的希望，無論如何她不能讓它破滅。

怦！心臟像這樣。

——這個女人。

「不管付出什麼樣的代價……」

怦怦！快速跳動。

——說出這樣的話。

「都一定不會讓你死。」

怦怦怦！持續加劇。

——就是在……

「違反規則。」

「蛤？」夏黃泉呆住，這時候他難道不該感動得淚流滿面，小鳥依人地投入她懷中嚶嚶哭泣……呸！這詭異的思路是怎麼回事？

商碧落伸出一隻手指頭，將女孩的臉孔推開：「太近了。」

「所以？」

「看著很嚇人。」狩獵者應該是他，她卻無知無覺地射出了第一支箭，這是犯規。

「……喂！」她年紀輕輕，又沒皺紋、毛孔又不粗大，哪裡嚇人了混蛋！這是剛表白過的人該說的話嗎？果然是在耍她，怎麼辦……又好想揍人了。

夏黃泉情不自禁地握緊拳頭，發出了讓人頭皮發麻的嘎吱嘎吱的聲響。

❖

這天下午，蘇玨難得地提前回家，雖然南地在這場的轟炸中，文明盡毀，重建需要相當長的時間，但如果真的能徹底消滅喪屍及病毒，付出這樣的代價並不是不可以，相對於死物，沒有什麼比活著的生命更加重要。

畢竟，誰也不知道病毒會不會再次變異——增加經由空氣的傳播距離或者演變成其他傳播方式。而且，對於北地來說，五百萬人的日常需要並不是小數目，可以承擔得了一時，但不一定能一直承擔下去；更何況人口並不是恆定不變——大家都需要南方的土地。

然而，即便清楚地知道，即便理智可以接受，對於很多人來說，這依舊是感情上難以過去的一道障礙，因為，那裡曾經是很多人的家園，可能從祖輩開始，一代代地在那裡繁衍生息，從睜開眼見到第一縷陽光的那一刻起，所有記憶都與它息息相關，家人、朋友、老師、同學、歡笑、淚水……這些並不是輕易可以忘記或者拋棄的。

今日的W市，蔓延著一股厚重的悲傷。

人們都在心中哀悼，那和病毒一起被夷為平地的南地，以及一起被埋葬了的過去，雖然曾經覺得它太殘酷太不美好，現在回想起來，大多數人都在心酸中微笑。

為什麼總是在生死關頭才能意識到平凡的偉大呢？

為什麼總是在生死關頭才能意識到被忽視的愛呢？

為什麼總是在生死關頭才能意識到……誰才是這個世界上最關心愛護自己的人呢？

可惜，對於這座城市的很多很多人來說，後悔就真的只能後悔——往事從不可追。

夏黃泉和商碧落來自異世，蘇玨原本就是北地人，然而言必行他的過去……無人知曉。

唯一知道的只有，在蘇玨回來時他還很開心，興沖沖地提了一些物資出去，說要換點好東西回來吃——如果說商碧落是靠冰冷的機器在雲端觀察著城市，那言小哥就是深入人群、用「人之間的交往」結成了一張網，流傳在城市的消息，他總是很快能探聽到。而交易物品時，也總能獲得最大的利益，簡單來說，他就是個「管家婆」，把財務交給他，大家都很放心。

然而，他回來時卻有些失魂落魄，忘記交易物品不說，帶出去的物資也不見了，他為難的神色讓其他人沒再追問，接下來，他做飯時甚至差點把佐料放錯，如果不是夏黃泉抱著學習的念頭站在他身邊，晚餐差點就悲劇了。

於是這一天的晚餐，氣氛很奇怪。

平時話最多最愛炒熱氣氛的人一言不發地呆呆扒著飯，甚至都不挾菜，蘇玨和夏黃泉時而擔憂地看著他，卻深怕他尷尬而不敢多看幾眼，商碧落倒是有些好奇，卻沒有其他兩人那麼強烈，因為他有得知情況的辦法。

夜間，見言必行洗完澡關上書房的門睡覺，有兩個人鬆了口氣。

「還好他洗澡的時候沒把自己淹死。」夏黃泉擦汗。

「到底出了什麼事？」蘇玨皺眉。

夏黃泉的目光轉向商碧落，青年同樣回望著她，目光閃了閃，然而出乎他的意料，她居然什麼也沒說，反倒轉而看向蘇玨：「阿玨，接下來還會再進行轟炸嗎？」

「那個啊，應該已經結束了。」一提起這件事，蘇玨的神色再次黯淡，雖然他不是南地人，但大學四年足以令他將那裡當成第二故鄉，故鄉被毀，沒有人會覺得愉快，片刻過後，他才從沉思中反應過來，略帶羞赧地笑了笑，「不好意思，走神了。」

「不……」夏黃泉搖了搖頭，「你不舒服就早點休息吧，這些天也太累了。」連家都沒時間回。

「沒什麼的。」蘇玨微笑起來，伸出手揉了揉女孩的腦袋。

一旁的商碧落微眯了眯眼，輕輕撫摸著袖管中匕首冰冷的刀刃。蘇玨一無所覺，倒是夏黃泉宛若意識到了，瞪了他一眼。

雖然嘴上說不累，實際上精神和肉體都十分疲憊的蘇玨很早就休息了，他睡得很熟，以至於連夏黃泉溜到床邊都沒有發現，女孩晃了晃，再晃了晃，確定他真的睡熟後，彎下腰幫青年理了理被子，悄悄地跑了回去，輕盈地跳到商碧落的床上盤腿坐好。

身著睡衣的青年一如往常靠著床頭看書，漆黑髮絲在燈光下看來格外柔順，大概是因為長長了，左耳邊的髮絲被他掠在耳後，捧著厚重書籍的白皙手指修長而指節分明，翻動間充斥著一股充滿書卷氣的美感。

「有事？」不可否認，商BOSS此刻的心情並不怎麼愉悅。

「廢話，沒事我過來幹嘛？」同樣身著睡衣的夏黃泉給了他一個白眼，靠過去嗅了嗅他，而後輕哼出聲，「湊近聞臭死了！」毫無疑問，她還在記白天的仇。

「……」

就在此時，女孩偷偷摸摸地從枕頭下摸出了筆電，湊到商碧落耳邊輕聲說道：「我偷偷從書房拿出來的，厲害吧？」

女孩淺淡的呼吸近在耳畔，吹得他有些發癢，更帶著讓人蠢蠢欲動的蠱惑。

但是……不行，現在還不是時候。

商碧落手指悄無聲息地緊了緊，垂下眼眸，細密的睫毛在燈光的照射下灑落一層淡淡的陰影，他突然開口問道：「妳是想知道言必行反常的原因？」

「當然啊！」就算再二那也是她的隊友，只能被她欺負！

「那麼，那個時候為什麼不告訴蘇玨呢？」關於他可以監控整座城市這件事。

「啊？」夏黃泉詫異地歪了歪頭，「你不是不想其他人知道嗎？」她覺得自己肯定沒會錯意……難道真弄錯了？

……

怦！

怦怦！

……

青年深吸了口氣，而後緩緩吐出，伸手推開耳邊的女孩。

「太近了，很吵。」

——這個笨女孩，就不能收斂點老老實實地當獵物嗎？

「喂！」

——這傢伙，真的好欠揍，又手癢了怎麼辦？

Ch.25 色狼與羔羊

在女孩炸毛的時刻，商碧落掩蓋了不小心洩漏的痕跡，定下心拿起手邊的筆電。

一見有正事，黃泉妹子也不好再毆打他，輕哼了一聲，湊到青年身邊和他肩並肩排排坐，這樣才能看清楚螢幕上的一切。因為靠著床被的緣故，束起的馬尾多少有些礙事，她嘖了下，乾淨俐落地扯下頭上的髮帶，漆黑的長髮瞬間傾瀉而下，並肩而坐的姿勢讓大部分頭髮落到了商碧落的肩頭，散發著淡淡香味的髮絲讓他敲鍵盤的手不自然地頓了頓，隨即若無其事地繼續。

夏黃泉百無聊賴地拿絲帶在手腕上打結玩，偶爾朝螢幕瞥一眼，又等待了片刻後，她好奇地問道：「需要很久嗎？」

「不用。」

「可是，城市的監視攝影機不是很多嗎？一個個找很花時間吧？」

「可以先固定時間分段和地點。」商碧落以從未對他人有過的耐心仔細解釋著，「比如言必行下午出去的時間是四點到四點四十分，起點是這座社區，四十分鐘內他所能到達的地區有限，參考這一點，就可以劃定範圍，而後做顱骨比對。」

「顱骨比對？」夏黃泉對這個詞很陌生。

青年又敲擊了一下鍵盤，螢幕上瞬間出現一張言必行的照片，而後無數條光線構成的掃描線順著臉部滑落，一個頭骨3D圖快速地在右邊生成：「每個人的顱骨都是不同形狀的，接下來在預定的時間及地點範圍內進行篩選，就可以自動集成他之前的行蹤。」

就像他所說的，畫面跳轉為W市的地圖，以小區為起點，慢慢出現了一個個小紅點，它們連綿延續著，構成了言必行之前行進的路線，直到某個地方，紅點停了下來。

「就是這裡嗎？」

夏黃泉連忙又湊近了些：「哎哎，有了嗎？」隨即不滿皺眉，「你躲什麼啊？」低下頭嗅了嗅手臂，「我有洗澡好嗎？比你好聞多了！」她一點都不臭，混蛋居然嫌棄她，找死！

「……」商碧落無語地歪頭看向身旁的女孩，細瓷般白皙滑潤的臉孔因為氣憤而紅撲撲的，像極了金色秋季枝頭綴著的鮮豔蘋果，散發著淡淡的芳香，無聲地引誘路過者上去咬一口，可惜，巫婆已經在其中加了料，蘋果有毒，一不小心就悲劇了。

「你發什麼呆啊？」

「沒什麼。」青年扭過頭將目光放到螢幕上，「他在這個位置停留了，現在我調出附近的監視器畫面。」

「果然是言小哥……」夏黃泉聚精會神地注視著畫面，青年一手提著物資，另一手插在衣服口袋，慢吞吞地在街上蹓躂，渾身上下從骨子裡散發出那麼一種慵懶的味道，嘴上依舊叼著香菸，無須用手，每走幾步，那菸便微微抖動，幾點散灰隨之墜落，順著秋風飄遠。

沿途不斷有人和他打招呼，他時不時朝對方點頭，偶爾從口袋伸出手懶洋洋地招一招，這沙皮狗似的模樣讓夏黃泉有些手癢，但那些人反倒司空見慣，完全沒有和她相似的反應。

走到某個拐角處時，意外發生了，雖然影片沒有聲音，但可以明顯地看到，某人叫住了他。

青年沒有立刻回頭，但夏黃泉敏銳地注意到，他的身形顫了顫，這次菸灰抖落得時居然連火花一起墜了下來，只剎那便在他銀灰色的風衣上灼出了一個洞。

言必行連忙用手拍了拍，皺起眉頭像是咒罵了幾句，而後才回轉過身，這時的他似乎已經完全收斂好情緒，朝來人笑瞇瞇地打招呼。

重頭戲來了！

夏黃泉瞪大眼眸，一眨不眨地盯著螢幕，而後大驚——妹子！居然是妹子！

一個留著披肩長髮的女性走到言必行面前，兩人開始了五六分鐘的交流，最後，言必行直接將手上的物資塞到她手中，又說了句話。

女子轉身離開了，而言必行則靜靜地站在原地，注視著她的背影，一動不動地又站了十分鐘左右，仰天嘆了口氣，往來時的方向走去。

「我勒……」夏黃泉震驚了，「沒想到他居然能泡到妹子，真是太不可思議了。」而後又突覺不對，「那他回來怎麼是那副表情，好奇怪啊……」

「想知道？」

出乎青年的意料，女孩思考片刻後，最終搖搖頭：「還是算了。」

「不好奇？」

「廢話，當然好奇！」夏黃泉咬牙，好奇到撓心撓肺了好嗎？但是，最初她只是擔心他在外面被人欺負，比如套麻袋毆打什麼的，現在看來是感情糾葛，「這種事情他既然沒說，就說明不想要其他人知道，再探究下去總不太好。」是人都有自己的隱私和不想其他人知道的小祕密，她有，言小哥自然也可以有。

「那麼，這條消息妳想必很感興趣。」

「哎？」夏黃泉抬眸看去，臉上頓時浮現驚訝的神色，「三天後軍隊會派人去南地實地探查？」

W市運氣不錯，在轟炸前，喪屍都沒能過橋，所以最後一座橋還保存著。考慮到南地以後還要住人，這次所使用的導彈無輻射性，對人體沒有傷害，但考慮到其餘危險因素，高層定出了三天的空窗期——那時去才相對比較安全。

其他人也許不知道，夏黃泉又怎麼會不知道這其中的風險呢？

喪屍在進化！

派出去的人很有可能會死。

【參加三天後的實地探查。】

聽到這個消息，夏黃泉不知道該驚訝還是該鬆一口氣，但是，如果她不在，商碧落該怎麼辦？

【隨身物品必須攜帶。】

「……」居然要帶他去那麼危險的地方？！這不是在找死嗎？！

那麼，他身上死氣濃郁的原因是這個嗎？！簡直是……

但是，夏黃泉同時又知道，「系統」並不想真的玩出人命，如果想，他們絕對活不到現在，那麼，目的究竟是什麼呢？

不行，完全想・不・出・來！

夏黃泉摀住臉，困擾的模樣毫不意外地引起青年的關注，他挑眉問：「怎麼了？」

「沒……」黃泉妹子咬牙，「我只是突然覺得這個世界真是太複雜了。」

商BOSS心念微動，下意識伸手搭在她的頭上揉了揉：「不是世界太複雜，是妳的腦子太簡單。」

「……」找死！她伸出拳頭就朝他肚子搗了一拳。

青年瞬間摀住腹部輕咳出聲：「妳不是說會換個位置嗎？」

「……忘記了。」

「……」

「囉、囉嗦！我下次會記得的！」說完，女孩站起身，直接跳回到自己的床，倒頭就睡。

又變成蝦米的某位仁兄仰頭望燈，再一次從內心深處唾棄自己的眼光，但是又有什麼法子？他的目光掃過身側尚有餘溫的潔白床單，那裡靜靜地放著一條海藍色的絲帶，是女孩留下的。

❖

翌日清晨。

今天言必行的精神狀態比起昨天好了不少，為了補償昨天的失態，今天的早餐依舊是他做的，水準與往常相比並未降低，飯桌上也如往常一般嬉皮笑臉地活躍氣氛，就如同昨天的事沒有發生過，商碧落對這件事沒多大興趣，剩餘的兩人則十分配合，總而言之，這頓飯氣場十分和諧。

吃完飯，傳說中的獅王一如既往地要出去「臨幸」後宮，但出乎她意料，今天商碧落居然要求隨行。雖然考慮到他的安全問題，夏黃泉原本就在考慮帶不帶他一起去，或者乾脆發帖請個假，雖然她猜測三天後的南地之行才是危機觸發點，不過這只是猜測，所以在真正的危險發生之前，她必須一直待在他身邊。

但BOSS君主動提出，總讓人覺得古怪。

夏黃泉瞇了瞇眼：「你有什麼陰謀？」

商碧落反問：「在妳的看管下，我能有什麼陰謀？」

「這倒也是，」被拍得很快活的女孩點了點頭，「可是好好地你怎麼突然想出去？」

商碧落勾起嘴角，笑得柔情款款：「因為我想陪著妳，這個理由可以嗎？」

「……去你的！」夏黃泉猛搓手臂，「再讓我起雞皮疙瘩，信不信我揍死你？」

青年攤手。

女孩扭頭皺眉，又來了，這種不知是真是假的詭異感覺——這傢伙，到底是怎麼想的？

但考慮到這段時間以來，「寵物君」一直被一個人孤零零地丟在家，夏黃泉心一軟，彎下腰就一把將他連人帶輪椅抬下樓，在走廊放下後，推著就走了出去。

「夏小姐，早啊。」

「嗯，早！」

不得不說，夏黃泉現在在W市的知名度很高，以至於社區中執勤的衛兵都對她很是熟悉，他們還算好的，因為是路毅的朋友，所以他們經常會與她交談兩句，但外面完全不熟悉的人，見到她都退避三舍，生怕被先這樣再那樣——如果可以，她真的不想要這種打出來的知名度。

穩穩地推著輪椅，夏黃泉一路觀察著路邊的景象。

果然，所有人身上的死氣都加深了，看來喪屍中級進化後，對W市的確有影響，她微微皺起眉頭，好不容易安定下來的人們，又要經受一次生與死的考驗嗎？

真是太過殘忍了。

夏黃泉觀察著別人，殊不知別人也正在觀察她，如果不是手機等通訊工具不能用，肯定所有人都要發訊息——不得了啦，鐵甲女暴龍不知道從哪裡強搶了一個帥哥，遊街示眾啦！

當然，也有不少人有其他意見。

比如——什麼叫鐵漢柔情，這就是！就算是鐵背大猩猩，也有柔情萬丈的一面！

夏黃泉很快就注意到人們的眼光不對勁，感知靈敏的她察覺到他們沒有惡意，但這種依舊讓她毛骨悚然的目光是怎麼回事？

起初她嘗試過盯回去，果然，沒人敢和她目光交接，但當她一收回目光，對方立刻又看了過來。幾次後，她無奈地放棄了，總不能因為這個就去打人吧？她又不是惡霸！

無比疑惑間，她俯下身悄聲問商碧落：「你有沒有覺得那些人的眼神很奇怪？」

青年環視四周，微微仰頭，在她耳邊低聲說：「有嗎？」

夏黃泉被他的呼吸吹得耳朵有些癢，不自在地微搖了搖頭後，果斷道：「絕對有啊！」尤其是和商BOSS說話的時候，感覺更可怕了好嗎？！

就在此時，圍觀者中不知是誰靈光一閃，認出了商碧落：「那是狽，狽啊！」

狽，在W市是一個傳說中的名字。

在「獅王」崛起前，她和另外一個人組成了一個神祕組合，它既不叫「假面軍團」也不叫「曉」，而是「狼狽雙煞」，一狼二狽，沒錯，這個組合由兩個人構成！

但是與曝光率極高的「狼」小姐不同，「狽」（性別待定）隱藏在黑暗深處，據說是一個非常猥瑣陰暗的人，所以才長期不露面——事實上，被揍者很少見過商碧落非常正常，因為每次夏黃泉都是帶著他到附近，安頓好之後才去揍人，打完了再揹著他走。

曾有無數人看過他們的背影，知道「狽」同學身體太過虛弱或是雙腿不能行，只能在「狼」背上活動，於是以此為原型創造了那個神一般的外號，然而！可是！但是！

這個月光美青年是怎麼回事？

這個笑得超級溫柔的月光美青年是怎麼回事？

這個看起來異常善良笑得超級溫柔的月光美青年是怎麼回事？

他——真的就是傳說中的「狽」先生嗎？怎麼看都像是溫順的潔白羔羊好嗎？！

是祕密，是陰謀，還是那隱藏在黑暗深處的一道不明的光？！

一道道煽情的標題快速地刷過了人們的內心，不得不說，大部分人內在都是顏控，同樣兩個混蛋，長得帥一點的那個就是佔便宜，商碧落這混蛋又披著一張小白花外皮，聖父般的笑容實在不怎麼拉仇恨，尤其是「仇恨行走體」夏黃泉在身邊的時候——「被逼良為娼的青年啊，你賣身色中惡狼為哪般？！」

女性的眼中充滿了憐惜。

男性……也許他們該鄙視他，但是在親身體驗過某位姑娘的暴力後，他們心中只剩下深深的憐憫以及幾絲幸災樂禍，當然，也有幾位兄弟很恐慌——哎呀媽呀！哥我長得比那位兄弟還帥，不會也被強搶吧？！然後被打斷腿強留在身邊什麼的……虐戀情深什麼的……囚禁 Play 什麼的……制服誘惑，咳，這個好像還沒看出來！

如果夏黃泉知道這些人的想法，一定會毫不客氣地噴他們一臉，很可惜她不知道。

而商碧落，他笑瞇瞇地表示喜聞樂見——他和她不可分割，在所有人的見證下。

等到兩人到達PK場時，這個最新消息已經上了論壇：

號外！號外！狼小姐和被她圈養的羔羊——狼愛上羊啊愛得瘋狂——有圖有真相！走過路過不容錯過！

當然，目前在場上的人還沒機會上網，於是這裡又爆發了一場與路上差不多的討論。

人們已經習慣在這個時間將最好的位置留給夏黃泉了，她直接將商碧落推到場外，低聲說了句「自己顧好自己」，就走到劃出的場中，歪歪脖子晃了晃手：「今天時間有點緊，挑戰的是哪些人？」

沒人和她客氣，二十多個人一起站出來，有單人的，有組團的，夏黃泉點點頭：「你們一起上吧。」在情況未明之前，她不想離開商碧落太長時間，所以只能盡快解決了。而且……那些人看她的目光真的很奇怪，她有點Hold不住。

聲音不大，卻足夠其他偷偷關注她的人聽清楚，四周沉寂片刻後，猛地爆出喧譁。

路人甲大驚失色：「今天雌獅磕了藥？怎麼格外凶猛？」

路人乙默默遠目：「春天到了啊……」

路人丙面帶疑色：「現在是秋天啊。」

路人乙萬分鄙視：「笨！我是說雌獅的春天到了，你們沒聽說過嗎？動物在發情期為了吸引異性，都會做出某些特定行為來展現自己，比如比誰的羽毛漂亮啊，比如比誰會跳舞啊，比如比誰會打架啊……」

路人甲路人丙齊齊點頭：「原來如此，兄弟高見！」

路人乙拱手謙讓：「不敢不敢。」

夏黃泉握了握拳頭，最後忍無可忍地拔刀指向那三隻旁若無人高聲討論的混蛋：「你們三個，給我過來！」反正二十多個都揍了，再加三個也無妨。

「……」×3。

「不過去成嗎？」

「求言論自由……」

「圍觀有理，討論無罪。」

「……」夏黃泉頭上爆出一堆青筋，她深呼吸一口氣後，再次開口，「我說最後一次，給・我・過・來！」她一定會好・好・關・照他們的！

話音未落，其他旁觀者突然抬起三人，嘩啦一聲丟入場中。

「你們……」

三人想發出憤怒的譴責，只見其他圍觀者紛紛攤手：「圍觀有理，丟人無罪。」

「……」×3。

「那麼……」夏黃泉將手中的長刀插入鞘中，除了最開始不熟練的幾次，現在的她和城中人PK時，已經很少拔刀了，畢竟刀劍無眼，她抿了抿唇，漆黑的右眼和別人看不到的琥珀色左眼中，綻放出銳利的戰意，「開始吧！」

話音剛落，她右手執刀，飛快地跑入人群中，選擇主動出擊。

趁著其他人尚未反應前，她一個肘擊最先讓距離自己最近的男子摀腹彎腰，而後力道精準地以一記手刀劈上他的脖項，讓他失去戰鬥力——手刀這個動作從前在電影、電視和書籍中看人使用，她最初以為很好做，但真正親身體驗後才發現難度相當高，頸部是脆弱部位，力道過大可能會危及人命，而力道過輕則毫無效果，這一次的成功是建立在練習很多次的基礎上。

一腳踏著倒地男子的軀體，夏黃泉彈跳起身，雙手持刀劈砍下去，這一次的目標是旁邊兩位壯漢，兩聲脆響後，他們接連倒地，女孩的動作卻沒有停，藉著衝刺的力道一個旋轉，長刀在她手中揮舞出一道美麗的弧線，將附近剩餘的三位男子紛紛掃出了場外——根據規則，他們在出線的瞬間便失格。

這些動作看似複雜，其實只在片刻間，也直到此時，其餘人才反應過來，紛紛拿出自己的武器，迎戰不退反進的女性。

商碧落靜靜地注視著場中的動作，表情很是輕鬆，第一次和女孩出去揍人時，就親眼見她一次揍翻了幾十個男人，現在的場面根本不是大問題，只是，有些礙眼——所有人的目光都集中在她一個人身上，彷彿那是漆黑夜晚中唯一的發光體，雖然知道這是已經發生了很久很正常的情況，青年的心中還是泛起淡淡的陰鬱，就像是珍藏的寶石被放入博物館公開展覽，貪婪的目光，驚羨的目光，欣賞的目光，無論是哪一種，都讓人厭惡。

青年的手指緩緩摩挲著扶手，無論心中有怎樣的波動，臉上依舊掛著溫柔的笑容。

「還真是強大到可怕地步的武力。」他的身旁突然傳來了一個聲音，聽嗓音應是一位年輕女性，商碧落沒有扭頭去看，對方停頓片刻後，接著說，「這位先生，你覺得呢？或者該稱呼你……狽先生？」

商碧落嘴角勾了勾，開口答道：「我姓商。」

「你好，商先生。」女子從善如流地換了稱謂，禮貌地問，「請問您現在有空嗎？」

「新生報社？」商碧落對此並不好奇，只鎮定地問，「怎麼？打算拿我們做第一期的頭條嗎？」

「你怎麼會知道？」出來採訪的女記者訝異極了，「新生報社」成員原本是南地的新聞從業者，到W市後，伴隨著消息管制，他們都淪為每天只能領取救濟糧的閒人，一些不願就此度日的人聚集在一起，屢屢向軍方請願。好在城市安定後，人心穩定，網路恢復，在他們努力不懈下，軍方終於在今天答應恢復報紙的發行，並將佔領的一家報社辦公室劃分給他們，裡面有現成的設備。

得到了同意，眾人討論後決定使用「新生」這個名稱，而後她就匆匆忙忙地跑出來取材，目前城市最引人矚目的無疑是兩件事——對南地的轟炸，以及雌獅。

沒想到居然在這裡碰到了傳說中的「狽」先生，可真是意外之喜。

緊接著，最讓她意外的事情發生了，這位自稱姓商的青年，究竟是如何得知他們一個小時前才討論出來的報社名字的呢？他是軍方的人？不，不會，他們本打算明天做好報紙樣本才遞交給軍方審查啊。

商碧落對她的問題不置可否，他並沒有義務為對方解惑，尤其她的存在和過分靠近，已經讓他很不舒服。

善於察言觀色的記者吞下了問題，轉而問道：「那麼，請問商先生，你能和夏小姐一起接受我們的採訪嗎？不會浪費你們太多時間的。」比起商碧落，夏黃泉這個名字早就傳揚開來，眾人紛紛讚嘆，不愧是活閻王，連名字都如此霸氣側漏，直接讓人下黃泉！

就在此時，場中的夏黃泉以一個乾淨俐落的側踢打敗了最後一個人，舒了口氣後，她朝其他躍躍欲試的人揮揮手：「今天就十場，不多打了。」而後轉身朝商碧落的方向走去，卻驚訝地看到，這混蛋居然在短短時間內就泡到妹子了，太不公平！她天天累死累活都沒妹子向她搭訕，為什麼他才第一次來就有妹子搭訕啊！混蛋！！！

心中非常不爽的夏黃泉眯了眯眼，快步走回商碧落身邊，正準備說話，卻見他朝她招了招手，她歪了歪頭，疑惑地看著他，青年又招了招手，她於是彎下腰去。

商碧落笑了笑，不知從哪裡掏出了一條潔白的手帕，擦了擦她的臉頰，柔聲說道：「看妳，玩得一臉都是汗。」

「！！！」

夏黃泉只感覺到雞皮疙瘩順著腳底一直蔓延到了頭頂，渾身上下如同被雷電劈過一次，超・可・怕！

——這傢伙被鬼附身了嗎？！

她正準備推開他，突然聽到他在她耳邊低聲地說：「妳看那些人看我們的目光，是不是好多了？」

「……」夏黃泉一愣，隨即左右張望了下，發現不少人都善意地朝她笑。

還真是……好多了。

能不好嗎？

從「強搶男人」變成了「兩情相悅」。

從「被逼良為娼的青年啊，你賣身色中惡狼為哪般？！」變成了「溫柔男友殘遭厄運癱瘓在床，女友多年照顧練出一把好力氣！」。

能不好嗎？！

Ch.26 夏黃泉會信商碧落的鬼話嗎

答案是：才怪！

雖然群眾的觀感的確好轉了，但她總微妙地感覺自己被耍了，只是就算再想揍他，黃泉妹子還是以強而有力的理智將這股衝動強行壓抑下去——回去再打！想打幾次打幾次！想幾成熟幾成熟！

如此想著的她起身，走到商碧落的後方，雙手握住輪椅的把手想推這混蛋回家。

「請稍等一下，夏小姐。」

攔住她的不是別人，正是商混蛋剛才勾搭的妹子，夏黃泉愣了愣，這是什麼節奏？周圍的群眾精神一振，唉呀媽呀，這莫非是小三對上小二的節奏！

「妳是？」夏黃泉注視面前年約二十五六歲的女性，面容漂亮幹練，短髮及肩，髮尾微捲，雖身穿休閒服，卻依舊很有ＯＬ的氣場，她確定自己沒有在哪裡和對方交流過。

「是這樣的，我叫呂露，新生報社的記者，想採訪妳和商先生，請問你們現在有空嗎？」

「採訪？」

「是的。」呂露微微一怔，見夏黃泉並不像商碧落那樣瞭解情況，便解釋了一下。

夏黃泉明白了，群眾失望了——原本以為會打起來的！

「原來如此，」夏黃泉撓了撓臉頰，低頭問商碧落，「你願意被採訪嗎？」就算是寵物也是有人權的！

青年彎了彎眼眸，依舊一副溫柔好男人的模樣：「我都聽妳的。」

「……」好噁心！又被雷出一身雞皮疙瘩的夏黃泉警告地瞪了商碧落一眼，然後猶豫地看向呂露，她從未被採訪過好嗎？

也許是看出她的疑慮，呂露連忙說：「請放心，不是正式的訪談，只是隨便聊聊。」對方都說到這個地步了，再看商碧落並沒有明確地提出反對，再加上夏黃泉本身對這件事也不反感，於是她點了點頭：「可以。」緊接著問，「去哪裡談？」

呂露指了指一旁的空地：「那裡可以嗎？」

「好。」

一場注定在報紙和相關影片放出後引起廣泛關注的採訪就以如此平淡的方式開始了，三人的心態各有不同。商碧落純粹抱著看熱鬧的心態，夏黃泉新手上路有些忐忑，唯獨呂露覺得不可思議，來之前她已經做好入院的準備，但沒想到「獅王」居然這麼好說話，甚至有一瞬間，她覺得對方和其他女孩並沒有什麼區別，然而下一秒，當呂露的目光落在那被人議論紛紛的黑色眼罩以及她腰間毫無疑問是真品的武士刀時，這位記者警醒了——眼前看似普通的少女，擁有比任何人都要強大的武力，不僅是在W市，更可能是整個炎黃國最強。

試探性地提了幾個常見的問題後，呂露終於切入正題：「夏小姐，據我所知，妳之前曾經和商先生一起襲擊城市居民，並且得到『狼狽雙煞』的稱號，請問妳這麼做的理由是什麼呢？」

夏黃泉心中嘔血：「……能別提那個稱號嗎？」

「當然可以。」呂露點點頭。

「理由……」夏黃泉想了一下說，「因為覺得不對勁。」

「能說得具體一點嗎？」

夏黃泉思考了片刻，在腦中組織語言，而後盡己所能地解釋道：「妳看，不是很奇怪嗎？」她轉過身，看向場中時而歡笑時而咒罵的人們，「這座城市中的人都是一樣的，一樣不幸，又一樣幸運。」

「與北地人不同，我們遭遇了病毒，所以不幸；我們活下來並到達W市，生活再次恢復平靜，所以幸運。」夏黃泉進一步說。

「呂小姐是記者應該知道，南地的五千萬居民在這場劫難中，存活的只有五百萬，每十個人中，只有一個人活下來。」她頓了頓，接著說道，「在這裡的每一個人，都失去了一些親人，一些朋友，拼命掙扎著從屍骸堆中爬出來，背負著對亡者的記憶，在這被稱為『末日』的世界中活了下來，網路上有人說W市的人都是那場殘酷戰鬥中的贏家，但我想很少有人會真正這麼覺得。更多人會認為，每個人都是失敗者，每個人都是失去者，只有誰比誰更不幸，沒有誰比誰更幸運。」

「但是……」

「但是？」呂露緊接著問，她對夏黃泉接下來要說的話非常好奇。

「但是，卻被扣留在W市了。」夏黃泉笑了笑，「我知道，很多人非常不滿，覺得自己像是被圈養的家畜，沒有人權、自由和公平，除了等死，再沒有其他事情可以做。」

「夏小姐不這麼認為？」

「我怎麼認為無所謂，每個人都有每個人的想法，誰也沒有資格把他的想法強加給別人，然而，」女孩斂起臉上的笑容，「討厭北方居民也好，反對政府的決定也罷，怎樣都沒關係，這是每個人的自由。但是，將這種憤怒發洩在與自己有相同遭遇的人身上，很奇怪很不對勁吧？」

「這個……似乎是如此。」呂露點點頭，她深知那段時間W市的混亂，街頭巷尾隨時都有人打架鬥毆，即使只是不小心路過都有可能被堵住圍毆，許多人像是精神錯亂了一般陷入瘋狂的狀態，但在「獅王」做出約戰的事情後，這種情況奇異地好轉了，所以她更加好奇，「這就是妳為什麼那麼做的理由嗎？能夠詳細說明嗎？」

「詳細說明啊……」夏黃泉嘆了口氣，深切覺得被採訪真心是件累人的事情，腦細胞都快被搾乾了好嗎？！她深吸了口氣，接著開口，「我……」

❖

這場採訪持續了一個多小時，期間商碧落只是偶爾開口，卻明智地阻止了她說出「想揍到他們無法打架為止」等可怕的話，大大地維護了她的形象。

對此，夏黃泉十二分地滿意，所以推他回去的路上心情都很好，低低地哼著一支不知從哪裡聽來的曲子。

青年聽著女孩唱著音調奇怪的歌聲，心中有些好笑：「很開心？」

「當然！」

「因為能上報紙？」

「是啊！」夏黃泉很坦率，「我還是第一次上報紙，不，是第一次親身接觸新聞媒體，你不知道，我的運氣超級差，小學初中高中大學都有電視台的記者來我們學校，可無論哪次鏡頭裡都沒有我，明明我每次都在附近！」

「……」這個機率實在是……慘烈了些，但商碧落微勾起嘴角，突然開口說，「妳知道今天說出那些話的後果嗎？」

「後果？」女孩歪了歪頭，訝異地問道，「能有什麼後果？」

「不出意外的話，妳在W市的影響力會達到極高程度。」

「哈哈哈！我覺得我的影響力一直很高。」看路邊人的眼神就知道……

「過去只是武力，現在是精神方面。」愈是危險的世界，愈需要強者，無論是武力，還是精神，女孩做出的行為恰好滿足了人們對於這兩點的需求，政府在特殊時期總是需要一個具有正面影響力的人物，如同過去他們所捧出的那一個個模範代表，女孩無論是言行還是與軍方的關係無疑都滿足了這一點，接下來她的思想和行為將在報導和言語中不斷被美化，得到進一步昇華，一點點地被這個城市乃至於全國人民捧上高高的神壇。

雖然聚焦到她身上的目光更多這一點讓青年有些不舒服，但事到如今，她被人們所關注已經是無可避免的事，與其讓她在與普通人一天天的相處中去除隔閡，倒不如索性讓她浮在高高的雲端——「女孩與他人的距離進一步拉遠」讓他很是愉悅，他不介意繼續添柴加火。

「聽起來好複雜的感覺……」夏黃泉瞇了瞇眼，停下腳步竄到青年的面前，彎下腰盯著他，「喂！你不是又在打什麼壞主意吧。」

「怎麼會？」青年露出一張無辜臉。

「……算了。」夏黃泉聳聳肩，雖然微妙地覺得他不懷好意，但她也沒感覺到危險，她困擾地望了望天，思考什麼的真心不擅長啊，「總而言之，如果不是壞事，我沒意見。」

「呵……」青年低聲笑了起來，「完全不在意這個嗎？」

「是啊。」夏黃泉扭頭觀看路邊的風景，不經心地回答著，「他人的看法本來就是很難左右的，就算我為此在意，也不會改變什麼吧？有時候做得愈多結果反而愈糟。」

「那妳最在乎的是什麼呢？」

「唔，和你一起好好活下去吧。」女孩說的是真心話，她活著才能順利回家，他活著她才有回家的希望，兩者缺一不可。

商碧落微怔，不經意間，他放在身側的手緩緩捏緊。又是這樣，女孩的眼神很清明，這對她來說只是再普通不過的一句話，卻總是能……

與此同時，夏黃泉突然覺得背脊一涼，連忙轉頭看向對面的青年，皺眉道：「你怎麼了？表情好奇怪……」難道突然肚子痛？不對啊，小箭頭君沒有給她「愛」的提示啊！

一隻微溫的手突然撫上她的臉。

夏黃泉不明所以地看向青年：「你做什麼？」

商碧落驀然笑起，開口說：「妳想和我一起活下去？」

「是啊，怎麼了？」女孩眨了眨眼，突然賊兮兮地笑著反問，「是不是被感動得淚流滿面啊？想哭就哭吧，我不會嘲笑你的！」這個時候自帶BGM，那無疑應該是〈男人哭吧哭吧不是罪〉。

「……」

——又總是一句話就讓他陷入無語的境地，她左右他的情緒實在太過輕易了。

青年垂下眼眸，藉著這動作掩去眼中翻騰著的波濤，卻偏偏用平淡無奇的語氣回答道：「好吧，我很感動，淚流滿面了。」

「……」夏黃泉一爪子拍開他的手，扶額，「算我拜託你，能說得有誠意些嗎？！」

這種話早已無法擊破商BOSS超強的防禦外殼，他只淡定地反問：「誠意？」

「是啊，誠意！」

「那妳想如何？」

「我……」夏黃泉愣住，這混蛋怎麼把問題丟回來了呢？不過她還真有件事想和商碧落商量。

因為系統的緣故，她肯定要參加之後對南地的探查，同時還要帶上商碧落。雖然把他當成隨身物品，但她不可能問都不問就做出強行帶著他上路的舉動。

也許別人不知道，但被她壓著一直觀測南地的商碧落一定知道此行的危險性。

他會答應嗎？

放棄W市安穩的生活和她去那種隨時可能喪命的地方。

夏黃泉的心沉了下來。

她臉上掙扎的表情太過明顯，光是看就能猜到，更何況是一直撫著她的臉的青年。很久之前覺得愚蠢的臉，在被多巴胺佔領了大腦的時候再看，意外地豐富而有趣。

已經大致猜到實情的BOSS心情很愉悅，多麼好，她正因為他而露出煩惱憂鬱掙扎的神色。他可以容忍她影響自己的情緒，但更希望公平些——哭也好，笑也罷，只因他而生。

像現在這樣，就很好。

心懷滿足地又欣賞了片刻，他才輕聲問道：「怎麼了？」

「唔，」夏黃泉猶豫了一下，說道，「我要參加之後的南地探查。」她看向青年，發現他只是沉默地點了點頭，對此不置可否。

混蛋，好歹來點反應啊，這讓她怎麼繼續啊！更加糾結的夏黃泉又沉默了片刻，才接著問：「你……願意和我一起去嗎？」

話音落下，她鬆了口氣，一顆心又重新提了起來，他要是不答應呢？打量了帶走？還是分成好幾段裝在袋子裡……呸！這個絕對不成！

想到此，她不由再次開口：「你放心，我一……」

「好。」

「……定會……蛤？」

驚喜來得太快，以至於夏黃泉一時間難以接受，好在她現在的心理極其健全（？），片刻便反應過來，小心翼翼地問：「你真的願意？」

商BOSS的回答非常正氣凜然：「君子一言，駟馬難追。」

「你是君子？」

「……」

「……我錯了！」夏黃泉望天，怎麼一不小心就說出實話了呢？不應該，實在不應該！

「好吧，既然妳這麼認為，」青年彷彿真的被傷害了一般，輕嘆了口氣，而後朝夏黃泉伸出了手，「拿來吧。」

「什、什麼？」夏黃泉注視著青年近在咫尺的掌心，呆了。

「報酬。」

這混蛋居然敢趁火打劫？！夏黃泉下意識就想揍人，但情勢比人強啊，她不得不妥協：「說吧！你想要什麼？！」

「妳覺得呢？」

「我覺得……」夏黃泉稍微思考了一下，雙眸一亮，而後臉孔一黑，還能更明顯嗎？他想要的當然是——

揍她啊！

一直被她揍肯定很不爽！

然後就超級想打擊報復！

哼，一切都被她看透了！

小心眼的男人最討厭了！

忍，現在必須忍，忍過了這次再和他算帳。暗下決心的夏黃泉心一橫牙一咬，閉上眼睛張開雙手就吼了一聲：「來吧！」讓暴風雨……不，毆打來得更猛烈些吧？

——商碧落，感到自豪吧，來到這個世界以來，你是第一個成功揍到姐的傢伙。

「……」商BOSS當然不是想揍她，他只是想和女孩談談條件，試探一下她的底線，很顯然，她再次成功地將一切往詭異的方向理解。

他半是無奈半是好笑地注視著如臨大敵的夏黃泉，雙眉緊閉著的她，似乎在等待什麼可怕的事情降臨。漸漸有了壞心眼的商碧落緩緩朝她伸出手指，果然，愈是接近，她的眉心就皺得愈緊，卻還拼命咬牙壓抑著，一動不動。

手指順利地頂到了她的鼻尖，並未用力，只是輕輕地戳了戳，女孩瞬間放鬆，眉頭舒展了些，與此同時，下意識張嘴吐出一口一直憋著的呼吸，動作間，露出潔白的貝齒和粉色的舌尖。

此刻，夏黃泉心中很是意外，原本以為商碧落會狠狠揍她，結果他居然只是戳了戳？

——這傢伙居然意外地心軟？太不科學了！

卻完全沒想到，她做出的動作，成功地讓青年的眼眸瞬間深邃，內心洶湧的波濤再次翻騰——渴望、慾望、掙扎、猶豫、決意，剎那間交織在一起。

戳著鼻尖的手不知何時滑到了頸後。

女孩為這轉變驚得疑惑，唇齒輕啟，想要開口，這個動作，卻解開了野獸身上的最後一根鐵鏈。

它咆哮著跑了出來！

夏黃泉只覺得有什麼快速地湊近，脖項卻被一股不容忽視的力道強推向前，就在她以為商碧落終於按捺不住用拳頭招呼她時，炙熱的呼吸撲面而來，嘴唇突然一熱，被含住，被吮吸，之後一股濕熱而滑膩的觸感滑過唇瓣，深入她的口中。

就算再天真，夏黃泉也知道到底發生了什麼事。

然而就因為知道，才覺得不可思議，甚至可說是震驚。

與上次不同，這是一個真正的吻。

他怎麼可以？！

一股巨大的憤怒在女孩的內心點燃，懷著強烈的怒意，她猛地睜開了眼眸。

意識到了的青年，在這一秒抽身後退，離開了她的唇。

目光對上。

一個柔和中夾雜著情慾，一個憤怒裡暗藏著殺意。

就這麼無聲地對峙著。

「你知道自己在做什麼嗎？」與往常不同，如果從前女孩生氣時的語氣用火來形容，那麼此刻她的話冷到幾乎可以掉出冰渣子。

在剛才的一刻，她意識到，那行為也許真的是出於本心，但那又如何？罔顧她的意願以所謂的「報酬」為名做出那樣的事，是錯誤的——他們之間並不是可以做這種事情的關係，她是人，而不是隨便可以被拿出來當成獎勵的物品。

他根本不懂得什麼是尊重。

青年勾了勾嘴角：「我從來沒有一刻像現在這樣清醒。」他只是做了自己一直想做的事情，而感覺比他所想的還要美好得多。

喜歡一個人，因此想要靠近，並在接近的過程被對方不經意的舉動所誘惑，而後做出情不自禁的舉動。看似他的防線因為她而一次又一次地全線崩潰，其實只是身體比理智更早領悟了「喜歡她」。這可真讓人困擾，明明不想讓她知道得太早，卻不得不在此刻就面對全盤暴露的事實。

但是，面對她時的這種未知感又讓人微妙地覺得並不討厭……

青年弧度愈深的嘴角更加深了兩人之間的誤會。

夏黃泉站直身體，用手狠狠地擦著自己的嘴唇，指甲無意間劃破了嘴唇，帶下一串鮮紅的血珠。

商碧落微微皺眉：「妳……」

話音未落，突然聽到女孩說：「回答我，這樣做是不是讓你覺得很高興？」踐踏她的尊嚴，越過她的底線，甚至在事後以嘲笑的態度看她的反應，真的能讓他快樂？

從一開始，憤怒就讓夏黃泉暫時忘記了引以為豪的直覺，她現在只想得到一個答案，無論是肯定的，還是……否定的。

而青年在面對她質問，同樣給予對方發自內心深處最真實的答案：「是。」親吻她這件事，的確讓他非常快樂，更甚於他所做過的任何事。

如果這就是所謂的墮落，那麼他覺得自己開始理解路西法。

然而回應他的，卻是毫不客氣的讓他五臟六腑都疼痛起來的一拳，因為它的力道比起從前的任何一次加起來都要大。

對他來說，這是顯而易見的拒絕，當然，這早在他的意料之中，但她似乎比他所想的還要果斷決絕。

明明被打了，他卻不覺得腹部有多痛，因為身體裡有個部位更加疼痛，他下意識想抓住她的手，卻被對方毫不客氣地一把揮開。

下一秒，女孩說話了。

「商碧落，你真讓我作嘔。」

不知從何時起，明明覺得他已經不再那麼討厭，揍人的力道也漸漸放輕，有時甚至會想，是不是對他誤解太深不太公平？畢竟他到這個世界以來，還什麼壞事都沒做過。

也許該改變一下對他的看法？

就算做不成朋友，長期搭檔還是可以的吧？

但原來，一切都只是她的錯覺。

他這個人，永永遠遠不會改變。

只是她太天真了，僅此而已。

Ch.27 出門怎麼可以不帶我

次日，當夏黃泉醒來時，「新生報社」的報紙已經發送到城市的每個角落，作為現在W市印發的第一期甚至是第一份報紙，它獲得了廣泛的關注，而且因為免費贈送，幾乎人手一份，報紙頭條正是那篇訪談。

就如商碧落所預料的，夏黃泉的名氣再一次飆升，原本夏黃泉約戰的事情給人反面的印象，經過這次則變得正向多了。就算她本人並不在意，雖說被人喜歡比被人討厭要好得多，但她也隱約察覺到這份「喜歡」並不單純，裡面包含著期待與責任。

她該做些什麼——幾乎所有人都這麼覺得，但夏黃泉本人此時卻十分無力，比如，她就沒辦法讓自己不失眠。

在籠罩夜晚的黑暗中睜著眼睛卻因為各式各樣的原因覺得翻身就輸了於是一直堅持不動彈的女孩，直到凌晨才睡熟，以至於起床時已經是上午十點，頂著一頭亂髮打哈欠走出房間時，對上了一聲驚叫。

「妹子，妳黑眼圈怎麼那麼深？」

「……這不是黑眼圈，這是煙熏妝！」夏黃泉立刻反駁，「我昨晚睡得很好！」

「……我沒說妳昨晚睡得不好啊，我錯了錯了……真是的。」言必行嘆了口氣，朝夏黃泉招了招手，「來，特地給妳留了早飯。」

「嗯。」

夏黃泉摸著肚子，老老實實地走到飯桌了旁邊，片刻後，言必行端來溫熱的米粥和包子，一邊看女孩吃，一邊靜靜地在一旁剝著白煮蛋，而後不知從哪裡找出紗布一裹，遞了出去：「自己滾！不……不是讓妳滾人，是讓妳滾眼睛。」

「謝謝。」夏黃泉收起拳頭，接過雞蛋滾了兩下，復又道歉，「不好意思，我……」

「知道，和阿商吵架了吧？」

「……」

「放心吧，我不會問的。」言必行伸出手指戳著桌上的雞蛋殼，輕聲道，「但是，就像妳說的，大家都是費盡艱辛才好不容易活下來，吵架什麼的很正常，別弄得沒有死別卻生離，那就太不划算了。」

夏黃泉沉默了一會兒，最終還是嚥下喉嚨裡的解釋，只是點了點頭，什麼都沒說。

言必行暗自嘆氣，這回情況嚴重了啊，阿商，不是兄弟不幫你，而是……你究竟做了什麼啊？！

且不論言小哥是如何想的，夏黃泉此時已經冷靜下來了。她在那睡不著的漫漫長夜中思考了很久，商碧落從來沒有做出任何保證，是她自己想太多而已。但話又說回來，就像撿回一條山貓，哪怕知道隨時可能被牠撓被牠咬，哪怕嫌棄牠太凶太醜虱子多，卻不得不吃好喝好養著牠，照顧著照顧著就產生了感情，未必是親情愛情友情這類深邃的情感，大概只是一路相隨自然而然產生的習慣，結果還是被咬了。

生氣實在太正常了，但不值得一直憤怒，是她對待他的情感發生了偏差，不小心模糊了兩人的界限，現在她就像小學時同桌不小心越過三八線結果被圓規戳了手臂的倒霉孩子，只要重新縮回線內就好了。

以前她曾經聽說過一句話，大概意思是——仔細觀察就會發現，恨這種情感和愛是多麼相像。

本來夏黃泉對此很不理解，但一直到此刻才發現，厭惡一個人其實真的和喜歡一個人很像，同樣會把目光投注到那人身上，同樣會被對方的舉動所影響，同樣要耗費太多的時間和情感。她雖然不喜歡商碧落，但不得不承認在這個世界，她最靠近的人就是他，原因很多，因為他和她一樣來自另一個世界，因為她和他相處的時間最長，因為她覺得自己很瞭解他所以失去了戒心……但她不想再繼續下去了，更何況，現在也沒有多餘的時間去想這件事。

❖

下午，不知何時又出門的蘇玨回來了，第一眼看到夏黃泉時，便驚訝地問：「黃泉，妳的嘴唇怎麼了？」

「嗯？」夏黃泉摸摸唇，反應過來，「哦，這個啊，昨天抓臉的時候不小心抓破了。」

因為的確是指甲造成的傷口，所以蘇玨相信了，卻擔憂地說：「妳抓之前沒摸什麼奇怪的東西吧？需要檢查一下嗎？」

「……不用，我又不是小孩子！」難道她還會特地抓一把喪屍再抓自己嗎？

「但是……」

「咳！」

一聲咳嗽打斷了兩人的對話，夏黃泉這才注意到，蘇玨身後有另外一個熟悉的身影，她連忙打了聲招呼：「許營長。」而後恍然，「你們有事情要談嗎？我去倒……」

「不，我是來找妳的。」

「……我？」夏黃泉指著自己的鼻子，詫異地問道。

「沒錯。」許安陽點點頭。

夏黃泉看向蘇玨，他對她點了點頭：「沒錯。」

「小夏，能單獨談談嗎？」

「……好。」黃泉妹子隱約察覺到，沒錯，也許「去南地」的契機就是這次對話。

事實的確如此，許安陽是這次南地探查的總指揮，原本沒打算讓民間力量參加，引發這個變化的正是今天那篇報導，上面寫：

呂：「如果證實喪屍的確被消滅，夏小姐也想回到自己的故鄉嗎？」

夏：「當然，無論有多艱難，都要回去，我的一切都在那裡。」

呂：「哪怕親人、朋友都已經不在，家也變成了一片廢墟？」

夏：「……他們一直在我的心裡，從沒有消失過。對我來說，家並不僅僅只是房子。」

呂：「那為什麼執著地想要回去呢？不覺得妳的話自相矛盾嗎？」

夏：「不，並不矛盾。我曾經聽過一句話，『此心安處是吾鄉』，哪怕他們已經不在，我依舊想活在他們存在過的地方，那裡有他們生活的軌跡，那裡有我最珍貴的記憶。離他們最近的地方才會讓我心安，離得太遠，我怕有一天我會忘記他們的模樣。」

夏黃泉口中的「故鄉」和其他人所想的不同，然而就算相差的是兩個世界，「思鄉」的情緒卻大同小異，很多人，想家了。

呂：「如果夏小姐可以回家，想做的第一件事是什麼呢？」

夏：「第一件事？大概是去圖書館，把某本書給撕了吧。」

這麼奇怪的一句話，在報導中花費了很多筆墨分析夏黃泉言語行為的呂露並沒有做出解析，只是在最後提出了一個問題——「如果妳可以回家，想做的第一件事，是什麼呢？」

很快，論壇上也掛出了相應的帖子。

下面的回答千奇百怪，比如「好好洗個澡」啊，再比如「想吃一碗拉麵」啊，再再比如「找到家人的骨灰然後好好埋葬」，諸如此類，沒有誰比誰想做的事更高貴，只是一群思鄉人，哪怕曾經承載著溫情和記憶的房屋已化成了焦土，哪怕曾經擁抱和親吻過的人們已化為了塵土，卻依舊想要回到那片擁有無數美好記憶的土地上——

回去！

回去！！

回去！！！

於是南地探查的計畫，獲得了幾近百分百的支持率，軍方意識到，夏黃泉做為民間意志的代言人，加入隊伍只有好處沒有壞處，更何況，她本人也絕不是拖累。

對此，百分之九十九的人都持贊同意見，唯一反對的，是蘇玨。

他認為這件事應該由她自己做決定，所以才有了今天這一幕，臨談話前，蘇玨按住她的雙肩這樣說：「如果不想去就拒絕，只要我還在，就沒有人能逼迫妳。」

雖然很感激他的庇護，雖然知道此去危險重重，但夏黃泉卻必須要去，沒有後退的餘地，與此同時，她所提出的條件是——攜帶同伴。

許安陽對此並不反對，幾個人而已，並不是什麼太難的事情。

事情就這樣定了下來。

❖

兩天的時間，轉瞬即逝，出行的時間很快就到了。

清晨起來的夏黃泉發現桌上放著溫熱的飯菜，商碧落正靜靜地坐在位置上用餐，言必行不知溜去了哪裡，蘇珏也不在——一想到阿珏，她不由得想起昨晚他們之間進行的那場祕密對話。

希望事情不要發展到那個地步……否則……

她吸了口氣，坐到桌邊的老位置——與商碧落恰好相對，一邊拿起包子一邊問道：「隨身物品都收拾好了嗎？」

雖然是這幾天她對他說的第一句話，但她的聲調和語氣都很穩，彷彿真正忘記了前幾天發生的事情。這對她並不是什麼難事，然而，她本身並不是什麼心機深沉的人，更不可能在幾天之內變成這樣的人，那麼，唯一的解釋只有……

「是的。」

「那就好。」

「……」

注意到他的目光，女孩抬起頭朝他看了一眼，疑惑地問道：「怎麼了？」

「不……」這個目光中，什麼都沒有，不像最初那樣充滿了厭惡，也不像中途那樣時而憤怒時而糾結時而羞惱，更不像最近那樣偶爾散發出暖意和親近。

那裡什麼都沒有。

他在她眼中，和這世界上的一草一木沒有任何區別，什麼都不是。

這是他所能想到的，最糟糕的發展。

心眼太多的人總是容易想太多，而本質單純的人做出的決定往往比誰都直指痛處。

夏黃泉發覺到自己已經不知不覺對商碧落這混蛋投入了情感，但卻慘遭「玩弄」，就索性不和他玩了。

而商碧落表白慘被「拒絕」，接著對方還討厭到要和他劃清界限、將他歸入「僅僅只是認識」行列的地步。

——誤會疊加著誤會。

如果夏黃泉忍著怒火問上一句理由，或者商碧落厚著臉皮說出一句實話，一切其實都可以解決，但問題在於他們偏偏都不會這麼做。

這是個悲劇。

吃完飯後，夏黃泉將兩人的隨身物品裝在一起，因為這次是和軍隊一起行動，並不需要攜帶太多東西，所以背包比起從前要輕了許多，按老規矩將背包遞給商碧落後，她動作熟練地直接將他拎到自己的背上，努力忽視接觸的瞬間，對方和自己的那一點點小僵硬。

到達橋頭的聚集地點時，她驚愕地發現了一個本不該出現在那裡的人。

「喲——」言必行靠在軍綠色的車廂上，一邊吞雲吐霧，一邊朝兩人打了個招呼，「好巧呀。」

「巧……個鬼啊！」夏黃泉一臉無語地走了過去，「你怎麼會在這裡？」

青年嬉皮笑臉地反問：「這話應該是先來的人問才對吧？」

「……」

「開玩笑的。」言必行伸出手捶了下夏黃泉的肩頭，「真不夠意思啊，出門旅遊居然都不帶我。」

「……」夏黃泉嚥下了「可能會有危險」這句話，總覺得這種時候如果說出來，反而是一種侮辱，她笑了起來，同樣捶了一下言必行的肩頭，「遇到危險可別哭著讓我救你！」

「怎麼會？我的目標是英雄救美！」言小哥一邊笑著一邊揉著肩頭抱怨，「嘶，妹子，妳到底是吃什麼長大的？這麼大力氣……」

「……人肉叉燒包！」

「真的？多少錢一個？」

「喂！」

「對了，蘇小哥讓我對妳說，他就不來送妳了。」言必行丟掉菸頭，將其踩滅，「他說等妳回來的時候會來接妳，還有……要妳別忘記之前他對妳說的話。」

夏黃泉的神色一凝，那些話……嗎？

正回想著，某人突然鬼頭鬼腦地湊了過來，戳戳她的肩頭：「話說回來，你們那天晚上到底偷偷摸摸說了些什麼啊？」

「沒什麼。」

「妳的表情可不像沒什麼，難道？」言必行露出超級猥瑣的表情，「你們……」伸出兩隻大拇指，湊近，湊近，再湊近。

「亂想些什麼呢？！」踹！她可是把蘇玨當叔叔的，亂倫什麼的可恥！

言必行拍著屁股上的腳印，悄悄朝商碧落眨了眨眼睛——沒事，雖然似乎快分手，但你牆角還沒被挖！一邊用眼神傳遞著消息，他一邊露出得意的表情，嘖嘖嘖，像他這樣的好朋友到哪裡去找啊！

很快，三人登上了車，他們的待遇不錯，在其他士兵都乘坐運兵貨車時，他們坐許安陽的軍用越野車，車上共有五人，駕駛座是司機，副駕駛座許安陽，後排三人。

言必行本來以為自己會被塞在「吵架」的兩人中央，結果卻出乎他意料，夏黃泉一個人坐在最左邊，商碧落坐中間，言必行則坐在最右邊。

一坐上車，言必行便勾著商碧落的肩膀咬耳朵：「看人家多關心你。」

「……」只是關心他的命而已，他早就知道她對他的生命抱著某種執念，明明是感情用事的人，卻能硬生生地將這件事凌駕於情緒之上，他不知道該覺得幸運還是覺得可悲。

事實的確如此。

夏黃泉所坐的位置在三個座位中相對而言是最危險的，原因無他，她位於駕駛的正後方，這種軍方駕駛還擔負著保護首長的任務，遇到危險時，最大的可能性是用自己去擋，所以左邊的前後座危險性最高；再考慮到喪屍可能從兩邊車窗突入的緣故，她果斷地將商碧落塞到中間，雖然未必絕對安全，但防範甚於治療。

很快，出發的時間到了，車輛也開始行駛了起來。

按照目前並不算快的車速，行駛過橋樑大概只需要十來分鐘，而後就是南地。

從上車的那一刻起，名為不祥的陰影浮現在夏黃泉的心頭，愈是靠近南地，愈是如此。如果僅僅是預感也就算了，最讓她覺得不安的是，死氣的顏色在增加，雖然視線所及僅僅只有車上五人，但她知道，隨著深入南地，所有人都一樣。

雖然緊張，但這份緊張也唯有與她相熟的人才能看出來，在其他人看來，女孩的臉孔只是變得更加冰冷和傲氣了，不過不管是駕駛還是許安陽都沒說什麼，他們覺得她的確有驕傲的本錢。

商碧落和言必行則明顯覺察到她的不安，尤其是靜坐在女孩身旁的BOSS同學，他的視線落到夏黃泉捏得很緊的拳頭上，皺了皺眉，想要說話，卻在話音跳出嘴巴的瞬間改口：「我渴了。」

「啊？」夏黃泉下意識地扭頭看他，「什麼？」而後回過神來，「渴了？」不對吧？小箭頭君根本沒出來啊……這傢伙，故意找碴嗎？！

雖如此，她還真沒理由不給，於是轉身從背包裡拿出一瓶水，塞到他手中：「水！」

遞出礦泉水的瞬間，她突然覺得手心一疼，低頭看去，原來右手的掌心不知何時被指甲劃破了一道小口，女孩小心地吹了吹，這點小傷口對她這副強大的身體來說，很快就能恢復。而被轉移了注意力的她自然也沒看見，身旁的男子那一瞬間鬆了口氣的表情。

因為提前考慮到人口回流的問題，轟炸所選用的特製炸彈會在一瞬間散發出極高的溫度，以期消滅喪屍以及散播在空氣中的病毒，不過本身並不具備輻射性，三天的時間也足夠讓轟炸時激起的灰塵沉澱下去，但即便如此，汽車行駛到半路時，車上幾人還是自覺地戴上了防毒面具。

空氣、土質、水源……想要生活下去，這些條件必不可少，也是這次探查的重點，所以出來的千餘名士兵中，有一些是專門負責鑒定的技術人員，而其他人在這三天內也進行過簡單的培訓，關鍵時刻可以隨時頂上。

很快，車隊行駛到了對面的橋頭。

「空氣品質符合標準。」

「附近未發現生命存在跡象。」

……

一條條訊息隨著人員的工作相繼傳來。

南地轟炸前，喪屍也許是追隨著逃亡者，接二連三地朝帶河方向行進，如果沒有這次轟炸，他們必然會通過橋樑進攻W市。第一次探查重點考察的地點是N市，這是距離橋頭最近的一座城市，也是喪屍聚集相當密集的一座城市。

車輛又行駛了片刻，到達某個相對比較開闊的地點後，停了下來，其實這座已經被毀於一旦的城市哪裡都開闊，區別只是哪邊垃圾少哪邊垃圾多而已。

即使曾透過衛星圖片看到過這樣的情景，夏黃泉還是被震驚了。

曾經鱗次櫛比的高樓大廈，全部消失了蹤影，唯有一座座殘骸餘跡還證明著它們曾經存在過，高樓坍塌，滿目瘡痍。閃閃發亮的玻璃，灰澀結實的混凝土，堅硬無比的鋼筋，這些物體鑄就的房屋堪稱堅固，僅玻璃的熔點至少就需要一千度，然而，普通炸藥在普通氣壓下散發出的溫度至少能達到三千度，更何況是特製的炸彈。就這樣，一切都熔化成了一堆堆似乎還彰顯著過去外形的垃圾山。

整座城市的顏色單調極了。

漆黑的大地，灰色的垃圾山……以及散落在兩者之上的慘白塵土，時而隨著蕭瑟秋風吹起，在風中盤旋又落下，沾上了所有走出車廂的人們的頭髮和肩頭。

夏黃泉十分慶幸自己身上穿的衣服是有帽子的，否則真是名符其實的灰頭土臉，她拉開門走下車，雖然空氣品質顯示沒問題，但她依舊沒有摘下面具，那些灰塵的來源……讓她不太想將它們吸入體內。

就地採集已經開始了，採集結束後他們會行車前往下一個採集地，一直到達此次所定的最遠範圍，看計畫，這次任務非常輕鬆，然而……

「怦！」

「怦怦！」

「怦怦怦！」

——這……是什麼？

——心跳聲？

——誰的？

——從哪裡傳來的？

——為什麼好像只有她一個人聽到？

「怦！」

「怦怦！」

「怦怦怦！」

聲音愈來愈大，到最後，彷彿迴盪在整個天地間。

然而，只有她一個人能夠聽到，其他人沒有任何反應，依舊做著手頭上的工作，微笑著，忙碌著，交談著。

「妹子，妳怎麼了？」言必行在一直關注著女孩的商碧落的提醒之下，跳下車，跑到夏黃泉身邊驚訝地問。

他沒有得到任何回答，只看到女孩快速地扯去頭上的帽子，甚至丟掉了臉上的防毒面具，側耳傾聽著。第一次見到如此驚慌失措的女孩，想著該做些什麼的他伸出雙手握住對方的肩頭，下一秒，他看清了女孩瞪大瞳孔中深含著的驚慌。

【喪屍已發生中級進化。】

終於……開始了嗎？

【扛著BOSS拚下限・上冊・完】

024

扛著BOSS拼下限
【上】：喪屍世界永遠改良人的三觀

國家圖書館出版品預行編目(CIP)資料
扛著BOSS拼下限 / 三千琉璃作. -- 初版. -- 臺北
市：聯合文學, 2016.03-
320面；14.8x21公分. -- (N；024)
ISBN 978-986-323-157-8 (上冊：平裝). --

857.7　　　　105001995

出版日期／2016年3月 初版
定　價／270元

ISBN 978-986-323-157-8 (平裝)
原著書名：《扛著BOSS拼下限》由北京晉江原創網路科技有限公司授權出版。

作　　者／三千琉璃
發 行 人／張寶琴

總 編 輯／李進文
主　　編／陳惠珍
封面插畫／Izumi
資深美編／戴榮芝
業務部總經理／李文吉
行銷企劃／李嘉嘉
財 務 部／趙玉瑩　韋秀英
人事行政組／李懷瑩
版權管理／陳惠珍

法律顧問／理律法律事務所 陳長文律師、蔣大中律師
出 版 者／聯合文學出版社股份有限公司
地　　址／110臺北市基隆路一段178號10樓
電　　話／(02) 2766-6759轉5107
傳　　真／(02) 2756-7914
郵撥帳號／17623526聯合文學出版社股份有限公司
登 記 證／行政院新聞局局版臺業字第6109號
網　　址／http://unitas.udngroup.com.tw
E-mail：unitas@udngroup.com.tw
印 刷 廠／沐春行銷創意有限公司
總 經 銷／聯合發行股份有限公司
地　　址／234新北市新店區寶橋路235巷6弄6號2樓
電　　話／(02) 29178022